中等职业教育教材

环 境 保 护 概 论

（修订版）

张国泰　主编

中国轻工业出版社

图书在版编目(CIP)数据

环境保护概论／张国泰主编. －2 版(修订版).—北京：
中国轻工业出版社,2006.2
　　中等职业教育教材(中专、技校、职高通用)
　　ISBN 7－5019－2437－6

　　Ⅰ. 环… 　Ⅱ. 张… 　Ⅲ. 环境保护－概念－中等教育:职业
教育－教材　Ⅳ. X

　　中国版本图书馆 CIP 数据核字(1999)第 19983 号

责任编辑:施　纪　白　洁　责任终审:滕炎福　封面设计:崔　云
版式设计:智苏亚　　　责任校对:方　敏　责任监印:吴京一
＊
出版发行:中国轻工业出版社(北京东长安街6号,邮编:100740)
印　　刷:天津市蓟县宏图印务有限公司
经　　销:各地新华书店
版　　次:2006 年 2 月第 2 版第 6 次印刷
开　　本:850×1168　1/32　　印张:8
字　　数:207 千字
书　　号:ISBN 7－5019－2437－6/X·009　定价:18.00 元
读者服务部邮购热线电话:010－65241695　85111729　传真:85111730
发行电话:010－85119817　65128898　传真:85113293
网　　址:http://www.chlip.com.cn
Email:Club@chlip.com.cn
如发现图书残缺请直接与我社读者服务部联系调换
60099J4C206ZBW

前　言

　　环境问题是当今世界各国共同关注的一个热点、难点和焦点。环顾国内外环境趋势：国际上，工业发达国家的环境污染经过治理效果显著，但未来的环境问题仍使人类面临严峻的挑战。中国，经过近 20 多年的不懈努力，环境保护工作取得了较大的进展，没有出现"随着经济翻番，环境污染也翻番"的严重局面。但是要清醒地看到目前我国环境形势相当严峻。城市环境污染仍在加剧，并且向农村蔓延，生态破坏的范围在不断地扩大。我国一直比较重视环境保护工作，早在 20 世纪 80 年代就把环境保护作为一项基本国策。

　　环境保护，教育为本。普及环保知识，讲解环保技术，提高环境意识是搞好环境保护的重要保证。1992 年全国环境教育工作会议提出："环境教育是教育战线在新形势下需要加强的一个重要方面。今后学生如果不了解和掌握一定的环境科学知识，将不是一个合格的毕业生。"南京机电学校自 1982 年开设《环境保护概论》课程以来，已有 10 余年，并且受原轻工业部委托编写出版了《环境保护概论》教材，该教材深受轻工业广大中等专业学校非环境专业师生的广泛欢迎，该书还被评为"全国环境科学优秀图书二等奖。"为适应环境科学发展、教育的需要，1999 年春我们决定对原教材进行比较全面的修订。修订版在保持原书较系统全面、深入浅出、通俗易懂的特点基础上，又进行了适当地充实，增加了一些环境科学方面的新概念和新的内容及新数据。

　　全书共分 9 章。书中介绍了国内外环境保护工作概况，生态学基本知识，大气、水、噪声、固体废物等污染及其防治的基本途径，环境质量评价的有关知识及有关大气、水、噪声污染程度的测试实验，并在附录里列出了我国有关环境保护的国家标准。

除以上内容外，书中还新增了以下内容：国内外环境保护工作概况的最新动态与信息，生态学在环境保护中的应用实例，制糖工业废水处理，噪声控制的技术措施，光污染，实验，环境影响后评价，附录所列标准均为国家现行实施的最新标准，附录还列出环境影响报告书编写规范等。

本书由张国泰任主编并负责全书统稿。参加编写的人员有：孙敬祥(第三、五章)，戴国颂(第六、七章)，刘幼兰(第一、二章、附录)，张国泰(绪论，第四、八、九章)。特聘国家环境保护局南京环境科学研究所研究员、获国家级有突出贡献专家王健民任主审，他在修改过程中给予热情的帮助和指导，在此表示感谢。

编　者
1999 年 3 月

目 录

绪　　论

"人类既是它的环境的创造物，又是它的环境的创造者"[①]。

这句话深刻而又高度概括地揭示了人类与环境的密切关系。

"人类是它的环境的创造物"，就是说人类是环境的产物，这是因为环境为人类的活动提供了阳光、空气、水、土地以及大量的生物和矿物资源，因而可以说环境哺育了人类，创造了人类。

"人类又是环境的创造者"，这是由于人类从原始社会到高度文明的现代社会，人类始终不断地利用和改造环境，使之适应人类生存和发展的需要。可以说，人类活动在不断地影响着、改变着这些环境条件，在塑造着环境。

所以，环境是人类生存和发展的物质基础，人类的生产和生活一刻也离不开环境，人人都生活在环境之中，都受环境的影响，反过来也都在影响着环境。

一、环境的概念

什么是环境？

环境是一个应用很广泛的术语，它的含义和内容随着各种具体状况而有不同。环境科学所说的"环境"是指："以人类社会为主体的外部世界的总体。"这里的外部世界包括两部分：一部分是未经人类改造过的各种自然因素，如阳光、空气、陆地、土壤、水体、森林、草原、野生生物等，即自然环境；另一部分是经过人类加工改造过的自然界，如城市、村落、水库、港口、公路、铁路、空港、园林等，即社会环境。

《中华人民共和国环境保护法》中所称环境，"是指影响人

---

① 1972年斯德哥尔摩《人类环境宣言》。

类生存和发展的各种天然的和经过人工改造的自然因素的总体,包括大气、水、海洋、土地、矿藏、森林、草原、野生生物、自然遗迹、人文遗迹、自然保护区、风景名胜区、城市和乡村等。"

二、环 境 科 学

人们常说的"环境问题"是什么?

所谓环境问题,是指由于人类活动作用于周围环境所引起环境质量的变化,以及这种变化反过来对人类的生产、生活和健康造成的影响问题。

环境问题按其成因不同,可分为两大类:原生环境问题和次生环境问题。前者是由于自然因素所造成的,如洪水、旱灾、虫灾、台风、地震、火山爆发等;后者是由于人为因素所引起的,如不合理开发利用自然资源造成的生态环境的破坏和工农业高速发展而引起的环境污染。

环境问题,自人类诞生以来就已存在,但引起全世界广泛注意还是近二三十年的事。

第二次世界大战结束以后,许多西方国家认为富强之路在于发展工业,因而一味地追求工业产值和发展速度,至于由此可能引起的后果却未加顾及。经济上的飞速发展带来了繁荣,使人类的物质生活水平也有了提高。但是,由于忽视了经济发展对自然生态的反作用,给人类带来了空前的两大危机——资源短缺和环境破坏。严重的污染不仅有害于健康,甚至威胁着人类的生存。于是人们开始重视、研究、探讨,在发展经济与保护环境之间存在的既互相制约又互相依存、互相促进的辨证关系,逐渐发展进而形成了一门崭新的、内容丰富的综合性很强的科学——环境科学。

在工业发达国家,这门科学是20世纪五六十年代环境污染比较严重的时期发展起来的。在我国由于现代工业起步较晚,环境科学的发展也要晚些,到20世纪70年代才兴起。但总的来说,环境科学经过20世纪60年代的酝酿和准备,70年代初期开始发展成为一门独立的新兴学科。

环境科学的基本任务就是揭示人类与环境这对矛盾的实质，研究人类与环境之间存在的对立统一关系，掌握它的发展规律，调节与控制人类与环境之间的物质交换与能量传递过程，找出解决矛盾的途径和方法，促使环境朝着有利于人类的方向演变，为人类造福。概括地讲，环境科学也就是研究"人类－环境"系统的发生和发展、调节和控制以及改造和利用的科学。

就环境科学的性质来讲，它是介于自然科学、技术科学与社会科学之间的边缘科学，是一门新兴的、综合性很强的学科，是一个由多学科到跨学科的庞大科学体系。为什么这样说呢？这是因为环境科学是以生态学作为基础理论，并充分利用化学、生物学、物理学、地学、医学、工程学、经济学、法学等各个领域的科学知识和技术，对人类活动(包括生产活动与生活活动)所引起的空气、水、土壤等环境问题进行系统研究的科学。所以它的领域十分广阔，内容十分丰富，有时也称它是一门多学科性科学。可以说，几乎各种自然科学和工程技术都与环境科学有关联，如利用化学来研究和处理环境问题，出现了环境化学；利用地学研究环境，形成了环境地学；利用医学研究环境污染与人体保健的关系，产生了环境医学；利用经济学研究经济与环境的关系涌现了环境经济学；至于研究如何立法符合环境保护的要求则属于环境法学的范围。所有这些边缘交错的新学科统称为环境科学。

自从环境科学诞生以来，历史虽然不长，前后只有三四十年，但发展迅速，到20世纪70年代可说是达到了一个高峰。科学家们认为，环境科学、能源科学、空间科学和生命科学堪称为当代的四大主要科学。

三、环境保护的重要性

随着社会主义现代化的进展，人们对环境问题的认识，对环境保护重要性的认识日益深化。

环境保护是我国的一项基本国策。所谓国策,就是立国之策,治国之策。这说明环境对国家的经济建设、社会发展和人民生活具有全局性、长期性和决定性的影响,是至关重要的。

1983年底国务院就明确提出:"环境保护为现代化建设中的一项基本保证条件和战略任务,是一个基本国策。"

其所以如此,正是由我国国情所决定的:

(1) 防治环境污染,维护生态平衡,是保证农业发展的重要前提。

我国国土面积960万km²,仅次于俄罗斯、加拿大,列为世界第三位,物产丰富,品种齐全,堪称地大物博。但是我国是12亿人口的大国,按人均资源来说,却并不丰富,特别是人均生物资源不丰富。我国预计到2000年人均耕地0.09hm²,不到世界人均量的27%;人均林地0.12hm²,只有世界人均量的12%;人均农林牧用地0.53hm²左右,只有世界人均量的25%;随着人口的增加,建设用地的扩展,今后人均耕地还将进一步下降。在这数量有限的耕地上,除了栽种粮食作物外,还要种植烟、麻、蔗、茶等经济作物,为轻纺工业提供原料。因此,充分合理地使用、精心妥善地保护有限的耕地资源、生物资源,使之免遭污染和破坏,以保证人民主食、副食品的供应和必需消费品的供应,不能不说是一项基本国策。

(2) 制止环境继续恶化,进一步提高环境质量是促进经济发展的重要条件。

我国的环境污染,不论是大气还是水质方面,都已达到相当严重的地步,污染物的排放量在世界上也是最多的国家之一,自然环境受到严重破坏,影响了人民的生产和生活,日益成为突出的社会问题,并且浪费了宝贵的资源和能源。就水质污染来说,根据1994年的统计,我国每年废水排放量为365亿t,其中80%未经处理直接排入江河湖海,使水质变坏,更加重了水资源的短缺问题。同时,每年随废水排出的仅汞、镉、铅、铬等重金属及砷等就达到数千吨。据上海等7个城市统计,每年因水资源污染造成的经济损失近27亿元,从全国情况进行估算,每年水污染造成的经济损失至少也有300亿元。有关部门曾对东北某糖厂进行了调查,榨季时每天排入松花江的制糖废水近2万t,其中因含有糖分及碳、氮等元素,致使水中微生物大量繁殖,形成黄粘状丝菌体,经常堵塞该市电厂的冷却水管道,每年减少发电800万度,多烧煤2500多t。从这里可以看到废水不仅污染江河,也浪费了资源能源。我国是一个发展中国家,资金、能源等都感不足,环境的污染更加剧了困难。显然,不改变这一状况,现代化建设就难以顺利进展。因此,采取得力措施,保护和改善环境质量,为经济发展扫清道路,就必然成为一次重要的战略任务。

保护环境是关系到人类命运前途的大事。

创建一个清洁、优美的生活环境和自然环境,不只是为了保护资源,促进经济发展,也是为了千百万人民的健康,是涉及到子孙后代命运前途的大事。

据调查,我国南方有一表牌厂,它的喷漆、电镀车间排放出大量有毒气体,使靠近该厂的一个小学校的学生经常流泪、咳嗽,有的甚至昏倒。在一座校舍内200多名学生中,肺部有病的就占55%,当地群众强烈呼吁:"救救孩子!"由此,可以看出,有毒气体污染空气,已危害到下一代的健康成长。不仅如此,环境污染对广大人民的健康也已造成一定危害。仅从大气污染的影响来看,已导致人体呼吸道疾病发病率的明显增加。据调查,上海、温州等城市在近10年中,肺癌死亡率上升了50%以上。

因此,在为当代人们的利益着想的同时,还必须想到祖国的未来,想到我们的后代,为他们保全一个洁净良好的环境是有着十分重要意义的。

(3) 环境保护是两个文明建设的重要组成部分。

发展生产力,并在这个基础上逐步提高人民的生活水平,这就是建设物质文明的要求。

和生产力的发展关系十分密切的工业、农业、城建、交通、能

图　环境保护与
有关领域的关系

源等方面几乎都有各自的污染问题，如农业方面的农药、化肥、污水灌溉引起的污染；工业方面的有害气体、废水、废渣、振动、噪声等引起的污染；能源方面的燃料燃烧引起的污染等。为此，必须在进行经济建设的同时，控制污染，保护环境。所以环境保护与各有关领域的关系是紧密联系、互相渗透的，正如左图所示。

　　环境保护不仅与各有关领域关系密切，并已成为其组成部分，如工业方面，不少先进企业，采取了结合技术改造解决工业污染的办法。通过改革工艺，改造设备，完善生产流程以及加强生产、技术、设备、资源、劳动等的管理来提高资源利用率，减少污染物的排放，经过一段时间的治理，既取得较好的环境效益，也取得较好经济效益和社会效益。这样，控制污染就成为企业的生产与管理方面不可分割的部分。

　　社会主义的精神文明建设，包括思想道德建设和教育科学文化建设两个方面。因而，加强社会主义环境道德建设，增强人们的环境意识，树立环境美的观念，就成为加强精神文明建设的重要内容之一。这就要求将环境教育与品德教育结合起来，培养人们珍惜自然环境的感情，热爱祖国山河的品质，为人类创造清洁、优美环境做出努力的思想。《中共中央关于社会主义精神文明建设指导方针的决议》中特别指出，在社会公共生活中，"要提倡人人爱护公共财物，保护环境和资源，自觉履行对国家和社会的义务。"

　　在今天，环境保护工作的好坏已经成为一个国家文明程度的重要标志之一。我国不少地区为了创建文明城市，都把环境目标纳入城市总体规划中，把它作为两个文明建设的重要部分来抓，努力建设优美的自然环境，舒适的生活环境，安定的社会环境和文明的生产环境，出现了一批像"九朝古都"洛阳那样的绿树葱郁、花繁草绿、环境清新的"花园城市"。

四、学习本课程的目的和任务

目前，环境问题已渗透到国家经济活动的各个方面。像冶金、化工、轻工等部门环境污染问题十分突出。可以毫不夸大地说，任何一个经济领域都与环境科学有着不同程度的联系。因而，不仅在制定国民经济发展总体规划时，要运用环境科学理论去进行评价，分析它可能对环境产生的近期和远期影响，而且在设计一个工厂(或车间)，开发一座矿山，甚至在选用产品的某一工艺流程或者设备种类、使用能源、原材料等一些具体问题上，也必须充分考虑到可能引起的环境后果。

但是，长期以来，由于对环境问题缺乏足够认识和在经济工作中的某些失误，只顾生产不顾环境，以致造成了我国环境污染已相当严重，成为国民经济发展中的一个突出问题。因此，国务院多次强调必须加强环境保护工作。

为适应这一需要，各经济部门的领导、技术人员、管理人员都应当学习一些有关的环境科学知识和理论，使他们懂得在发展生产时既要按经济规律又要按生态规律办事，既要有生产观点又要有环境观念。

为此，国务院规定：大学和中专学校的理、工、农、医、经济、法律等专业，要设置环境保护课程。有条件的院校，应设置环境保护专业。各地区、各部门在培训干部时，要把环境保护教育作为一项内容。要加强宣传环境保护法和环境科学知识，造成"保护环境，人人有责"的良好社会风尚。

环境教育全球性的目标：是使学员和毕业生具有对环境及其与人类关系的理性认识、知识、技能和责任感，以改善环境，防止环境问题的产生(斯文·格雷贝:《职业及技术教育中的环境教育》)。

在我国,开展环境教育的目的就是要提高全民族的环境意识。中等专业学校开设环保课的教学目的:是使学生走上工作岗位前,初步掌握环境科学的一些基本概念、基本理论和基础知识,了解我国环境保护的方针、政策和法规;在今后的工作和生活中,逐步树立既有生产观点又有生态观点,确立经济效益、社会效益和环境效益相统一的思想,自觉地为保护环境做出贡献。

复习思考题一

1. 什么是环境?什么是环境问题?
2. 为什么说环境保护是我国的一项基本国策?
3. 我们为什么要学习《 环境保护概论 》?

第一章　国内外环境保护工作概况

第一节　工业发达国家的环境问题

工业革命是在18世纪70年代从英国开始的,之后,法国、德国等也先后卷入。从此,世界工业飞速发展,环境污染问题也日趋严重。

一、世界环境污染发展的几个阶段

从历史上看,工业发达国家由于环境污染而形成公害,大体经历了以下几个阶段,每个阶段的污染物来源不同,所造成的污染情况和特点也各异。

1. 从工业革命开始到20世纪初叶

这一时期能源主要是煤炭,加上煤炭、钢铁、化工等重工业的建立,大气污染以煤的烟尘、二氧化硫为主;水质污染则是以矿冶、制碱废水等为主。有的污染对环境造成了严重后果,如19世纪末期,美国田纳西州的一个小镇,由于附近有个炼铜厂,该厂排放的冶炼废气,使附近山上的林木枯萎渐成秃山,而铜矿排出的污水又直放江河,以致造成河鱼绝迹。每当雨季到来,山洪暴发,居民深受其害,无法在此长住,先后离乡他去,最后,铜矿终于倒闭,小镇也化为废墟。

这一时期的特点是:局部环境问题的出现,开始引起社会的注目。

2. 20世纪20年代至40年代

这一时期能源除煤以外又增加了石油,且其所占比重急剧上升。因此,不仅燃煤造成的污染有所发展,同时还增加了石油及石油产品导致的污染。加之第二次世界大战以后,有机化学工业和

汽车工业迅速发展,使环境问题更带有社会普遍性。在这期间,曾先后发生过几起世界闻名的公害事件例如:

洛杉矶光化学烟雾事件——洛杉矶是位于美国西太平洋沿岸的一个工业城市,也是美国的第三大城市,在20世纪40年代初期,有人口500万左右,汽车却多达200万辆,耗用汽油量每日近1.9×10^7L,由于汽车废气多,每天要排放出约1000t烃类。该市系盆地式地形,三面环山,很少有风,气候终年不好,因此,市区上空常积聚有大量的石油烃废气、一氧化碳、氧化氮和铅烟等,这些气体在太阳紫外线作用下,生成浅蓝色烟雾,这种烟雾叫光化学烟雾。通常出现在夏秋季节,最早的一次是发生在1943年,由于它具有很大刺激性,许多居民的眼、鼻、喉、气管及肺部粘膜因受刺激而感不适,进而出现了红眼病和呼吸道疾病,严重时曾出现过在2d内,65岁以上的老人死亡达400多人的情况;同时家畜患病,作物枯黄,果树受害,橡胶制品老化,材料和建筑物受损。

另一闻名的公害事件是马斯河谷事件,也发生在这一时期。马斯河谷是比利时的工业区之一,该区有炼锌、炼钢、玻璃、电力等工厂。在1930年12月间,河谷上空产生了逆温层,而且雾层较厚,但在这同时,各厂又排放出大量的二氧化硫等有害气体和粉尘等,积聚在逆温层下,致使数千人呼吸道致病,一周时间,竟有60人丧生,并有许多家畜病死。

这一时期环境污染的特点是:环境污染逐渐发展成为社会公害。

3. 20世纪50年代至70年代初

自20世纪50年代以后,发达国家工业迅速发展,逐步走向现代化,环境污染问题也发展到更为严重的阶段。煤炭和石油的用量增长迅速,以致造成的污染又有新的发展。仅就油船漏油来说,就使海洋遭受污染,并曾多次酿成严重事故。

一次,美国的马萨诸塞州附近海面就是由于石油污染,仅3d以后,在这里捕捞出的鱼就有95%是死的。此外,由于石油污染而引起河流起火的事件也曾有发生,如1969年7月,美国凯霍加河因水面油层与河流底部污泥产生的沼气相遇,突遇火种燃烧,火焰喷起高度如五层楼高,以致将河上两座铁桥烧毁。

这一时期也发生了几起震动世界的公害事件,例如:

伦敦烟雾事件——英国首都伦敦,是一座具有2000多年历史的大城市,是英国最大的港口,也是英国资本主义的一个发源地。

1952年12月上旬,伦敦地区连续数日受高气压的控制,地面几乎无风,烟雾迷漫,煤烟粉尘蓄积不散。当时天气严寒,气温急剧下降,潮湿而沉闷的空气像锅盖一样罩在市区上空,而工厂和居民住宅成千上万的烟囱却还不断地向空中喷吐黑烟,在这种气候条件下,烟气无法扩散,因而大气中烟尘和二氧化硫的浓度不断上升,以致整个城市充斥着煤烟和硫磺气味,空气能见度大大降低,即使白天,来往车辆都须开灯行驶,交通警察也戴上了防毒面具。造成数千居民有胸闷感,并有咳嗽、喉痛、呕吐等症状发生。呼吸道疾病患者人数增加到平时的4倍,心脏病患者增加到平时的3倍,酿成了这次死亡4000多人震惊世界的伦敦烟雾事件。

还有不少国家把大量有毒的工业三废,未加处理即行排放,污染了水质,也造成许多污染严重的公害事件,举世闻名的水俣事件就发生在这一阶段。

水俣位于日本九州南部鹿儿岛,属熊本县管辖的一个小镇。该镇西面是盛产鱼类的水俣湾。1950年在水俣湾附近。发现了一些疯猫,它们步态不稳、抽筋麻痹、惊恐不安,有些如同为扑灭身上烈火一样而跳入大海,造成了"狂猫跳海"的奇闻,当地人也称之为"自杀猫"。及至1953年,在这里居民中又发现生怪病的情况,开始时,病状表现为口齿不清、步态不稳,面部痴呆进而耳聋、失明、全身麻木,反复出现昏睡、兴奋,最后神经失常,身体弯弓,直至死亡。当时病因不明,直到6年以后的1959年,熊本大学医学院从病者尸体、鱼体和工厂排污管道附近都发现了有毒的甲基汞,这才揭开了水俣病的秘密。原来是一家氮肥公司在生产氯乙烯和醋酸乙烯时,采用了成本较低的水银催化剂工艺,把大量含有无机汞的毒水、废渣排入水俣湾,无机汞在自然环境中,在微生物的作用下可转化为甲基汞、乙基汞(有机汞),有机汞随着河水进入鱼体,但鱼并未立即致死,而是毒素在鱼体中逐渐聚集,猫和人长期食用这种鱼,就会因有机汞中毒而发病。水俣病以它所致痛苦的病症、严重的后遗症、很高的死亡率、以及离奇的病因而震动全世界,为世界著名的八大公害事件之一。

此外,1968年日本还曾发生剧毒的多氯联苯混入米糠油中而造成的米糠油事件。该事件造成多氯联苯(PCB)中毒的受害者达万余人,死亡16人,也是世界八大公害事件之一。

严重公害事件连连发生是这一时期环境污染的显著特点。

与此同时,环境污染也出现了全面加剧。大气、水体、土壤污染情况加剧。城市噪声突出,生态环境严重破坏,可以说,环境污染遍及陆地、海洋、地下、高空,甚至在南极的企鹅、北极的海豹体内都发现有多氯联苯、滴滴涕的存在。此外,还先后出现了热污染、放射性污染、环境致癌物、地面沉降等新的公害形式。到20世纪60年代后期,环境公害已发展成为世界性重大问题之一,人们对未来环境危机感日益加深。

4. 20世纪80年代以来

这一时期人类经济与社会发展是以扩大开发自然资源和无偿利用环境为代价,一方面创造了空前巨大的物质财富和前所未有的社会文明,另一方面也造成了全球性的生态破坏、资源短缺、环境污染加剧等重大问题。总体而言,全球环境仍在进一步恶化,这就从根本上削弱和动摇了现代经济社会赖以存在和持续发展的基础。

当前国际社会最关注的全球性环境问题主要是温室气体过量排放造成的气候变化,广泛的大气污染和酸沉降,臭氧层破坏,生物多样性迅速减少,有毒有害化学品和废弃物的污染危害及其越境转移,海洋污染和海洋生态系统破坏等。而区域性的生态环境问题,如森林减少、水污染与淡水资源短缺、土地退化、沙漠化和水土流失等,发生面广,影响深远,成为一种制约社会经济发展的主要因素,尤其受到广大发展中国家的普遍关注。

这一时期,由于东西方关系渐趋缓和,因而与经济发展密切相关的环境问题已从单纯的科技问题,发展成为国际政治、经济、外交的问题,受到世界各国的普遍重视。

二、 国外解决环境问题的措施

美、日等国人民为抗议垄断资本制造公害、危害人民,曾多次举行反对公害的斗争。各国政府目睹这一情况,加之这些国家统治集团对自身利益的考虑,不得不把保护环境,消除公害列为20世纪70年代急需解决的重大课题,并拨出大量人力、物力和资金来解决环境污染问题。在1971～1975年间几个主要工业国,其环保经费占国民生产总值的比例如下:

日本	2%～3%;	联邦德国	1.8%;
美国	1.6%;	意大利	0.6%;
荷兰	0.5%;		

除此以外,国外解决环境问题采取的主要有以下措施。

1. 建立专门的环保机构

20世纪60年代后期到70年代初,不少国家先后建立了环境保护机构,负责环境保护的行政管理工作,利用行政的、法律的、经济的多种手段和措施,加强环境保护工作。瑞典是世界上第一个设置管理机构的国家,于1967年设立全国自然保护局;英国于1970年建立环境部;美国于1970年建立国家环境保护局;日本于1971年设立国家环境厅;前联邦德国于1971年设立了环境保护局。1972年在瑞典首都斯德哥尔摩举行的第一次联合国人类环境大会上成立了联合国环境规划署(UNEP)。

2. 充分运用现代科学技术控制污染

对于城市污水不少国家建立了大、中型的污水处理厂进行二级生化处理,另外,为监测大气污染,还建立有自动监测预报网站系统,美国就实行了大气质量预报的制度;法国巴黎还专设有空气污染电话,人称"绿色电话",可询问即时及半月内有关空气污染情况。此外,许多国家还注意从废弃物的单纯处理转向废物资源化,如瑞士等国就利用垃圾发电;美国、日本、前苏联等国还把水的重复利用和循环回用作为保护水源、控制环境污染的重要技术措施。

3. 加强综合性的科学研究

除了加强环境监测和治理技术研究外,许多国家对一些基础性环境问题也进行多学科的综合研究。如发达国家在20世纪70年代后期,特别是80年代开始,积极开展环境规划或生态环境的研究与实践。日本、前苏联、前捷克斯洛伐克等国家提出编制生态规划,即在编制国家或地区的经济发展规划时,不是单纯考虑经济因素,而是把当地的地球物理系统、生态系统和社会经济系统紧密地结合在一起考虑,使国家或地区的发展能够顺应自然,既发展经济,又维护生态平衡。在治理方面也从单项治理发展为综合治理,即对区域规划、资源利用、能源改变有害物质的净化处理、自然净化等各种因素综合加以考虑,以求得到整体上的最优防治方案,以最少的费用取得最佳环境的效果。其中美国治理特拉华河、英国治理泰晤士河,均是综合防治的成功事例。

4. 严格立法,加强管理

在大力监测调查和科学研究的基础上制定各类环境标准、环境法规并严格执行。为了保护水质,很多国家制定了水污染控制条令,并不断进行修改。如英国早于1876年就首次公布了《河流污染防止法》,1945年通过了《水法》;1963年又通过《水资源法》,1974年制定了《污染控制法》。前联邦德国除制定一般的水污染控制法外,还于1985年1月1日开始实施《废水税法》。该法使所有工业企业对它们的污染源造成的污染负责。此外,一些工业发达国家从各国实际出发,以技术可行性与经济合理性为原则,制定合理的污染物排放标准,对新开发项目建立环境影响评价制度等,均取得较好效果。

与此同时,由于环境问题的国际性,有关环境问题的国际活动日益频繁,以1992年在巴西里约热内卢召开的联合国环境与发展大会为契机,明确了新的环保战略,指出环境保护的根本目的是确保全人类的持续存在和发展,主要表现在生态持续性、经济持续性和社会持续性三个方面。并通过了《21世纪议程》《里约宣言》《联合国气候变化框架公约》《联合国生物多样性公约》及《关于森林问题的原则声明》等重要文件,加强国际间的协调与合作。

5. 重视环保教育

这一措施是借助于教育手段,使人们认识环境、了解环境问题,获得治理污染的知识和技能,以便共同努力保护环境。不少国家建立起一整套从小学到大学的环境保护教育制度。如德国对此较为重视,所以人民既爱花草也养成了爱护小动物的习惯,在汉堡街头可见到野兔,莱茵河上可看到成群野鸭,野生动物受到了人们的保护。

三、发达国家环境保护工作的发展过程

19世纪时,当一些国家出现污染问题以后,由于当时对造成污染的原因尚未查明,一般只采取限制措施。如英国伦敦烟雾事件后,制定了法律,限制燃料使用量或限制排放时间。进入20世纪以后,才开始控制环境污染,并不断有所进展,大体上经历了3个时期:

(1) 污染治理时期:在60年代中期,当时面临着严重的环境污染,许多国家的政府颁布一系列政策、法令,采取政治的和经济的手段,主要搞污染源治理。

(2) 综合防治时期:60年代末期开始,进入了防治结合、以防为主的综合防治阶段。美国于1970年开始实行环境影响评价制度,以防止产生新的污染。

(3) 规划、协调时期：70年代中期起，开始把环境问题同经济政策和社会效益结合起来，作为一个整体进行研究，因而强调环境管理，强调全面规划、合理布局和资源的综合利用等。

四、国外环境问题的新动向

工业发达国家，经过十多年的治理，到20世纪70年代末，环境状况有了显著改变。如日本目前已基本上看不到发黑和恶臭的水体，在大气质量方面，由于改变了燃料构成，烟尘污染问题早已解决，二氧化硫污染也在逐年减轻。英国闻名世界的伦敦烟雾消退，泰晤士河的水质也有了明显改善，河中已有100多种鱼，鲑鱼又重新回游河中，1982年还捕捉到绝迹100多年的大马哈鱼。美国如用80年代与70年代相比，煤灰和粉尘的排放量减少了50%；虽然汽车公里数增加了30%，但是光化学烟雾的主要成分的浓度保持不变，全国城市中一氧化碳和二氧化硫的浓度降低了40%。在发展清洁燃料以减少大气污染方面，各国均在进行研究，如法国的核电已占总电力的65%，费用仅为柴油发电的1/3，用煤发电的1/2。

尽管如此，但是环境质量并未恢复到原来状态。而且，随着经济的继续发展，新的环境问题又不断提上了日程，诸如：

(1) 被难降解的有害有毒物质污染后的环境，一时难以恢复。如在江河湖海的底部污染沉积物，往往积重难返。至于土壤和地下水受污染后即使几十年甚至上百年也难恢复，美国化学物质对地下水(占全部供水量的1/4)的污染已波及40个州。加州曾因地下水污染将13个城市的水井报废。不降解的重金属，难降解的人工合成物，一旦进入环境难以消除。美、日等国早已禁用的有机氯杀虫剂滴滴涕，它可在土壤、水体、作物中长期存留，需要10年才能分解95%，因而至今在人奶中仍能发现其残迹，严重时，婴儿由于哺乳而进入体内的农药含量甚至超过规定限度。

(2) 新的化学致癌物质不断出现。每年人工合成的新化学品、新农药等有上千种之多，它们在环境中的毒性往往难以鉴定，其中有不少具有化学致癌性质。饮用水用氯消毒后发现有上百种有机氯化合物在其中存在；燃煤排放的大气污染物和汽车尾气中有多种多环芳烃，其中3,4－苯并芘等化合物可诱发皮肤癌、肺癌和消化道癌；有些食品添加剂也有致癌作用，如食品工业中用来加工处理(熏、腌、烤)肉类产品的增色剂硝酸盐、亚硝酸盐，虽然可使肉类产品产生美观诱人的红色，增进肉的风味，还可抑制肉毒杆菌生长，但它能使人患癌症，特别是肝癌。这种添加剂虽已沿用一个世纪，但实验发现：硝酸盐和亚硝酸盐在人体内能转化为强烈的致癌物亚硝胺。

(3) 能源转变引起的环境问题。石油危机的出现，使能源又重新转向煤炭，因而重新带来了煤烟型大气污染。且大气中的二氧化硫、二氧化氮与降水结合能形成大面积"酸雨"，如今"酸雨"已是一个严重的区域性环境问题。美国以及挪威、瑞典、丹麦、苏格兰、加拿大等国在敏感区已有大量湖泊酸化，以致鱼类和其他水生生物也大大减少。

(4) 水体中富营养化问题。城市污水经二级生化处理后，耗氧有机物可达到规定的排放标准，但处理后的水中仍发现有大量营养性氮、磷化合物，这与近30年来含磷洗涤剂大量使用有关，致使水体营养化问题突出，为此还必须实行更高级的处理。如瑞士日内瓦湖面临的严重问题就是水质富营养化，湖水中氮、磷含量过高，该国政府要求所有污水处理厂均装设去磷设备，显然这将增加投资和处理费用。

(5) 对人类环境的未来趋势更为担忧。当前世界范围内，危及人类生存与社会发展的环境问题很多，其中表现突出的有：

① 大气污染。全球大气污染存在三大问题，一是温室气体的排放量逐年增加，二是臭氧层遭到越来越严重的破坏，三是酸雨危害的增加。

② 土地退化、沙化和耕地损失。世界大部分地区都存在土壤侵蚀问题，每年流失土壤达250亿t。据UNEP估计，全世界每年损

失土地600万～700万hm²；世界旱地总面积32.7亿hm²，受沙漠化影响的就有20亿hm²，占61％之多，每年有600万hm²土地变成沙漠；世界上现有耕地13.7亿hm²，但每年损失500万～700万hm²。

③ 水体污染和淡水资源缺乏。近20年，由于发达国家大力发展污水处理，河流水质有所改善。而大多数发展中国家因缺乏对污染源的调查与水质监测，各种废水未经处理就直接排放，因此水体污染相当严重，至今难以做出准确的评估。现在全世界污水量已达4000亿m³，使55000多亿m³水体受到污染，占全球径流总量的14％以上，加剧了水资源的紧缺程度。目前，世界上有43个国家和地区缺水，占全球陆地面积的60％，约有20亿人用水紧张，10亿人得不到良好的饮用水。

④ 水生生态危机。河流、湖泊、海洋受废物、有毒有害化学物质、泄油及其他污染物的危害正日益加重。塑料制品、工业废料、放射性物质及各类生活垃圾对河流、湖泊、海洋的污染已遍及世界，水生生态系统中的生物生产正在受到严重的威胁。

⑤ 森林减少。森林是陆地生态系统的支柱。自1950年以来，全世界的森林已损失过半，而且毁林规模越来越大。据联合国粮农组织报告，80年代初全世界每年毁坏热带森林1130万hm²，而目前每年毁林增加1倍，森林减少速度已从10年前的0.6％上升到1.2％左右。相反，重新造林进展缓慢，每年造林面积仅及砍伐面积的1/10左右。如不采取有效措施，由此而带来的恶果，人类现在还无法预计。

⑥ 生物多样性损失。生物多样性是生物基因，物种及生态系统的统称，它是大自然留给人类的最宝贵自然财富。迄今为止，人类还不能准确地知道地球上究竟有多少生物物种。到20世纪60年代中期，许多专家保守的估计是1000万种。但最近根据调查，发现了许多新的物种，因而有人估计地球物种总数超过3000万种。自工业革命以来，随着人口增长、人为活动破坏了生物的环境、狂捕滥猎和环境污染，造成了物种的灭绝。据1979～1987年发表的数

据,预计到 2000 年,全世界 15%～33%的野生生物行将灭绝。至今,人类只能利用而不能创造物种和基因,而一个新物种的进化需要 2000 到 10 万代,因此物种损失是一种不可弥补的损失。

⑦ 有毒有害化学品和废弃物越境转移与扩散。随着资源的大量消耗,世界废物排放亦与日俱增。全球每年新增垃圾约 100 亿 t,其中约有 3%～5%为有毒有害废物。据估计,整个工业化国家产生的危险废物占世界的 90%,美国又是世界上危险废物产生量最高的国家。近年来,不少发达国家把危险废物出口到发展中国家,且转移规模越来越大,仅 1986～1988 年,工业化国家向第三世界国家输出的有害废物就达 600 万 t。但是有毒有害废物的越境转移会造成其对全球环境更广泛的污染,特别是将这类废物转移到缺乏监控和处置能力的发展中国家,更造成危险的后果。

⑧ 人口增长过快。世界人口预计到 1999 年可达 60 亿,预计到 2050 年会达到 85 亿,人口过快增长对环境与资源的压力极大,是造成资源、环境、生态及社会问题的总根源。控制人口增长已成为人类迫在眉睫的任务。

从以上问题可以看出,未来的环境问题正使人类面临严峻的挑战。

第二节　我国环保工作的进展及环境问题

一、我国环保事业取得的主要进展

我国的环境保护事业一直受到党和政府的重视与关怀,1973 年周恩来总理倡导并召开了第一次全国环境保护会议。从此,全国的环保工作从无到有,艰苦创业,不断探索,逐步前进,建立了一定的工作基础,某些环境污染已得到一定程度地治理,一些城市、河流及地区的环境状况有所改善,并初步形成一套环境管理体系。

自 1989 年第三次全国环境保护会议以来,环保工作在全国上下的共同努力下,取得了较大进展,"八五"环保计划提出的主要任务基本完成。1992年联合国环境与发展大会以后,党中央、国务院批准了《中国环境与发展十大对策》,国务院发布了《中国21世纪议程》,强调实施可持续发展战略。全国环保工作努力适应新形势,紧密配合国家的中心工作,各项政策措施和管理制度得到普遍贯彻,并在改革中不断创新,有效地促进了国民经济持续、快速、健康发展。

1. 工业污染防治取得较大进展

"八五"与"七五"末期相比,全国工业废水处理率提高了13个百分点,工业废气消烟除尘率和工业固体废物综合利用率均提高14个百分点。到1995年底,全国县以上企业工业废水处理率达到76.8%,工业废气处理率达到80.9%,工业固体废物综合利用率达到43%;城市居民燃气普及率达到68.4%,北方采暖城市集中供热面积达到6亿m²。改革开放16年来,国民生产总值翻了两番,但是污染物排放的增长速度明显低于经济增长速度,一些地区和城市的部分环境质量指标基本保持稳定,有的还在一定程度上有所改善。

乡镇工业污染防治工作有所加强。在东南沿海经济发达地区,加强对乡镇工业的规划和管理,不断提高技术水平,积极推行污染集中控制,涌现了不少乡镇工业蓬勃发展、环境质量逐步改善的县、市,取得了明显的经济效益、环境效益和社会效益。而在中西部省区采取引导、扶持政策,加强管理和监督,努力控制乡镇工业污染的扩散和加剧。

污染防治逐步向流域和区域综合整治扩展。国家组织开展了白洋淀、淮河、太湖等流域的水污染防治工作,并初步取得成效。淮河流域河南、安徽、山东、江苏四省已全部关闭年产5000t以下的化学制浆造纸厂,限期治理一批污染严重的企业,大幅度削减了流域内的工业污染负荷。废水进入太湖超标排放企业在1998年底基本上实现了达标排放,未达标的实行了关、停、并、转。山东小清河、云南滇池水污染治理,广东、贵州两省和青岛、长沙、重庆等9市的二氧化硫及酸雨综合防治试点工作都取得新的进展。

2. 城市环境综合整治成效显著

随着城市经济体制改革的深入发展,各城市人民政府把环境综合整治作为改善环境质量、提高现代化水平的重要途径。1989～1996年7年间,全国城市污水处理厂由72座增加到139座,处理能力提高了135%,城市燃气普及率由38.6%提高到68.4%,城市绿化覆盖率由17.8%提高到23.8%;供热及型煤普及率和城市水源水质达标率等都有较大提高。建成烟尘控制区11333km²,环境噪声达标区1800km²。大气总悬浮微粒年日均值有所下降,部分城市环境质量保持稳定。

上海、武汉等城市结合城市改造和布局调整,关闭、搬迁、治理了一批污染严重的企业。国家组织的本溪、包头大气污染治理收到较好效果。天津、海口、苏州、大连、北京、深圳、广州、杭州、南京、石家庄等城市被评为1992～1994年全国城市环境综合整治十佳城市。

3. 生态环境保护工作进一步扩展

植树造林工作在全国广泛持续开展,全国森林覆盖率达到13.92%。有724个平原县(市)实现了绿化,广东、福建、广西、吉林、海南等12个省区基本消灭了宜林荒山,"三北"防护林体系二期工程提前一年超额完成任务。全国建立16片国家级水土流失重点治理区,综合治理小流域水土流失面积6700多万hm²。生态农业试点扩大到2000多处,50个生态农业试点县建设稳步发展。江苏姜堰市(泰县)河横村、宁夏中卫固沙林场等7处生态农业试点,被联合国环境署授予"全球500佳"称号。生物多样性保护工作逐步加强。全国有各类自然保护区799处,占国土总面积7.19%。山西、陕西、内蒙古等省区,一些破坏严重的生态环境正在恢复。海洋污染防治和生态保护不断加强,海洋环境恶化趋势有所减缓。

4. 环境法制建设全面加强

为适应建立社会主义市场经济体制的需要,环境立法进程加快。

1978年3月,五届人大五次会议通过的新宪法中,明确规定:"国家保护和改善生活环境和生态环境,防治污染和其他公害。"这就在国家根本大法中确立了环境保护的法律地位。1989年12月,七届全国人大通过了《中华人民共和国环境保护法》,加上1982年颁布的《海洋环境保护法》,1984年颁布的《水污染防治法》,1985年颁布的《草原法》及其后的《矿产资源法》《大气污染防治法》等,这些都是我国环境保护方面的重要法律。

1995年以来颁布的《大气污染防治法》修正案、《固体废物污染环境防治法》、《水污染防治法》修正案和《淮河流域水污染防治暂行条例》、《自然保护区管理条件》等都是新形势下环境立法的最新成果。国家还新制定出171项环境保护国家标准和行业标准。地方环境立法取得大的进展,新颁布了500多项地方性环保法规。

环境执法力度增强。全国人大环境与资源保护委员会和国务院环境保护委员会从1993年连续4年开展了全国环保执法大检查,查处了一批违反环境与资源法律法规的案件,打击了违法行为。在环境执法中,加强了对履行国际环境条约的监督,严肃查处了广东个别地方非法经销犀牛角等一些违法案件,维护了我国的国际形象。1995年国务院办公厅发出《关于坚决控制境外废物向我国转移的通知》,国家环保局会同有关部门严肃查处废物进口的违法案件,取得初步成效。

环境法制建设的不断加强,促进了地方环保机构和执法队伍的建设,全国省一级政府基本上都设立了依法独立行使职权的环境管理机构;环境监理工作逐步发展,形成了一支2万多人的执法队伍,环境执法和监督能力得到提高。

5. 环境科技和监测不断取得成果,宣传教育更加广泛深入

我国的环境科学大规模研究是从20世纪70年代初的《官

厅水库水源保护》及《北京西郊环境质量评价研究》开始的,20多年来,已形成了由环境地学、环境物理学、环境化学、环境生物学、环境医学、环境工程学、环境经济学、环境法学、环境管理学等多个学科分支组成的环境科学研究体系。我国已形成了由专业科研院所和高等学校组成的科研队伍,建成300多个环境科学技术研究院、所,拥有2万多名环境科研人员。环境科技为环境管理和决策提供支持的能力进一步增强。"八五"期间,全国环境科技成果达2 000多项,其中,获国家科技进步奖27项、省部级科技进步奖500多项。

我国的环境监测工作是70年代发展起来的,在"六五"期间,重点建成了国家总站、省中心站、市、县的四级环境监测系统。加上资源开发保护部门和工业交通部门的垂直监测系统,三方面监测力量总体发展到1990年已有4 000多个监测站,有近7万人的专业监测技术人员。其中,环境保护系统的四级监测站已发展到2 040个,拥有3万余名专业监测人员。

环境宣传日益走向社会,群众性越来越强,各地各部门除坚持经常性的环保宣传外,每年的世界环境日、地球日、土地日更把宣传活动推向高潮,促进了全民环境意识的提高。

环境保护已经纳入9年制义务教育之中,全国有140所高校,上百所中专及职业高中开设了环保专业,培养出一大批专业人才。此外,还针对党政干部、司法干部、企业厂长经理开展专门的环保专业培训,使决策者和管理者的环保基本国策意识、可持续发展思想和环境法制观念有所增强。

6. 环境领域国际合作取得重要进展

1972年6月,我国政府派出代表团出席了第一次联合国人类环境大会。此后,我国参与国际环境活动越来越多,我国在环境领域的国际合作取得明显成效,在国际环境事务中发挥了积极作用。1991年我国发起召开了"发展中国家环境与发展部长级会议",发表了《北京宣言》。1992年6月,李鹏总理在联合国环境与发展大会上发表了重要讲话,得到国际社会积极评价。

我国先后签署加入了《控制危险废物越境转移及其处置巴塞尔公约》《关于消耗臭氧层物质的蒙特利尔议定书》《气候变化框架公约》《生物多样性公约》等多项国际公约和议定书。为实施已加入的各项国际环境条约,制定了《中国21世纪议程》《中国消耗臭氧层物质逐步淘汰国家方案》《中国生物多样性保护行动计划》等10多项对策方案及有关规定,成立了相应的履约执行机构,并取得许多实际进展。

二、我国的环境问题

虽然我国环保事业有了较大发展,某些环境质量指标恶化趋势有了一定程度的缓解,但是,应该清醒地看到,随着经济增长、人口增加和城市化进程加快,全国环境形势日趋严峻。以城市为中心的环境污染正在加剧并向农村蔓延,生态破坏的范围在扩大,程度在加重,局部地区的环境污染和生态破坏已成为制约当地经济发展、影响改革开放和社会稳定、威胁人民健康的重要因素。

(一)环境污染问题

1. 大气污染

目前,我国能源消耗以煤为主,占70%以上。我国大气污染以煤烟型污染为主要特征,主要污染物是大气总悬浮微粒和二氧化硫。我国1994年的二氧化硫排放量已达1800多万t(不含乡镇企业),总量成为世界上排放二氧化硫较多的国家之一。参加全球大气监测的北京、沈阳、西安、上海、广州五城市,在全球污染最严重的城市中,名列前10位,而这五城市还不是全国最差的。

这些年来,随着城市化发展速度加快,城市机动车辆大量增加,汽车尾气污染也日趋严重。如,北京市机动车辆约为日本东京的1/5,但汽车尾气污染却比东京高好几倍。在兰州,就曾发生过光化学烟雾的危害。

由于大气污染,我国成为酸雨污染灾害严重的国家之一。全国有30%的国土受到酸雨威胁,尤以西南地区最为严重。例如:广西柳州近年来"十雨九酸";贵州全省每年因酸雨造成的直接经济损失达20～40亿元;湖南长沙市最近几年的酸雨频率已达到90%～97%;地处长江以南的浙江省酸雨污染也十分严重,全省90%以上地区均出现过酸雨。据统计,全国每年因酸雨造成损失达160多亿元。

2. 水环境污染

我国水环境恶化仍未能得到有效控制,水污染问题已成为威胁人民健康和制约社会经济发展的重要因素之一。1990年,全国工业废水排放量达249亿t。主要污染物有氨氮、有机物、挥发酚、重金属、石油类等。再加上我国农业生产使用的化肥、农药逐年增加,未利用的部分进入水环境,引起农村地下水及饮用水污染。

我国饮用水源污染也相当严重。其水质符合饮用水标准者约占30%。在以地下水为饮用水源的城市中也有77.8%受到不同程度的污染。

对我国532条河流的污染状况进行调查,已有436条河流受到不同程度污染,占调查总数的82%。

全国七大水系近一半的河段受到污染,有一半以上的城市河段水质超标。大江大河水质下降。长江干流各监测断面悬浮物年均值都超标,氨氮污染加重。黄河干流悬浮物、氨氮和耗氧有机物污染加重。淮河流域水污染严重,流域的100多条支流中,一大半水体呈黑绿色,严重污染的河段占整个水体的71%。1994年,一年中曾发生三起特大污染事故,不仅严重影响经济发展,而且致使淮河两岸1.5亿人饮水都造成严重困难。松花江、辽河流域水污染严重,水质符合1、2类标准的仅占6%,3类标准的占23%,属于4、5类的占71%。

湖泊富营养化普遍。对全国34个主要湖泊富营养状况进行调查,都不同程度存在富营养化问题。其中尤以太湖、巢湖、滇池污染为重。

我国沿岸各海域无机氮、无机磷普遍超标。珠江口、大连湾、胶州湾等海域油污染严重。我国近海海域发生赤潮的频次和面积都有所增加,使渔业、水产养殖业受到严重影响。莱州湾、舟山渔场等局部海域渔业生态环境恶化明显,部分水生生物濒危。据统计,1994年全国共发生废水污染事故1617起,发生的污染渔业事故333起,造成经济损失12.6亿元。

3. 固体废物污染

我国固体废物产生量相当大,据1991年统计,全国工业固体废物产生量为5.9亿t,其中有害废物约为3000~4000万t,占总产生量的6%左右,每年清运城市生活垃圾为0.8亿t,工业固体废物历年堆存量达60多亿t。然而,我国目前固体废物的综合利用率还不到40%,城市垃圾和粪便的无害化处理率不到6%,多数只是简单地堆放或直接排放,严重污染地表水和地下水。

据统计,由于固体废物的堆放,受污染的耕地达0.1亿hm²以上,在全国500多个城市中,有近2/3的城市处在垃圾的包围之中。

4. 噪声污染

我国城市噪声一般都处于高声级。近年来,由于城市车辆密度增加,城市路网密度又大,交通噪声逐年上升。城市道路交通噪声绝大部分超过70dB(A)。加上新建、改建个体工商业迅速发展,以及城市建筑业的发展,使城市高声级的污染范围不断扩大。据统计,全国有2/3的城市居民生活在超标的噪声环境之中。

(二) 生态环境破坏问题

1. 水土流失

我国水土流失严重,建国初期水土流失面积约为153万km²,而1992年全国普查结果表明,目前水土流失面积达367万km²。全国每年从陆地经河流输入近海的土壤达17.8亿t,占全球陆地输海土壤总量的1/10,加上滞留在河、湖、水库的泥沙,全国水土流失总量达50多亿t。相当于在全国现有耕地上刮去1cm厚的表土。黄土高原是我国水土流失严重的地区,其总面积为 58 万 km²,水土流失面积就达 53 万 km²,每年流入黄河的泥沙量达 16 亿 t。长江流域的水土流失也很严重,面积达 0.36 亿 hm²,占流域总面积的 20%,每年入海的泥沙为 5 亿 t。1998 年长江全流域发生的历史罕见的特大水灾,就是其上游森林的乱砍滥伐,造成水土严重流失,湖、库淤积及围湖造田等而带来的严重后果,人类为此付出了惨痛的代价。

2. 土地荒漠化、盐碱化

我国是全球土地荒漠化严重的国家之一。荒漠化土地面积约占国土面积的 1/3。由于不合理的开垦、过度放牧等,每年新形成的荒漠化面积平均达 66.67 多万 hm²。目前全国受荒漠化影响的人口达 4 亿,每年因荒漠化造成的经济损失约 165~250 亿元。

土壤盐碱化是土壤退化的一个重要原因。我国黄淮海平原、西北黄土高原、内陆区、东北丘陵区和沿海地带的盐碱地总面积超过 0.3 亿 hm²,其中耕地占 67 万 hm²。盐碱化严重的西北内陆区,盐碱化面积占该区耕地面积的 15.2%。由于土地荒漠化、盐碱化,使土质肥力下降,农作物减产。

3. 耕地面积逐年减少

我国人均占有耕地大约 0.09hm²,相当于世界平均水平的 1/3。由于水土流失,土地荒漠化、盐碱化,对耕地管理不善,滥占地建房、建厂,致使我国耕地面积逐年减少,每年大约净减耕地 4.7 万 hm²,差不多相当于 354 个中等县耕地面积的总和。耕地面积减少,降低了农业生产的潜在能力,使现有耕地承受更大的压力。

4. 森林覆盖率低

我国森林覆盖率仅为 13.9%,人均林地面积不足 0.12hm²,只及世界人平均数的 15%,由于一些地方森林资源的过量采伐、乱砍滥伐,特大森林案件增多,随意侵占、破坏林地资源,使森林面积大量减少。例如:广西桂林漓江两岸由于森林资源破坏严重,造成大量水土流失,影响到漓江的水质和水量。1987 年 5 月,我国大兴安岭大火,烧去了70万hm²森林,烧毁了85万m³木场存材,是建国以来毁林面积最大、伤亡人数最多、经济损失最重的森林浩劫。长白山地区,解放初期,森林覆盖率为82.5%,现已锐减到14.2%。西双版纳地区,昔日郁郁葱葱的林海也不见了,原天然森林覆盖率为70%,现已不足34%。海南岛是我国重要的热带森林区,解放初期,全岛天然森林覆盖率达35%,现已不足7%。

5. 草原退化

长期以来,对草原低投入、高索取、毁牧造田,超载放牧,掠夺式经营,造成草原退化率不断增加。全国退化草原面积已达0.67亿hm²。目前仍以每年133hm²的退化速度在扩大。我国内蒙古牧区大草原退化面积已达0.21亿hm²,占全区总面积35.6%。由于盲目开荒,全国被开垦的草原总面积已达0.27亿hm²,其中1/3已失掉土地生产力,变为沙漠。草原的退化和减少,严重影响了畜牧业的发展和草原地区的生态环境。

6. 生物多样性减少

我国的生物多样性居全球第8位,北半球的第1位。由于森林减少,草原退化,农药、杀虫剂的大量使用,尤其是人为过度捕猎、捕捞,使大量动、植物的生存环境不断缩小,造成种群减少甚至消失。我国动植物种类中已有总物种数的15%～20%受到威胁,高于世界10%～15%的水平。在《濒危野生动植物种国际贸易公约》所列640种中,我国就占156种。近50年来,基本灭绝的动物有近10种,而200余种植物已灭绝。

三、 我国的环境保护的方针与政策

(一) 环境保护的基本方针

1973年,第一次全国环境保护会议上,确定了"全面规划、合理布局、综合利用、化害为利、依靠群众、大家动手、保护环境、造福人民"的方针,简称为"三十二字"方针。这是我国环保工作和早期环境立法的基本指导思想,是我国一定时期内环境保护工作的目的、重点、方向、方法的高度概括。

随着我国经济建设的发展,环境保护工作的重点发生了变化,对环境保护提出了新的要求。在1983年召开的第二次全国环境保护会议上,提出了"三同步"、"三统一"的方针。即在国家计划的统一指导下,环境建设与经济建设、城乡建设同步规划、同步实施、同步发展,实现经济效益、社会效益和环境效益的统一。这一方针已成为现阶段我国环保工作的指导思想,环境立法的理论依据,也是我国社会主义现代化建设的指导思想之一。

"三同步"的基点在于同步发展,它是制定环境保护规划、确定政策、提出措施以及组织实施的出发点和落脚点,要求把环境污染和生态破坏解决在经济建设和社会发展的过程之中,通过环境保护保证和促进经济发展和社会繁荣。

"三统一"是贯穿于"三同步"始终的一条基本原则,也是各项工作的基本准则。"三统一"就是要克服只顾经济效益的观点。运用经济、社会、环境三位一体的观点全面评价发展的成效,使社会发展走持续发展的道路。

(二) 环境保护的基本政策

我国环境保护的基本政策是"预防为主"、"谁污染谁治理"以及"强化环境管理"的三大环境保护政策。

1. 预防为主的政策

这就是把消除污染、保护环境的措施,实施在经济开发和建设过程之前和之中,从根本上消除环境问题得以产生的根源,大大减轻事后治理付出的代价。预防为主的政策主要内容包括:把环境保护纳入国民经济与社会发展计划中,进行综合平衡。计划中规定了防治工业污染、控制重点城市污染、保护江河水质、保护农村环境和生态环境的目标和措施。实行城市环境综合整治,把环境保护规划纳入城市总体发展规划,调整城市产业结构和工业布局,改善城市能源结构,减少污染产生和排放总量。实行建设项目环境影响评价制度。保证建设项目选址的合理性,对开发项目提出防治污染的措施,控制新污染源等等。

2. 谁污染谁治理的政策

这项政策是造成环境污染危害的生产者负有治理环境污染的义务和责任,并承担治理污染的费用。明确了环境责任并解决了治理环境污染的资金来源问题。这项政策主要内容包括:企业要把技术改造资金的适当比例用于环境保护措施,对工业污染实行限期治理,征收排污费,建立污染治理专项资金,以解决环境污染问题。

3. 强化环境管理的政策

这是三大环境政策的核心。通过强化环境管理,以获得较大的环境效益。在我国,有相当部分的环境问题是由于管理不善造成的。从我国实际情况看,还不可能拿出更多的资金和高技术用于环境污染的治理。通过环境管理去解决那些不花钱或少花钱的环境问题,向管理要效益,向管理要资金是我国一条成功的经验。强化环境管理的主要内容有:加强环境保护立法和执法;建立全国性的环境保护管理网络;大力开展环境保护宣传教育,提高全民环境意识,建立以八项制度为核心的强化环境管理的体系,创出一条具有中国特色的环境保护道路。

四、近期环境保护的基本目标和工作重点

(一) 国家环境保护"九五"计划和2010年远景目标

跨世纪15年,要坚持保护环境这项基本国策,实施《中国21世纪议程》,推行可持续发展战略。我国环境保护分阶段的目标是:

(1) 到2000年,基本建立比较完善的环境管理体系和与社会主义市场经济体制相适应的环境法规体系,力争使环境污染和生态破坏加剧的趋势得到基本控制,部分城市和地区的环境质量有所改善,建成若干经济快速发展、环境清洁优美、生态良性循环的示范城市和示范地区。

——工业废水中的氰化物、砷、重金属等有害物质排放总量和工业固体废物排放总量比"八五"末有所减少,烟尘、工业粉尘和废水中的化学需氧量、石油类等污染物排放总量与"八五"末基本持平或略有增加,二氧化硫综合治理能力有显著提高。

——淮河、海河、辽河、滇池、巢湖、太湖、酸雨和二氧化硫控制区、晋、陕、蒙接壤地区等国家重点治理流域和地区的环境恶化状况有较大缓解。

——直辖市、省会城市、经济特区城市、沿海开放城市和重点旅游城市的环境空气和地面水环境质量、按功能分区分别达到国家标准;其他经济比较发达的城市中,多数城市的环境质量有所改善,初步适应改革开放和居民小康生活水平的要求。

——造林绿化的生态效益得到发挥,初步形成绿色生态屏障体系,水土流失和沙化治理进度和效益比"八五"期间有明显提高;大规模开发活动的生态破坏得到一定控制,农业生态条件有所改善;自然保护区面积进一步扩大,初步形成布局较为合理的自然保护区网络;生物多样性保护得到加强。

(2) 到2010年,可持续发展战略得到较好贯彻,环境管理法规体系进一步完善,基本改变生态环境恶化的状况,城乡环境质量有比较明显的改善。建成了一批经济快速发展、环境清洁优美、生态良性循环的城市和地区。

——工业技术水平显著提高,主要污染物排放总量明显减少,环境恶化的压力得到缓解。

——主要流域和海域的环境污染不再加剧,部分得到明显改善,酸雨污染的发展趋势基本得到控制。

——城市环境基础设施得到较大改善,多数城市的环境质量与经济发展水平基本适应,重点城市饮用水源水质达标,地面水环境质量基本满足功能要求,大气环境质量基本达到国家二级标准,建成一批环境清洁优美的城市。

——森林覆盖率达到17.5%,森林资源结构得到明显改善;

有近1/4的水土流失和荒漠化土地得到治理,近1/2的"三化"(退化、沙化、盐碱化)草地得到治理和恢复;农业生态条件进一步改善,抵御自然灾害能力明显增强;自然保护区和生物多样性保护工作进一步发展。

(二) 我国环境保护工作的两项重大举措

1. 《污染物排放总量控制计划》

《污染物排放总量控制计划》是根据全国人大批准的"九五"环保目标制定的,是确保实现这一目标的有力举措。本着符合国情、区别不同地区情况、量力而行的原则,"九五"期间先对那些环境危害大、经采取措施可以有效控制的重点污染物进行总量控制。

以往,我国采取的是依照污染物浓度排放标准来控制污染。由于经济快速增长,就某一地区或某一行业而言,即使所有污染源普遍达标排放,污染物总量仍将继续增加,污染加剧的趋势仍不可避免。实行总量控制,采取排放浓度标准与排放总量指标相结合的方式来控制污染物排放,就能有效地遏制环境问题加剧的趋势。实施这项计划,要求新、改、扩建项目和技术改造项目在投产使用时,除了排放的污染物必须达到国家和地方排放标准(浓度)外,首先,在经济比较发达、污染严重、环境敏感等地区,在达标条件下所增加的污染物排放总量,要在本企业或本地区等量削减,做到增产不增污,甚至增产减污,从而有效地控制本地区污染负荷的增加。这就要求必须提高建设项目的技术起点,采用能耗物耗小、污染物排放量少的清洁生产工艺。这样做,既有利于保护环境,又能够提高经济增长的质量,促进经济增长方式的转变。

2. 《跨世纪绿色工程规划》

《跨世纪绿色工程规划》是实现环保目标、改善环境质量的一项实际措施。在"九五"期间和下世纪初10年分3期实施。按照突出重点、技术经济可行和综合效益好等原则,第一期工程在各地、各部门上报3000多个项目的基础上,筛选确定了一大批项目,重点治理"三河"、"三湖"的水污染以及"两区"的大气污染,同时还包括各地区和有关行业确定的污染治理项目。实施这项计划已经有了一个好的基础,很多省、市从"八五"期间就开始制定并实施大规模的环保行动计划,如辽宁的"五二四工程"、江苏的"五大工程三大战役"、浙江的"六个一工程"、甘肃兰州市的"蓝天计划"等,一大批流域性、区域性重点污染已被优先纳入治理计划并着手实施。《跨世纪绿色工程规划》把这些项目筛选后集中起来,有利于统一组织协调,加强监督管理,也便于取得国内外的广泛支持。

复习思考题二

1. 世界环境污染是怎么发生和发展的?
2. 你能举出哪些世界著名的公害事件?
3. 发达国家环境保护工作的经验有哪些?
4. 试举出10个人类面临的环境问题。
5. 我国防治工业污染取得哪些成绩?
6. 试简述我国环境污染的现状。
7. 我国的环境保护基本方针和基本政策是什么?
8. 我国"九五"期间和2010年环境保护的基本目标是什么?
9. 我国"九五"期间和2010年环境保护的工作重点是什么?

第二章 生态学基本知识

生态学是研究生物与环境相互关系的科学。它不仅与当前世界面临的粮食、人口、能源、资源和环境五大社会问题直接关联，而且又是解决这五大社会问题的理论依据，所以具有重大的实践意义。自20世纪60年代以来，生态学已迅速发展成为当代最活跃的前沿学科之一，并将继续向深度和广度进军，显示出它强大的生命力。我们学习生态学基本知识，主要是为学好《环境保护概论》打下理论基础。

第一节 生态学与生物圈

一、生 态 学

自然环境是一切生物赖以生存和发展的物质基础，它为人类以及其他生物提供了必要的生存条件，使生物有机体向复杂和高级阶段不断地进化，这是自然环境对生物有机体产生作用和影响所带来的必然结果。有作用就有反作用，人类和其他生物的活动，包括一切生命活动以及社会、生产、消费等活动，又反过去对所在的环境产生作用和影响，在这作用和反作用的过程中，生物与其生存环境建立了密切的联系，它们相互依存、相互制约、相互促进，这种相互依存、制约和相互促进的关系与生物界特别是人类的命运息息相关。因而，必须去探求其规律性，只有认识和掌握了它的发生和发展的规律，人类才能去改造大自然，使大自然为我们造福。

生物包括动物、植物和微生物。据生物学家统计，已被记名在册的动物约有200多万种，植物约有30万种，微生物约有10多万种。

生态学有很多分支学科，若按研究的范围及其复杂程度来分，则有个体生态学、种群生态学、群落生态学。

研究个体与其生存环境之间相互关系的科学叫个体生态学。个体是指单个生物体，一只鸟、一棵树、一个细菌均为一个个体。个体与个体之间，个体与环境之间都有密切的内在联系，因而，任何一个个体都不是孤立地生活在环境之中的。

研究种群与其生存环境之间相互关系的科学叫种群生态学。种群是同种生物许多个体的集合体。由青鱼苗、大青鱼、小青鱼组成的集合体为青鱼种群。由松树苗、小松树、大松树组成的集合体为松树种群。该集合体是一个有机整体，而绝非简单的堆积。

研究群落与其生存环境之间相互关系的科学叫群落生态学。群落是两个或两个以上的种群所组成的有机整体。由青鱼、白鱼、鲤鱼种群所组成的有机整体为鱼群落。由松树、桂花树、白杨树种群所组成的有机整体为树群落。所不同的是前者为一种动物群落，而后者则是一种植物群落。由两个或两个以上的微生物群落所组成的有机整体，显然是微生物群落。生物群落就是由动物、植物以及微生物群落所构成的。其中植物群落是生物群落中最积极的因素，它是生物群落的核心。

近年来，由于全球生态环境问题的日益发展，生态学的研究重心已集中到对生态系统的研究上来。

二、生 物 圈

银河系九大行星之一的地球，是一个生机盎然，绚丽多彩的生物世界。它的中心是地核和地幔，在地核和地幔的外面包裹着形状不规则、厚度既不均匀又不相同的岩生圈、土圈、水圈和大气圈，地球的表面层就由它们构成。在地球的表面层里，有清新的空气、温暖的阳光、涓涓的流水、肥沃的土壤、丰富的资源……。这些五光十色的自然因素是一切生物赖以生存、发展、进化和繁殖必不可少的物质条件。因而,地球的表面层是一个十分适宜于生物生活和生存的领域,它像慈母一般用乳汁哺育着包括人类在内的一切生物,地球上一切有生命的东西都生息在她的怀抱之中。生态学把地球上所有的生物及其生活领域的总和叫生物圈。由于生活领域是指地表部分,所以又可将生物圈说成是有生命存在的地表部分(包括岩石圈上部、土圈、水圈全部、以及大气圈的下部)。

生物圈尽管庞大,但却有界。据考察,生物活动的范围约可高达海平面以上10km,深达海平面以下12km,所以一般就将海平面以上10km作为生物圈的上限,而将海平面以下12km作为生物圈的下限。在这辽阔的区间里有着风、云、雷电、雨、雪、冰、霜;有江、湖、河、海、绿地、青峰。鱼翔水底,鹰击长空,呈现出一派生机勃勃,欣欣向荣的兴旺景象。

第二节　生态系统的基本概念

一、什么叫生态系统

生态系统这一具有精湛构思和经典意义的概念,是英国生态学家坦斯利于1935年首次提出的。生态系统概念的建立,标志着生态学的研究已进入了一个崭新的历史阶段。

地球上一切生物都不是孤立地生活在生物圈之中的。它们与其共有的环境是一个不可分割的有机整体。这里所指的生物包括多种生物个体、种群和群落。环境则包括水、土地阳光和空气。生物有机体和环境各组成部分之间密切关联,相互制约,时刻进行着物质和能量的交换,它们处于永恒不停的运动和变化之中。在运动和变化的过程中,各因素间相互作用和相互影响着。于是这些密切相联而又错综复杂的生物因素和非生物因素,通过物质循环和能量流动,在自然界就构成了一个相对稳定的有机整体,坦斯利将这些有机整体称为"生态系统"。因而,所谓生态系统,那就是指在一定的空间范围内,生物群落与其生存环境,通过物质循环和能量流动所构成的综合体。生态系统的概念亦可用一个简明的公式来表达,即生态系统＝生物群落＋环境条件。根据上述概念,我们可将任何生物群体与其生存环境所构成的占有一定空间的自然实体叫生态系统。

自然界生态系统多种多样,一个池塘、一片森林、一块草地、一个水库、一个城市,均为一个生态系统。尽管它们有大有小,有的简单;有的复杂,但其结构和功能都相同,而且都是自然界的一个基本活动单元。无数个形形色色、丰富多彩的生态系统有机地组合起来,便构成了生物圈。由此可见,生物圈是地球上最大的生态系统,其余的生态系统都是构成生物圈的功能单元。

二、生态系统的主要类型

根据地理环境和生物群落特点的不同,可将生态系统分为陆地生态系统和水域生态系统。除此之外,还包含由农田和城市构成的人工生态系统。

1. 陆地生态系统

根据陆地生态环境和生物群落的特征,可将陆地生态系统分成为森林、草原、荒漠和冻原生态系统。其中以森林和草原生态系统为主。

(1) 森林生态系统:森林生态系统是一种生物种类最多,生物生产量最高的复杂的生态系统。这里幅员辽阔,自然资源丰富,除能为生物提供栖息之地、提供食物和能量之外,还能对水循环起调节作用,保证氧循环的正常进行。因而,森林生态系统是具有极其重要的生态意义的。

(2) 草原生态系统:草原生态系统降雨量少,气候干旱,但牧草丰盛,是草食动物理想的生活场所,还为人类提供了大量的肉、奶类畜产品。

2. 水域生态系统

水是天然的化学溶剂,地壳中的90多种元素,其中的70多种能溶于水,这就为水生生物的生长和繁殖创造了必要的前提。

水域生态系统包括海洋和湖泊生态系统。

(1) 海洋生态系统:由于海洋不是静水系统,所以海洋生态系统比较稳定,远不如陆地生态系统那样复杂。海水中含有大量营养物质,海洋生物都生息在这里。

(2) 湖泊生态系统:由于湖泊中水流速度缓慢,阳光充足,溶解氧含量较高,湖水中营养又丰富,因而湖泊是淡水水生生物适宜的生存环境。

3. 人工生态系统

(1) 农田生态系统:农田生态系统是人类在改造大自然的过程中诞生的。全世界50亿人口的粮食,均来源于此系统。

农田生态系统种类繁多,有水田、旱田生态系统,还有经济作物圃果园、柞蚕场等。

(2) 城市生态系统:城市是人类生活和从事生产活动的基地。人在城市生态系统中占有特殊的位置,城市生态系统是否兴旺发达,全由他们来主宰。

三、生态系统的组成

生态系统由生物群落及其生存环境有机地组合而成。生物之间,生物与环境间不断进行着物质交换和能量转移,这种相互依存,相互促进的关系密切而又复杂,概括地说来,任何一个完整的生态系统都是由生产者、消费者、分解者和无机环境这四个部分组成的。

1. 生产者

生产者包括所有绿色植物和化能合成细菌,它们是系统中最积极的因素。因为一切有叶绿素的绿色植物,都能利用太阳能,通过光合作用,把从环境吸取的水、二氧化碳和无机盐类制备成有机物,在此同时,太阳能转变成化学能潜藏在有机物分子的化学键内。除满足植物本身生长和发育需要之外,还是人类和一切动物食物和能量的根本来源。因而把绿色植物誉为地球上的生产者,显然是很确切的。

化能合成细菌也具有绿色植物同样的功能,所不同的是,它们在把无机物合成有机物时,利用的不是太阳能,而是某些物质在化学反应过程中释放出来的能。

2. 消费者

消费者包括各类动物,以及某些腐生和寄生菌类。它们的共同特点是,都要从生产者那里获取营养以维持自身的生命活动。由于有的消费者直接以植物为食,有的间接以植物为食,因而可将消费者划分成一级消费者,二级消费者……直接以植物的茎、叶、果实为食的动物是草食动物,它们是生态系统中的一级消费者,如牛、羊、虾等。以一级消费者为食的动物是二级消费者,它们均为肉食动物,但很弱小,如小鱼、青蛙等。又由于肉食动物之间存在着"弱肉强食"的现象,所以还可以划分出三级和四级消费者。三级消费者以二级消费者为食,以此类推。三四级消费者往往是群落中强大、凶猛的动物,例如虎、豹。但总的说来,它们都只能依附于植物而生存于自然环境之中,相对于生产者而言,它们当然都是消费者。但消费者在保证生态系统能量流动和物质循环能正常进行方面所起的积极作用,是不容忽视的。

作为万物之灵的人类,在生态系统中也属于消费者这一类群。人既以植物为食,又以动物为食,所以是一种杂食动物。

3. 分解者

分解者是生态系统的"保洁员",包括细菌、真菌和土壤中的小型动物。细菌、真菌能分泌消化酶,使动、植物尸、残体内的有机物被分解成可溶性的基本元素和简单的无机物,用以维持自身的生命活动，余下的分解产物及分解过程中释放出来的能，又回到环境，供植物再次吸收和利用。土壤小型动物能加速有机物的分解和转化，在清除动植物尸残体；以及保证物质正常循环方面起着积极的作用。

4. 无机环境

无机环境是生态系统中的无生命物质，它由无机物、有机物以及自然因素共同组成。无机物包含水、水中溶解氧、底泥里的矿物质、沙、土壤和无机盐类。有机物是指底泥里的腐殖质。自然因素有大气和阳光等等。其中太阳是万物生长所需能量的源泉；水、空气、无机盐类是生物生长不可缺少的要素；土壤、沙是植物生长的温床。

由此可见，生态系统是由生产者、消费者、分解者以及与它们共存的环境组合而成的综合体。就一个池塘生态系统而言，高等水生植物、单细胞和多细胞藻类，能完成光合作用，制造有机物，所以它们是池塘生态系统中的生产者。生活在池水中的浮游动物，它们直接以藻类为食，所以是系统中的一级消费者。池水中的鱼以浮游动物为饵，是二级消费者。生活在池塘周围以鱼为食的鸟是三级消费者。池水和底泥中的微生物，能把池塘中的尸残体分解成简单的无机物，故为分解者。池中的水、水中的溶解氧、池中的底泥、底泥中的无机物和有机物、水面上空的大气、阳光、温度等自然因素，是这个生态系统的无机环境。于是便构成了一个完整的池塘生态系统，成为自然界的一个基本活动单元。

第三节 食 物 链

一、食 物 链

1. 什么叫食物链

"螳螂捕蝉，黄雀在后"的典故是食物链的启蒙思想。"大鱼吃小鱼，小鱼吃虾米，虾米吃小藻"的古老谚语，是对食物链生动而又形象的描绘，有力地说明了生态系统中，植物与动物，动物与动物之间存在着取食和被取食的关系。

以湖泊生态系统为例：浮游动物吞食浮游植物，小鱼捕食浮游动物，大鱼以小鱼为饵，生活在湖泊周围的鸟捕获大鱼，于是浮游植物、浮游动物、小鱼、大鱼、食鱼的鸟就通过取食和被取食的关系连成了一个生物集团，把这个通过食物关系连成的生物集团中的每一个生物，按后者以前者为食的顺序排列起来，就形成了浮游植物→浮游动物→小鱼→大鱼→食鱼的鸟这样一条一环紧扣一环的链锁，生态学便把这种链锁关系，叫食物链。上述食物链，是一条典型的湖泊食物链。

树叶→昆虫→鸟→蛇→野猪→虎是一条典型的森林食物链。食物链上的每一个环节都叫一个营养级，任何一种生物都处于一定的营养级之上。食物链的首端是低位营养级(以绿色植物为主)，食物链的末端是高位营养级(以凶猛的大动物为主)。

食物链在自然界是普遍存在的，它是生物之间有着错综复杂关系的重要体现。

2. 食物链在生态系统中的作用

(1) 食物链是污染物入侵生物体与在生物体内得到富集的途径。当今环境污染已遍及全球，使环境遭到污染的污染物种类繁多，但绝大多数的污染物都是通过食物链侵入生物体的。举世闻名的八大公害之一的日本水俣事件，就有力地证明了这一点。含汞的废渣进入水俣湾，无机汞转化为毒性更大的有机汞，生活在水俣湾中的鱼，因吞食了被有机汞污染的食物浮游动物，有机汞便侵入到了鱼体。人食用了此鱼，有机汞又转入人体，导致了疾病的发生。由此可见，浮游植物→浮游动物→鱼→人这条食物链就是有机汞入侵生物体的途径。科学家们还做了定量的测定，所得数据充分说明污染物不仅通过食物链入侵生物体，而且还通过食物链在生物体内富集。

经测定发现,弥散在大气层中的滴滴涕的浓度约为3×10^{-12},一旦出现了降雨过程,大气中的滴滴涕就随同雨水一起降落至海洋。海洋里的浮游动物因饮用了含滴滴涕的海水,它体内滴滴涕的浓度就上升到4×10^{-8}。小鱼食用了浮游动物,体内滴滴涕的浓度上升为5×10^{-7}。大鱼吞食了小鱼,体内滴滴涕浓度上升至2×10^{-6}。海鸟捕食了大鱼,海鸟体内滴滴涕浓度上升为2.5×10^{-5}。由计算可知,处于食物链末端的海鸟体内滴滴涕浓度为大气层中滴滴涕浓度的833万倍,足以使海鸟及残食海鸟的动物致害、致死。富集程度之大是十分惊人的。

(2) 食物链是能量流动的渠道。食物链在生态系统中也具有积极的作用。能量可以通过食物链来达到流动的目的,正是这一作用的具体表现。该内容将在本章第四节中做详细介绍。

二、生态金字塔

生物学家在研究生态系统中的营养结构食物链时发现,如果把每一个营养级上所有生物具备能量的大小,用一块梯形面积来表示,并将代表各营养级上所有生物具备能量大小的梯形面积,沿垂直方向按营养级由低到高的顺序,由下向上叠放在一起的话,便可形成一个底部宽,上部窄的尖塔一样的图形。由于该图形和埃及金字塔形状相似,故科学上把它叫做能量金字塔。能量金字塔形象地描绘了营养级之间能量的配置关系。

因为能量在流动过程中要逐级递减约9/10,所以前一个营养级的能量,只能满足后一个营养级少数生物的需要,于是营养级愈高,生物数量就愈少,生物数量少,其重量就小。因此,就生物的数量和生物量而言,如按各营养级由低到高的顺序排列,也必然成阶梯般递减,形成金字塔型。这种金字塔分别叫做数量金字塔和生物量金字塔。数量金字塔形象地描绘了各营养级之间生物的数量关系。生物量金字塔形象地反映了各营养级之间生物的重量关系。由于能量、数量递减规律所决定，食物链不可能无限增长下去，一般为3～4个。城市人工生态系统形成"倒金字塔"，必须通过更大的农田生态系统和自然生态系统才能组成一个良性循环的生态系统，因此城市及人类社会是不可能无限膨胀下去的，否则就会崩溃。

自然能量金字塔、数量金字塔、生物量金字塔统称为自然生态金字塔。如图2-1所示。

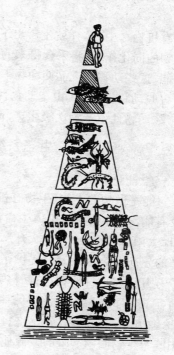

图 2-1 水域生态系统生态学金字塔(单位0.5kg)

第四节 生态系统的功能

生态系统不仅有一定的组成和结构，而且具有一定的功能。生态系统的功能主要通过生物生产、能量流动、物质循环和信息传递来体现。

一、生物生产

生物生产是生态系统的基本功能之一。它包含植物性生产和动物性生产。绿色植物以太阳能为动力，水、二氧化碳为原料，通过光合作用来合成有机物，在此同时，又把太阳能转变为化学能贮存于有机物之中,这样就生产出了植物性产品。动物采食植物后,经动物的同化作用,将采食得来的物质和能,又转化成自身的物质和潜能,这些动物性产品使动物不断繁殖和生长,生产动物性产品的过程叫动物性生产。由于动物性生产要以植物性生产的产品为原料,故动物性生产为次级生产,而植物性生产则为初级生产。

二、生态系统中的能量流动

1. 能量流动

能是做功的本领,生物有机体要把生命活动持续下去,就不能没有能。维持生物有机体生命活动所需的能,归根到底来源于太阳。太阳像一个巨大的"火球",它中心的温度约高达1400万度,这样的超高温为氢核聚合提供了必要的条件,于是太阳的中心便几十万万年如一日地在进行着热核反应,热核反应产生的能量不断向宇宙空间辐射。据统计,每秒钟地球上接收到的能量约为$3.8×10^{26}J$,它与每秒钟燃烧115亿t煤所发出的能量相当。所以,太阳既是生物圈中能量的发源地,又是能量取之不尽、用之不竭的源泉。

能量在生态系统中的流动是从绿色植物开始的。但绿色植物对光能的利用率很低,真正被绿色植物利用的能,仅占辐射到地面上太阳能的1%左右。由于草食动物直接以植物为食,故绿色植物的能量首先传递给草食动物,与太阳能不能全部被绿色植物吸收和利用一样,绿色植物的能也无法全部被草食动物吸收和利用。因为植物为了维持自身的生命活动要消耗掉一部分能量,这部分能以热能的形式逸散于环境。另外,被草食动物采食的植物,有相当一部分不能被消化和吸收,蕴藏在这些物质中的能量,就随同粪便一起排出体外。基于上述原因,真正被草食动物利用的能量,一般仅为绿色植物总能量的1/10左右。随着肉食动物对草食动物捕食过程的发生,能量便由草食动物传给了肉食动物,但草食动物的能量仍然不能全部被肉食动物吸收和利用。真正被肉食动物吸收和利用的能量,一般也只是草食动物所含总能量的1/10左右。因而,有些学者便把这种定量关系叫做"十分之一定律"。尽管该定量关系并不十分精确,但它却反映了能量在沿食物链流动和传递时效率不高的这一客观规律。动植物死后,其尸残体被分解者分解,在分解过程中,贮存于有机体内的能量被释放到环境,另外,生产者、消费者通过呼吸作用也把被消耗的能量散发到环境之中,这就是能量在生态系统中的流动。总之,能量流动的过程,就是能量在生物与环境间、生物与生物间传递、分配和消耗的过程。

2. 能量流动的渠道

绿色植物是生态系统中最积极的因素,一切动物所需的食物和能量,最初都来源于它,因而绿色植物处于食物链的首端,为第一营养级。草食动物以绿色植物为食,位于第二营养级。当草食动物采食植物之后,能量就由第一营养级流入第二营养级。当肉食动物捕食草食动物后,能量就由第二营养级流入第三营养级。当大型肉食动物吞食小型肉食动物后,能量便由第三营养级流入第四营养级。由此可见,能量在生态系统中正是沿着绿色植物→草食动物→小型肉食动物→大型肉食动物这条最典型的食物链逐级流动的。既然能量的流动必须借助于食物链来实现,那么,食物链当然是能量流动的渠道。

3. 能量流动的特点

生态系统中的能量流动有两个显著的特点:

(1) 能量在流动过程中,数量逐级递减。如图2-2所示。

由于生物体要消耗一部分能量,以维持呼吸和代谢活动,因而只有一小部分能量作为潜能贮存起来。于是能量在流动的过程中势必逐

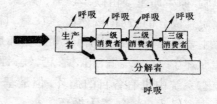

图 2-2 生态系统中的能量流动

级递减，直到以废热的形式全部散失为止。

(2) 能量流动的方向是单程的，不可逆的。

太阳能以光能的形式进入生态系统后，绝不可能再以光能的形式返回到太阳中去。同样草食动物所获的能，也不能还给绿色植物。可见能量的流动是非循环的。因而，要使生态系统功能正常运行，就应不断地向生态系统输入能量。

三、生态系统的物质循环

1. 什么叫物质循环

绿色植物不断从环境中吸取营养物质，通过光合作用，将简单的无机物转变为复杂的有机物，于是物质就开始进入食物链。当草食动物采食绿色植物时，植物体内的营养物质就向草食动物体内迁移。同样，当肉食动物捕食草食动物时，物质就又迁移到肉食动物体内。动植物死亡后，它们的尸残体被微生物分解，并将有机物又转化为无机物复原于环境。这些被释放回环境的物质，再一次被植物吸收利用。重新进入食物链，参加生态系统物质的再循环。生态学把生态系统中，生物从环境吸取营养物质，物质沿食物链迁移，再被其他生物重复利用，最后经分解者分解，又复归于环境的过程叫物质循环。物质循环周而复始，才能使营养物质不致枯竭，生态系统才会生机盎然。

2. 三种主要的物质循环

细胞是组成生物有机体的基本单元，细胞里有细胞核和原生质。原生质主要由碳、氢、氧、硫、磷、氮等元素组成，它们约占原生质总成分的97%。既然碳、氢、氧、硫、磷、氮是构成生物有机体的主要物质，那么，这6种元素的循环也就成为生态系统基本的物质循环了。锰、锌、铜、钼、钴、钙、镁、钾等生物所需的微量元素，在生态系统中也有各自的循环，但最基本的，与环境污染关系密切的主要是水、碳、氮三大循环。

(1) 水循环。

水是原始生命的摇篮、是物质循环和能量流动的介质，海水和湖水还能调节气候、净化空气，因而，水具有极其重要的生态意义。

地球上的水蓄量大、分布广，有70％的面积被水覆盖。贮存在海洋、湖泊、河流、土壤、大气、冰川、冰山、生物体以及矿物中的结晶水共约14亿km³。其中海洋中的咸水占97％，陆地及其他方面的淡水仅占3％。

海洋、湖泊、河流、地表水在常温常压下便不断地蒸发，形成大量水蒸气进入大气层。植物根系从土壤中吸收的水分，大部分通过叶子表面的蒸腾作用，也形成水蒸气进入大气。大气中的水蒸气上升，遇到冷空气便凝成雨、雪、冰、雹，它们在重力的作用下又返回地面。其中一部分直接降落到海洋、河流、湖泊等水域。部分到达陆地表面，这些水部分渗入地下，变成地下水再供植物根系吸收，部分在地面形成径流后又流入湖泊、河流和海洋。这样就完成了一个水循环，如图2-3所示。回到水域和地下的水，经蒸发和蒸腾，水蒸气又一次进入大气层，参加生态系统水的再循环。

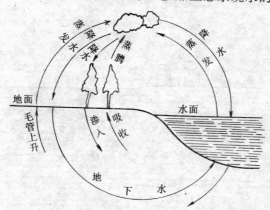

图 2-3 水循环示意图

水是一切物质循环的介质，因为物质只有溶解于水才能进行循环。所以，水循环是一切物质循环的中心循环。水循环不正常，其他物质的循环就会受到干扰。

(2) 碳循环。

碳是构成生物有机体的基本元素,约占原生质总重量的1/4。生物有机体内有碳,无机环境中也有碳;有机体内的碳是以碳水化合物及碳氢化合物的形式存在,无机环境中的碳,主要以二氧化碳和无机盐的形式存在。

植物通过光合作用,把从环境中吸收来的二氧化碳和水合成碳水化合物。通过草食、肉食动物以及人类的取食过程,这些碳水化合物沿着食物链逐级迁移,并被转化为其他形式的含碳化合物,成为生物体自身的物质。另外,通过生产者和消费者的呼吸作用,把二氧化碳又释放回环境。分解者在分解动植物尸体时,也有二氧化碳重返环境,供植物再次吸收和利用。科学上把二氧化碳从环境进入生物体,又从生物体以二氧化碳的形式返回环境的过程叫生物碳循环。如图2-4所示。

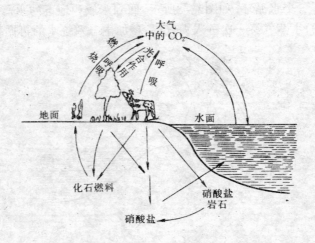

图 2-4 碳循环示意图

除此之外,地质时代埋藏在地层下的生物残体,经长期的地质作用而形成的化石燃料——煤、石油、天然气在燃烧时,也会放出大量二氧化碳,这些二氧化碳被植物吸收和利用,也加入了碳循环的行列。

近年来，现代化大工业迅猛发展，人们大量使用化石燃料，于是大气层中二氧化碳的浓度逐年增加，从1880年到1970年，大气层中二氧化碳的浓度增长了10％，估计在近20年内还将上升10％。二氧化碳不仅能让太阳光透过大气层，直接辐射到地面上来，而且还能吸收地面辐射出来的红外线，将其逆辐射回地面。所以二氧化碳犹如一个屏障，它能把近地层的热量屏蔽住，使热量不能向宇宙空间辐射，起到使近地层大气升温的作用。科学上把二氧化碳对生态环境产生的热效应叫"温室效应"。科学家们做了估算，认为如果大气层中二氧化碳的浓度上升到4.20×10^{-4}的话，南极和北极的冰雪就会融化。反之，如果二氧化碳的浓度降低到1.50×10^{-4}，那么，地球就有可能完全被冰雪覆盖，地球上就要出现另一个冰河时期。据科学家们预测，今后由于能量大量消费，二氧化碳每年将以0.7×10^{-6}的速率增加，这样下去，到21世纪中叶，地球上的冰要融掉一大半，于是海洋水位上升，沿海城市就有被海水淹没的危险，自然生态环境就要遭到破坏。

随着人们对物质世界认识的深化，学术界提出了与"温室效应"相反的"阳伞效应"，二氧化碳浓度增大，对大气温度究竟产生何种影响，还有待进一步探讨，它已成为学术界共同关注的重大课题。

（3）氮循环。

氮是构成生命物质——蛋白质的重要元素之一。大气层中游离的氮含量丰富，但游离的氮只有被转变成氨、亚硝酸盐或硝酸盐之后，才能被植物吸收和利用。氮转变成氨、亚硝酸盐和硝酸盐的过程叫硝化。自然界的硝化过程是依靠固氮菌、蓝绿藻、根瘤菌等有固氮能力的微生物来完成的。它们先将氮转变成氨、再把氨氧化成亚硝酸盐或硝酸盐。这些能把氨和铵离子转化为硝酸根或亚硝酸根的微生物，由于具有硝化的功能，故被称为硝化细菌。其中，与豆科植物共生的根瘤菌，以及固氮菌均具有很强的固氮能力,大气层中游离的氮,约有60％是由它们固定的。除生物能固氮以外,闪电和宇宙射线,也能使氮被氧化成硝酸盐。硝酸盐溶解于雨水,并随同雨水一起进入土壤。工业上还可用化学合成的方法将氮合成氮肥。

土壤中的氨在硝化细菌硝化作用下,转变为硝酸盐或亚硝酸盐,它们被植物吸收,与植物体内的碳结合,生成氨基酸,进而合成蛋白质和核酸,这些物质又和其他化合物进一步合成为植物有机体。当植物被消费者采食后,氮就以蛋白质的形式转入消费者体内,并以它作为合成自身物质的原料。消费者在代谢过程中,产生尿和尿酸等含氮的废物排入土壤。动植物尸残体中的蛋白质由细菌分解成氨、铵盐,氨和铵盐进入土壤,经反硝化作用产生的氮气逸散回大气层。那些重新进入土壤的氨和铵盐,经硝化细菌的作用,又转变为硝酸盐,再次供植物吸收,开始了新的氮循环。逸散回大气层中的氮,也加入了这一新的氮循环。如图2-5所示。

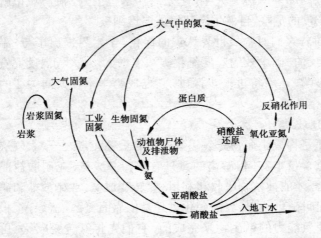

图 2-5 氮循环示意图

由此可见,是物质循环和能量流动维持着生态系统的平衡,并促进它不断演变和发展。两者之间的关系是:在生态系统中,能量流动和物质循环是同时进行,两者相互依存不可分割——能量作为生物运动和生长的动力,促使物质反复地循环;物质作为能量的载体,使能量沿着食物链而逐步转移。如图2−6所示。

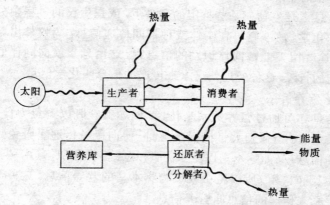

图 2−6 生态系统中的能量流动和物质循环的示意图

两者之间的不同:能量在生态系统中的流动,是一种单向流失过程,要保持体系的运转就必须由太阳不断地供给能量;物质在生态系统中的流动,是一种周而复始的循环运动,物质能被反复利用。

四、生态系统中的信息传递

生态系统的功能除了可以通过生物生产、能量流动、物质循环来体现之外,还可通过信息传递来体现。信息传递发生在生物有机体之间,它起着把系统各组成部分联成一个统一整体的作用。信息的形式多种多样,而且有强有弱。其中有物理信息、化学信息、营养信息和行为信息。

1. 物理信息

蜜蜂通过花的颜色可以判断花蜜的有无,因而花的颜色就向蜜蜂传递了花蜜有无的信息。野兽格斗时,要发出吼叫声,这吼叫声就向对方传递了威吓和警告的信息。大雁发现敌情时，发出鸣叫声，这鸣叫声就向同伴传递了报警的信息。这些通过花的颜色、兽吼、鸟鸣等物理因素来传递的信息叫物理信息。

2. 化学信息

信息素是生物在某些特定的条件下，或在生长的过程中分泌出来的化学物质。它可在个体或种群间传递信息。蚂蚁外出寻食时，沿途要留下能被同伴识别的信息素，这信息素就向同伴们指明了它的行踪。这种通过信息素来传递的信息叫化学信息。

3. 营养信息

信息亦可通过营养关系来传递。例如狐狸既以野兔为食，又以鼠类为食。当狐狸大量捕捉鼠类时，便向鼠类传递了野兔数量不多的信息。又如啄木鸟以昆虫为食，昆虫多的区域，啄木鸟就能迅速生长和繁殖，所以昆虫就成为啄木鸟的营养信息。这种通过营养关系来传递的信息叫营养信息。

4. 行为信息

动物常常通过自己的行为和动作来向同伴传递信息。蜜蜂采用不同的飞行格式传递不同的信息。丹顶鹤通过雌雄双双起飞的动作来传递求偶的信息。这种通过行为和动作，在种群内或种群间来传递识别、威吓、求偶和挑战的信息叫行为信息。

第五节　生态平衡

由于人口的无节制的膨胀，以及人类无节制地乱砍滥伐森林、盲目地开垦草原、围湖造田，肆无忌惮地向环境排放"三废"，导致水土流失、洪水泛滥、沙漠扩大、环境遭到严重的污染，这些都是生态平衡失调的具体表现。生态平衡失调或遭破坏，就会引起生态危机，给人类带来灭顶之灾。因而，如何调整、恢复和维持好生态平衡，正是摆在生态学家、自然科学家和社会科学家面前的重大课题，全世界的学术界都全力在关注着这个问题。

一、什么叫生态平衡

在生态系统内植物性生产和动物性生产在不断进行,物质和能量在各因素间不断迁移和流动;信息在生物种群内和种群间不断地传递,整个生态系统始终处于不停的运动和变化之中。经过长时间的演变过程,系统内各因素间便有可能建立起相互适应、相互协调、相互补偿和相互制约的关系,并具备了通过自我调节来排除外来干扰的能力,此时,生态系统趋于完善,趋于成熟,于是系统内生物的种类和数量,物质和能量的输入和输出,即系统内各部分的组分、结构和功能,便可在较长的时间内保持相对稳定。科学上把生态系统内各因素间已相互适应和相互协调,于是系统的组分、结构和功能都处于相对稳定的那种状态叫生态平衡。

生态平衡是有条件的,只有当系统各部分的结构和功能平衡,输入和输出的物质在数量上平衡时,生态系统才能是一个相互适应、相互协调的平衡系统,因而,结构上的平衡,功能上的平衡,以及输入和输出物质数量上的平衡,就是生态系统平衡必不可少的三个方面。生态平衡不仅有条件,而且是动态的和相对的平衡,因为系统内生物要生生死死,物质和能量要流进流出;各因素都处于不停的运动之中,在运动中出现的稳定状态显然是动态的平衡。平衡了的生态系统,一旦受到外来的干扰,稳定状态就会失去,但在一定限度内通过系统的自我调节,平衡又可被修复,不平衡又回到了平衡,这就体现了生态平衡的相对性。

二、影响生态平衡的因素

影响生态平衡的因素有自然的因素和人为的因素。自然因素是指自然界所发生的异常变化。例如火山爆发、地震、台风、山崩、海啸、水灾和旱灾等等。人为的因素是指人类对自然资源不合理的开发和利用,以及工农业生产造成的环境污染。

由自然和人为因素使生态平衡遭到破坏的事例屡见不鲜。自20世纪70年代初期,秘鲁世界著名的渔场的海面每隔6～7年要发生一次海洋变异现象,进一步导致区域或全球气候变异,这就是所谓的"厄尔尼诺现象"。厄尔尼诺与一般天气现象反其道而行之,干旱地区会变得潮湿多雨、潮湿多雨地区会变得干旱。来自南美洲的一股暖流使鳀鱼因失去适宜的生存环境而大量死亡;鱼群死亡,以鱼为食的鸟就因失去食物的来源而饿死;海鸟大批饿死,鸟类锐减;以鸟粪为肥料的农田就因失去肥源而减产;于是,农田生态系统就因粮食供不应求而遭到破坏。与厄尔尼诺相反,被称为是厄尔尼诺的"小妹"的"拉尼娜现象",则是南美洲的一股异常寒冷的海流,它使一般天气现象的特点更加突出,即潮湿的地区更潮湿,干旱的地区更干旱。人为的因素使生态平衡破坏的问题更为严重。因为自然界的异常变化毕竟是局部的、暂时的。而人类对资源不合理的开发和利用,以及"三废"对环境造成的污染则是大面积的、持久的。人为的因素使生态平衡遭到破坏的事例也很多。澳大利亚天然牧草资源丰富,为了发展畜牧业,曾从印度和马来西亚引进了大批牛羊,牛羊生长要食用牧草,同时牛和羊的粪便又将部分牧草覆盖了起来,使牧草枯萎。随着时间的推移,牧草开始供不应求,草原生态系统就失去了平衡。

三、生态平衡的恢复

环境保护的根本任务是维护和恢复环境的生态平衡。只要人类按自然规律办事,按生态平衡的原理办事,被破坏了的生态平衡仍可重新恢复。

澳大利亚的生态学家就曾对草原生态系统不平衡的问题进行了研究。他们巧妙地在草原生态系统的食物链中,增加了一个环节,于是就妥善地维护了草原生态系统的平衡。他们放养了大批专以牛羊粪便为食、并能将粪便翻入土中去的蜣螂,经一段时间的放养,不仅覆盖在牧草上的粪便全被清除,而且土壤结构也得到了改善,土壤中的养分还得到了补充。因而,牧草重新放青,牧场又恢复了生机,草原生态系统的平衡得以恢复。

四、生态学在环境保护中的应用

当人类认识和掌握了生态平衡规律,并运用到生态环境保护之中,便可调整、恢复和维持好生态平衡,以达到环境保护的根本目标之一——生态持续性。

1. 有机农业和有机食品

我国的传统农业是一种有机农业,是一种无污染、物质及能量充分循环利用的农业,但生产效率不高,只能是一种低级的生态农业。近代提出的有机农业是一种对环境质量要求最为严格的持续农业系统。有机农业的概念起始于20世纪20年代,由德国和瑞士首先提出,其后被一些发达国家重视与鼓励,才开始逐渐被广泛地接受。

国家环境保护总局有机食品发展中心通过10多年来的生态农业和近年来的有机农业的研究与生产实践,将有机农业的概念初步定义为:"有机农业"是指遵照有机农业生产标准,在生产中不采用基因工程获得的生物及其产物,不使用化学合成的农药、化肥、生长调节剂、饲料添加剂等物质,而是遵循自然规律和生态学原理,协调种植业和养殖业的平衡,采用一系列可持续发展的农业技术,维持持续稳定高产的农业生产过程。这些技术包括选用抗性作物品种,建立包括豆科植物在内的作物轮作体系,利用秸秆还田、施用绿肥和动物粪便等措施培肥土壤保持养分循环,采用物理的和生物的措施防治病虫草害,采用合理的耕种措施,保护环境防止水土流失,保持生产体系及周围环境的基因多样性。有机农业生产体系的建立需要有一定的有机转换过程。

有机食品是指来自于有机农业生产体系的食品,是根据有机农业生产要求和相应的标准生产加工的,并经独立的有机认证机构审查,达到有机食品生产要求的一切农副产品,包括粮食、蔬菜、水果、奶制品、禽畜产品、蜂蜜、水产品、中药材、调料等。有机产品除包括有机食品外,还包括纺织品、化妆品、家具等产品。

有机食品的主要特点就是在生产加工过程中,不使用化学农药、化肥、食品添加剂、防腐剂等化学物质。因此,有机食品是一类真正的纯天然、富营养、高质量的环保产品。

我国已具备规模发展有机农业的很多有利条件,开发有机食品是切实可行的。我国已有经国家环境保护总局有机食品发展中心认证的有机食品40余种,并大量进入日本和美国市场,同时也已开始进入欧洲市场。

2. 江苏省泰县河横村生态农业模式

生态农业是根据生态学和生态经济学的原理,应用现代科学技术方法所建立和发展起来的一种多层次、多结构、多功能的集约经营管理的综合农业生产体系,它比较成功地协调了发展农业与合理利用自然资源和保护农村生态环境之间的关系,使农业持续、稳定地向前发展。

国家环境保护总局南京环境科学研究所在江苏省泰县河横村进行了农村生态工程的设计与建设,建成了以农田为中心,水、土、林、田综合治理模式。

江苏省泰县沈高乡河横村位于新通扬运河以北,属淮河水系的里下河地区。地势低洼,地面海拔只有1.2～2.2m。年平均气温14.6℃,无霜期215d,年降雨量1000mm。现全村有耕地189hm²,水域面积30hm²,农户717户,人口1991人(1988年)。

该村原是十年九涝的低洼地。1961年前粮食产量1hm²只有2250kg,人均年收入不到100元。1964年以来在全面规划的基础上大力兴修水利,平整土地,苦战6年挖土180万m³,使土地条田化,使全部的耕地变成高产稳产田。他们重点抓了农田水系配套和增肥改土两项措施。花了10年时间,进行开新河、填老河、筑新渠,挖排沟,整田平地等,先后完成180万m³的任务,解决了地势低洼、田面积水、作物易涝易渍的不利环境,从而巩固了新的耕作制度,降低了地下水位加速了土壤熟化,保护了土地资源。在改土的基础上,进行了土壤培肥,增施有机肥等,增加了土壤有机质,提高了土壤肥力,促进了粮棉丰收。

该村于1990年被联合国环境规划署授予"全球500佳"奖之一。

农田生长的稻、棉、油、绿肥及水面放养的"三水"植物(即浮水植物、挺水植物、沉水植物),为生态中的"生产者";饲养家畜和鱼类水产,为生态中的"消费者";沼气池、堆沤肥中的微生物是生态中的"分解者"。

这个农业生态的能量流通和物质循环是由若干个小循环组成,包括农田－畜禽－沼气－农田;农田－绿肥－沼气－农田;农田－绿肥－畜禽－农田;农田－畜禽－鱼池－农田;"三水"植物－畜禽－沼气－农田;"三水"植物－畜禽－鱼池－农田;"三水"植物下脚料－堆沤肥－农田等。以上若干个小循环都是以农田为中心,又条条通向农田,最后组成一个大的农田良性生态循环系统,使各种物质循环和能量流动围绕农田运转。如图2－7所示。

3. 屋顶花园和生态墙

在现代城市中,人们的生存环境逐渐被"钢筋水泥丛林群"所包围,试图"突围"者首先想到的是搞屋顶花园和绿色墙面方案,国外此类措施已很普及,国内一些城市也在各种建筑物屋顶搞"空中花园"。尽管有的专家认为屋顶花园并不可取,但江苏省植物研究所生态室在1993年就研制出来一种新型土壤——"轻级保绿基质",每1m²20cm厚的这种"土"仅120kg,而实际上种花栽草只要5～10cm厚这样的土,因此屋顶承重的问题完全可以解决。这种"土"干净卫生,搬运方便,成本极低(每1m³

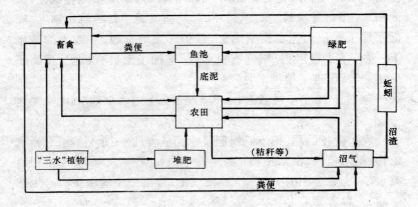

图 2-7　河横村农业生态的能量流通和物质循环

仅200元)。使用这种"土",少有难处理的污物,其绿化的潜力是很大的。

　　国外生态墙不仅已很普及,而且形式多样。如:尼日利亚拉各斯(原尼日利亚首都),是一座举世闻名的以植物作围墙的城市。在那里,无论是街市两侧高耸的楼房,还是居民住宅、别墅,均在建筑物前面栽满各种美丽的花卉,并以铁丝制成壁网,爬满藤蔓植物。美国新墨西哥州的居民在建造住宅时,专门从干涸的河床上切下带草根的泥土砌墙,并将其铺敷在屋顶上,待绿草生长起来,根茎衔接,相互牵拉,满墙碧绿,一片生机。日本的建筑科研人员设计了一种独特的空心砖,里面填充草籽、树胶和施肥的泥土。这种砖呈多面形,把它砌在围墙或建筑墙壁的外层,随着草籽的生长,便形成大片吐绿滴翠的生态墙。

复习思考题三

　　1. 什么叫生态学?

　　2. 什么叫生态系统?它与生物圈之间有何关系?

3. 生态系统的功能通过哪些方面来体现?你对生态系统中物质循环和能量流动是怎样理解的?

4. 什么叫食物链?它在生态系统中起什么作用?

5. 什么叫生态平衡?影响生态平衡的因素有哪些?试各举一例加以说明。

6. 什么是生态农业,其优点在哪里?

第三章　水污染及其治理

第一节　概　　述

水是一种宝贵的自然资源,也是地球上分布最广泛的一种物质。人类和水一直在打交道。为了生存,人长期栖居在江河两岸、湖泊周围,或有地下水源的地方,故清洁的淡水是人类生活不可缺少的物质,是动植物体生命的源泉。同时工农业生产也离不开清洁的淡水,研究水污染及其治理,保护和合理利用水资源,对于保障人类健康,促进四化建设和改革开放,都具有十分重要的意义。

一、水和水环境

从水质要求看,纯水在常温下是一种无色、无浊、无臭,无味的液体。一般说自然界中绝对纯净水是没有的,日常见到的自然界水都是溶有或混合了微量、痕量各种物质的水。

水环境是指河流、湖泊、沼泽、水库、地下水等贮水体的总称,也叫水体,水体中通常含有溶解物质悬浮物、底泥及水生生物等。

了解环境污染,必须知道水和水环境。如工业生产中的金属污染,很容易从水中转移到底泥中(被吸附生成沉淀),因重金属在水中含量不高,表面上又看不出,好似未受到污染;但从整个水体(或水环境)环境保护着眼,很可能受到了严重污染,这种转移也可能造成长期的次生污染。

二、水是自然界的宝贵资源

地球中水是一切生命赖以生存、人类生活和生产上不能缺少的基本物质,又是地球上自然资源中不可替代的重要物质。

地球表面有3/4面积被水所覆盖,而地球上天然水总量估计约有14亿km³，其中海水占97.3％、淡水占2.7％。

淡水资源中冰山、冰冠水占77.2％，地下水和土壤中水占22.4％。真正能被人类利用的淡水只占0.63％左右，也仅是河流、湖泊等地表水和地下水的一部分。

从世界水资源来看，欧洲、南美洲和北美洲的部分地区水资源较丰富，其他各洲都在不同程度上存在严重缺水区。特别是我国的华北、西北、美国西部、中东及北非地区缺水最严重。

水与人类社会关系十分密切，这是因为以下几点。

1. 水是自然界生命的命脉

人与生物和水有着密切的关系。受地球中宇宙射线、紫外线、闪电等高能作用，使原始大气中的水蒸气、甲烷、氨、氮、氢，合成了一系列的有机化合物——有机酸、核苷酸等，它们经过长时间的缩合与聚合作用，可从有机小分子合成到生物大分子——蛋白质、核酸及脂类等，但这些物质只能在水溶液中相互作用才能形成，这就是原始生命的萌芽，然后再经过新陈代谢作用，演变为原始生命。所以说水是自然界生命起源的必要条件之一，没有水就没有生命，而人体平均含水量达70％，植物平均含水量也在40％～60％，有的瓜果含水达80％～90％。

2. 水是工农业生产及城市不可缺少的宝贵资源

工业上，水可产生蒸汽作动力；可做输送介质；可用于冷却机器设备；可做生产原料；可用于洗涤产品。所以说，世界上几乎没有一种工业不用水，没有水的工厂不能开工。同样没有水，农田就不能得到灌溉，作物就会枯萎。数据表明，工业用水总量一般占城市用水总量的80％左右；而农田灌溉用水总量，又远比工业用水量大得多，两者之比约为7∶1。

3. 水影响着人类环境

正常的降水对淡水循环和调节气候很重要，有时还影响着水系发育，同时对人类环境有不良影响。例如我国水资源量为2.8×10¹²m³，低于巴西、俄罗斯、加拿大、美国、印度尼西亚等国，占

第八位,我国水资源特点是:

(1) 人均占有量少,仅有2500m³。约为世界占有的1/4,居世界第88位,只相当于巴西的1/15,加拿大的1/50,美国的1/5。

(2) 地区分布不平衡,我国水资源81%分布在长江流域及以南地区(耕地面积约占36%),其余19%的水资源分布在淮河及以北地区(耕地面积占64%)。

(3) 降水量和河流径流量在时间分布上不均,特别是过于集中降水,会形成洪涝灾害,造成人畜伤亡,财产损失。

(4) 河流泥沙含量大,我国河流每年要带走2.1×10⁴万t泥沙,黄河水平均含沙量为36.9kg·m⁻³,每年带走泥沙16.1×10⁶t为世界之首,影响了水资源的质量和利用。总的来说:我国水资源状况令人担忧,平均每年有2×10¹²m²地受旱灾威胁,5000万人饮水有困难,我国大部分贫困县位于缺水地区,水资源的不足已经制约了它们的经济发展。

第二节 什么是水体污染

一、水 体 污 染

污染物进入水体后,产生以下两个相关联的过程。

1. 水体污染能使水质恶化

(1) 因有机物分解将消耗氧,而热污染可造成水温升高而脱氧,使水中溶解氧下降,造成水中厌氧细菌繁殖而发恶臭。

(2) 因耗氧和富营养化以及热污染,使水生生物生态平衡被破坏,耐污、耐毒、喜肥的低等动植物趁机大量繁殖;鱼类等高级水生生物有的致畸;有的躲避;有的甚至死亡。

(3) 低毒变高毒。如三价铬、五价砷、无机汞因环境中pH、氧化还原电位、有机负荷、微生物作用等条件的改变可引起以上毒物性质的变化,变成毒性更强的六价铬、三价砷、有机汞。

(4) 难分解的重金属,因在底质中积累及在食物链、营养链中的高度富集,逐步形成了一个由低浓度向高浓度的转化过程。

2. 水体污染也具有一定的自净作用

水体污染物质由于稀释、扩散、沉淀等作用,可使污染物质浓度降低,称为物理净化。由于氧化、还原、分解等作用,促使河水污染物浓度降低,称作化学净化;水中微生物对有机物的生物氧化分解作用,也能使污染物质浓度降低,称为生物净化。水体通过净化能够实现:(1)可使水质复原;(2)能使复杂的有机物(氨基酸类污染物)变成简单的有机物、无机物、盐类;(3)高毒转化为低毒或无毒的过程(甲基汞转化为无机汞);(4)从耗氧到复氧(充氧、藻类放氧);(5)放射性污染自我衰减;(6)从不稳定的污染物转化为稳定的污染物(铵盐变成硝酸盐)。

二、水体污染的机理

水污染机理,分别有物理、化学、生物化学作用等因素,但在某种条件下,以某种因素为主。

物理作用,污染物进入水体后,不改变水的化学性质,也不参与生物作用过程,仅是可改变水的色度、浊度、温度等物理性状及空间位置等。其表现为色度加深,浊度加大,温度上升,悬浮物向底泥中沉降积累,漂浮物及底质被水流冲刷的移动等现象。

由于化学和物理化学作用,污染物进入水体后,发生了化学性质或形态、价态的变化。如酸碱中和、氧化还原、分解和化合等。

生物、生化作用,食物链中的物质传递作用,普遍存在于有水生生物存在的近地面水体之中。有的可将有害物质转化为无害物质,甚至是营养物质;有的也可能将一种有害物质转化为另一种有害物质;有的又将水中微量污染物浓缩富集千百万倍以上,且达到使人体或生物致害的程度。

第三节 水体主要污染物及其来源

造成水体的水质、生物质、底质质量恶化的物质及能量(如热)叫做水体污染物。水体污染物按其性质可分：有机无毒物(如碳水化合物、脂肪及蛋白质等)；有机有毒物(如多环芳烃、有机农药等)；无机无毒物(酸碱及无机盐)；无机有毒物(各种重金属、氰化物、氟化物等)；按种类可分为以下几种。

一、需氧有机污染物

凡含有碳水化合物、蛋白质、脂肪等有机化合物的生活污水和工业废水，可在微生物作用下最后分解成简单的无机物、二氧化碳和水。同时，在分解过程中要消耗大量的氧气，也叫耗氧有机污染物。

像造纸、皮革、制糖、印染、屠宰、以及石油化工厂所排的废水和生活污水，多含有各类碳水化合物、蛋白质、脂肪、木质素等；资料表明，造纸厂的废水需氧量可高达2000mg/L，皮革厂废水也为2000～3000mg/L，这些废水排到江河湖海，可使水中溶解氧降低，或溶解氧小于4mg/L时，鱼类生存将受到威胁，严重时会引起窒息死亡。当水中溶解氧接近零时，有机物在厌氧条件下分解，放出甲烷、硫化氢、氨等难闻的臭气，可使水质进一步恶化。

废水中耗氧有机物的含量，常用单位体积水中需氧物质生化分解过程中所消耗的氧量表示，一般以水温20°C时，5d生化需氧量(BOD$_5$)作为统一指标，并结合使用化学耗氧量(COD)及溶解氧(DO)作为评价指标。

需氧有机污染物是水体中最为普遍存在的污染物，虽然没有毒性，但水体中需氧有机污染物越多，即BOD$_5$越高，或COD越高，或DO越低，水质就越差，水体污染越严重。

二、植物营养污染物

　　植物营养物对农作物的生长是极其重要的物质,但对于水体则是污染物。对于水流速度较慢,更新期长的地表水中,由于食品工业的废水、城市生活的污水和农业废弃物的进入,同时引进了大量氮、磷、有机碳等植物营养素,使藻类浮游生物急剧增殖,鱼类生活空间减少,溶解氧急骤下降,从而加速了水体富营养化污染。水体富营养化是水体衰老的表现,发展下去,会使湖泊河流逐渐干涸或变为沼泽。

　　含磷洗涤剂的广泛使用,将使生活污水磷量增加,含氮污水在含磷污水的协作作用下,加速了溶解氧的消耗,使鱼类生存受到威胁,它也是水体富营养化污染典型表现之一。

　　地球上一些湖泊、内海、河流发生了富营养化现象,已引起人们的重视。如美洲的伊利湖,因沿湖城市生活污水和工业废水排向湖泊,使湖水中的氮、磷养分增加,随之藻类大量繁殖,迫使伊利湖提前老化,湖泊面临死亡的危机。

　　水体富营养化另一种危机是破坏水产资源。由于"赤潮"生物可产生毒素,使鱼类中毒病变,直至死亡。1971年3月17日~21日日本濑户内海一次严重"赤潮",死鱼达1248万尾,经济损失达71亿日元,严重危害了渔业生产。

　　据中国环境状况公报报道,1994年我国巢湖、滇池、太湖、玄武湖等富营养化均较为严重,杭州西湖20世纪80年代初也曾出现了水色变红、发黑现象,藻腥扑鼻,这是富营养化明显特征,经治理后,西湖水质近几年才有以下显著好转。1998年秋,我国渤海湾出现建国以来最大面积的赤潮,我国南部海面也不断有"赤潮"污染的报道。

三、油类污染物

　　一般来自工业企业含油废水的排放,油船的船舱清洗、海底采油、清洗机件以及意外事件的溢出，都是经常和大量的污染源。油船事故属于集中性的污染源，具有毁灭性的危害作用，从1861～1967年世界上就发生过17起，其中1967年3月"托雷·卡尼翁"号，在英吉利海峡途中触礁造成11.8万t科威特原油流入海洋，使300km长的英法海域受到污染，英国一次损失达800万美元。1983年，1984年先后有巴拿马籍两艘油轮在我国青岛港码头附近水域发生溢油事故，溢油量达3000t，严重危害着海洋生物。油膜和油块能粘住大量鱼卵和幼鱼，使其死亡；同时，海洋石油污染还会使鱼虾产生石油臭味、降低海产品的食用价值、产量和质量，并造成不可估量的经济损失。

四、酸、碱、盐等无机污染物

含酸、含碱废水来源较广，如化工厂、化纤厂、造纸厂、制酸、制碱厂都是酸碱盐类污染物的来源地。

因酸、碱废水的腐蚀性强，若不经处理直接排放，会腐蚀管道和建筑材料。它一旦流入水体后，既影响水体的pH，又干扰水体的自净能力；另外，对渔业和水生生物生长不利，排入农田会使土地盐碱化，危害农作物。

五、有机有毒污染物

滴滴涕、六六六、有机氯农药、多氯联苯(PCB)、芳香族的苯胺、联苯胺、氯硝基苯等是170万种有机化合物中的少部分有毒物质，它们有的是工业原料(用作载热剂的多氯联苯)，有的是高分子化学工业原料(苯酚)，有的作为杀虫剂(有机氯农药)用在农业上。这类有机毒物的特性，在一定条件下不易分解，比较稳定，能在自然环境中不断积累，也能在生物体内不断富集。例如常见的污染毒物苯酚主要用于皮革、合成材料、纺织厂中，这些工业生产单位生成的含酚的"三废"，是环境中的污染来源。苯酚可通过胃肠道进入体内，能使细胞蛋白质发生变性和沉淀，直接危害各种细胞。

苯酚对呼吸中枢神经还有刺激作用,可形成高铁血红蛋白症。苯酚急性中毒会形成头痛、眩晕、耳鸣、兴奋易激动、脸色苍白、出冷汗,继而恶心、呕吐、腹泻,甚至发生精神障碍,水体中受酚污染后,可使鱼肉有酚味(煤油味)不能食用,也能使贝类、藻类减产。

六、无机有毒污染物

无机有毒污染物主要指重金属、氰化物、氟化物等无机盐类。重金属是指锌、镉、汞、铝、锰、钒、钼、砷等。砷虽不是重金属,但因其污染危害特性与重金属相近,也将它列入重金属一类中。重金属因化学性质稳定,可在生物体内积累。氰化物是极毒物质,在工业生产上,主要产生于煤焦化过程中,在干馏过程中因碳和氨反应而生成氰化物,另外在苦杏仁、枇杷仁、桃仁、白果、烟草等天然物质中亦有少量氰化物存在,人们只要吸入50mg氰化物,即可死于非命。氟可以通过呼吸道或消化道进入体内,参与血液循环,人体中氟分布于骨骼和牙齿等硬组织中,少量分布于主动脉、心、肺、肝、脾、肾等软组织中。过量氟能干扰人体中酶的活性,而引起氟斑牙、低血钙、氟骨病。低量氟化物于人有益,如饮水中含1mg/L,可减少龋齿病发生。以上各项污染物,分别来自于金属冶炼厂、火力发电厂、电镀厂、焦化厂、皮革厂、铝厂、砖瓦厂等的废水、废气、废渣中。

七、致病微生物

各种病菌、病毒、寄生虫都属于致病微生物,它们主要来自生活污水、医院污水、制革、屠宰及畜牧污水。

致病微生物的特点是:数量大、分布广、存活时间长、繁殖速度快,易产生抗药性。一般的污水处理不能彻底消灭这些微生物。这类微生物进入人体后,一旦条件适合,会引起疾病。常见的病菌有大肠杆菌、绿脓杆菌等;病毒有肝炎病毒、感冒病毒等;寄生虫有血吸虫、蛔虫等,对于人类上述病原微生物引起传染病的发病率和死亡率都很高。

人们一直在与致病微生物做斗争,但它们的污染至今仍然是威胁人类健康和生命的重要水体污染类型。据世界卫生组织(WHO)统计,在所有已知的疾病中大约有80%与水体污染有关,而且疾病发生范围大、患者多。如1971年埃及的阿斯旺高坝竣工后,将血吸虫病区水引入新灌区,使新区血吸虫病由0上升到80%,使埃及很多人患上血吸虫病;我国1987~1988年上海的暴发性甲型病毒肝炎,其患病人之多,传染面之广是建国以来少有的,而这一切都与水体及水体生物污染有关。

水质监测中常用细菌总数和大肠杆菌总数作为致病微生物污染的衡量指标。

水体污染物致使水体污染的途径有:(1)大量废水及一部分废渣、垃圾直接排入水中;(2)废渣、垃圾堆积地面,经降雨淋洗,流入水中;(3)通过尘埃沉降和气——水界面物质交换,从大气进入水中。第一、二种途径是污染物进入水体的主要途径,但第三种途径也不能忽视,如酸沉降、污染物铅等,它们从大气进入水中的数量也不可低估。

八、放射性污染物

天然水中常含有极微量的天然放射性物质,如镭(Ra)、氡(Rn)、铀(U)、钍(Th)等。由于原子能工业的发展、核电站的建立、核爆炸试验以及同位素的广泛应用,放射性废水、废气、废料明显增加,但由于各国对放射性"三废"处理及处置严格,一般对居民未造成危害。放射性污染往往发生在事故的特殊情况下,其危害是严重的。

第四节 水体污染的防治措施

一、加强水资源保护

按水的不同用途,制定不同水质的要求。

饮用水、游泳区水源,严禁有毒有害物质污染;风景游览区水源需保持清洁无害。

渔业和农业用水,不得含有毒物污染,在不妨碍动植物生长、生育及饮用安全卫生时,对营养物质等的要求偏低些。

工业用水,只要满足生产需用即可。

针对上述情况,对各排放废水的工厂、农村,废水必须分别严格执行多项的排放标准和环境质量标准。

二、改进生产工艺过程

印染、电镀工业的废水,以及早期的硬型合成洗涤剂的废水,都容易造成水污染。目前已通过改革,尽量不用水或少用易产生污染的原料及生产工艺。据资料介绍:如电镀行业采用CS型稀土添加剂低温低铬镀铬工艺,可显著地减少铬酸用量,降低操作温度,提高电流效率,大大降低废水中含铬量。

改善产品结构,必须淘汰一些产生污染严重的产品(如DDT、多氯联苯),而要生产无害或低害的产品。

三、提高水的重复利用率

工业冷却用水量较大,据统计一般占70%左右,炼油厂冷却用水占90%以上,这类水水质要求相对不高,一般只要把水温适当降低,和加入适量的水质稳定剂,即可回用到生产中去。若热电厂采用冷却塔使冷却用水循环使用,比一次性直流冷却方法可节水96%。再如在造纸厂可将造纸的白水送往打浆、稀释等工序中使用。工业上还可采用逆流用水、分批洗涤，来做到一水多用，以降低成本，提高效益，使排放的废水量减到最少。城市污水经处理无害后还可用于水质要求不高的领域，如绿化用水、城市清洗用水，以实现污水资源化。

目前我国工业用水的重复利用率平均只有20％，而美国已达到60％，日本为67％。若将我国工业用水率提高到60％，每年就可减少上百亿吨的工业废水排放量。

四、废水的净化处理

废水净化的目的是将废水中有害的物质，以某种方式分离出来，或将其转化为无害而稳定的物质，因此一般前期处理都采用由工厂分别处理，再进一步采取市政集中处理的方法。废水处理的技术有物理、化学、生化处理法等，在实际应用，从具体水质情况出发，这几种方法是被综合起来采用的。

1. 物理处理法

此法也叫机械处理法。它是利用物理作用分离废水中呈悬浮状态的污染物质，在过程中不改变污染物的化学性质。其中主要包括以下几种方法。

沉淀法：也叫重力分离法，它是根据废水和悬浮物的密度和相对密度的不同的原理，悬浮物通过重力沉淀而从水中分离出来。

过滤法：是选择钢条、砂、布、塑料作为过滤介质，将带有悬浮物的废水，通过筛、微滤机、砂滤池或真空过滤机等，达到阻滞废水中的悬浮物。

离心分离法：主要是针对轧钢废水中的氧铁皮，以及洗羊毛废水中的羊毛脂和污泥脱水，常用离心设备如水力旋流器、离心机等通过高速离心旋转，将废水中悬浮物由水中分离出来。

浮选(气浮)法：它是将空气鼓入废水中，通过空气微气泡将污染物带到水面上去除。如含油废水，鼓入空气后，似乳状的油粒吸附在空气泡上,油粒随气泡上升至水面,形成浮渣而除去。若在废水中投加适量混凝剂效果会更佳。

蒸发结晶法:这种方法可用到酸洗铜的废水,往往是通过蒸发浓缩、冷却来得到铜晶体和酸性母液而得到无害化处理或回用。

反渗透法:在一定压力下,废水通过一种特殊的渗透膜,废水溶质被膜所阻,而废水通过后即变为处理过的洁净水。这种方法可用到如海水淡化,含重金属废水及废水深度处理。

2. 化学处理法

化学处理法是利用化学手段,来消除废水中有毒有害物质,或将其转化为有用产品。常用方法有中和法、混凝法、氧化还原法和离子交换法。

混凝法:某些工业废水中,有不易沉淀的悬浮物质,往往带有同性电荷,在废水中呈胶体状态,若投入混凝剂,则混凝剂水解后能生成带有与废水中原有胶体物质相反的电荷,因异性电荷相吸,原废水中胶体,便失去稳定性,凝聚的絮状粘性颗粒便沉淀下来。其目的是除去难以沉淀的微小粒子和植物营养物、磷酸盐等。

中和法:主要是处理含酸碱废水,调整其酸碱度(pH),便呈中性或接近中性,而达到适宜下步处理的 pH 范围。

氧化(还原)法:就是利用氧化剂或还原剂——空气(O_2)、漂白粉、氯气、臭氧等,将含氰、酚、硫、铬等废水中的有害物质氧化或还原为无害物质的方法。

吸附(包含离子交换)法:是将废水通过固体吸附剂,使废水中的溶解性有机物或无机物,吸附在吸附剂上,废水得到净化处理。吸附剂有活性炭、离子交换树脂、煤渣、土壤等。

电渗析法:一些酸性废水或含氮废水可用组合的阴、阳离子交换膜电渗析器,通以直流电,使废水中的阳离子穿透阳离子交换膜,而被阴离子膜所阻;废水中的阴离子情况刚好相反,而使废水阴阳离子得到分离。

3．生物处理法

生物处理法是利用微生物的活动(即生化作用)，将复杂的有机物转化为简单的无毒物质。此法效率高。运行费用低，污泥还可作肥料，缺点是占地面积大，管理条件较严格。

由于微生物的作用不同，生化处理法又分为：好氧生物处理法与厌氧生物处理法两种。

(1)好氧生物处理法：又分为活性污泥法、生物膜法、氧化塘法。

① 活性污泥法：是好氧处理中最主要的一种方法，活性污泥是一种人工培养的絮凝体，由好氧微生物(细菌类、藻类等)及由它们吸附的有机和无机物组成。活性污泥法主要构筑物是曝气池。污水进池后和活性污泥混合，并连续不断的供给空气，经一定时间后，就能凝聚、氧化、吸附及分解污水中的有机物，并以它为养料，使微生物获得能量并不断增殖，有机污染物在曝气池中，经氧化分解后的混合液再在沉淀池中沉淀，将活性污泥分离后，水则得到净化。废水在曝气池中停留 $3\sim5h$，能降低废水中 BOD_5 90％左右。

② 生物膜法(即生物滤池法)：它是通过挂在滤料(碎石渣、圆盘或塑料蜂窝等)表面生物膜来处理废水。

废水连续经过生物滤池——固体滤料，使滤料上繁殖了大量微生物，形成薄层生物膜，此膜能吸附分解废水中有机物。滤料上脱落下来的生物膜(老死)，将随废水流入沉淀池中进行沉淀，使沉淀中的出水得到净化，此法能除去废水中 BOD_5 80％～90％。

③ 氧化塘法：是利用藻、菌共生系统处理污水的一种方法。污水中存在着大量好氧性细菌和耐污藻类，污水中的有机物被细菌利用，分解成简单的含氮、磷物，这些物质为藻类生长繁衍提供了必要的营养，而藻类利用阳光进行光合作用，释放出大量氧气，

供细菌生长需要。这种相互共存关系,称为藻菌共生系统。氧化塘就是依靠这一系统使污水净化。

　　氧化塘法构筑简单,运转费用低,能源消耗少,被广泛用于处理中、小城镇生活污水和造纸,食品加工等工业废水,一般可降低BOD_5 75%～90%,但因此法占地面积较大,故而发展受到限制。

五、废水的分级处理

　　因废水有多种污染物,所以不能找出一种方法,能将所有污染物都除去干净。现按废水的净化程度,可分为一级处理、二级处理、三级处理等不同阶段。见表3-1。

表 3-1　　　　　　　　各级污水处理比较表

处理流程	净化率	优　点	缺　点
一级处理	BOD_5 25%～40% 悬浮物60%左右	设备简单,费用省	只适用于向海洋或自净能力强的水体排放
二级处理	BOD_5 90%左右 悬浮物90%左右 N: 25%～55% P: 10%～30%	除去有机物,保持水中DO	不能防止富营养化
三级处理	BOD_5 99%左右 悬浮物90%以上 N: 50%～95% P: 94%	基本除去氮、磷等植物营养素	费用约为二级处理厂的2倍,一级处理厂的4倍

　　污水一级处理:除去废水中的漂浮物和部分悬浮物,调节废水的pH,降低废水的腐蚀程度和后处理工艺负荷的处理方法,因达不到排放标准,故又叫预处理。

　　污水二级处理:除经上述步骤外,经水中微生物作用除去污水中大量有机物,使污水进一步得到净化,故又叫生物处理。

　　污水三级处理:又叫深度或高级处理,它能除去污水含磷、氮以及难以生物降解的有机物、病源微生物、矿物质、并达到消除水环境污染。

工业发达国家把普及和完善城市下水管道及大量而普遍兴建污水处理厂,特别是二级污水处理厂作为防治水体污染的重要技术措施,取得比较显著的效果。

我国大部分城市污水未经处理就排入附近水体或用于农业灌溉。80年代以来,城市生活污水增长率7%。城市污水处理厂在我国尚处起步阶段,1991年全国仅有城市污水处理厂87座,日处理能力31万多吨,且多为一级处理,但近年发展很迅速,九五期间开工建设的城市污水厂近200个,已建规模较大的有天津纪庄子污水处理厂和杭州四堡污水处理厂。最近又利用世界银行贷款分别在北京、上海、天津市、南京市、吉林市、珠海市、西安市、黄石市、邯郸市、九江市、齐齐哈尔市、胶州市、贵阳市、长沙市等城市建成一批二级污水处理厂。江苏省为实现2000年淮河、太湖水变清的目标,拟投资65亿元在两河湖流域建设96座城镇污水处理厂,总处理能力达337.8万 m^3,到2000年江苏省城市集中污水处理率将达37.2%,使城市水环境得到较大的改善。

第五节　轻工业生产的废水处理

一、造纸工业的废水处理

造纸工业生产主要有两个工艺过程:制浆和抄纸。

把植物原料中的纤维分离出来,制成纸浆再经漂白就是制浆的过程。将纸浆稀释、成型、压榨、烘干,制成纸张为抄纸阶段。两个过程都耗用大量水。我国据统计每生产1t纸张需水100t(木浆)至400t(草浆),其中大部分作为废水排出。我国广泛采用碱法制浆,所排出的废水叫黑液,其中含有大量废碱(总碱度20～27g/L)和有机物质,一般呈黑褐色,有臭味,大约有5%的纤维原料物质溶解于黑液,BOD_5 高达9 000～30 000mg/L,含盐量大,是水体的严重污染源之一。

在造纸机前排放的废水称为白水,其中含有纤维和生产过程中添加的填料和胶料,都是有用物质。

黑液处理(即碱回收)一般用燃烧法,通过燃烧炉,将黑液中有机物和空气混合燃烧,无机物成为熔融物,溶水后,加石灰进行苛化,从中回收氢氧化钠、硫化钠等。

白水,因含有大量纸浆纤维、高岭土、滑石粉等填料可直接回到纸浆稀释槽中,作为稀释水的重复利用,水和原料可充分回收。

目前造纸工业废水处理,应要提高循环用水率,减少用水量及废水排放量。

在我国四川、山东、河南省试验成功了中性亚硫酸铵法制浆工艺,此法特点是代替了烧碱,又消除了造纸黑液和二氧化硫废气的污染(同时黑液又可作为肥料)。但对蒸球有腐蚀,单位产量比碱法低。目前正探索既经济又可靠的方法。

二、制革工业的废水处理

制革生产可分为准备、鞣制、整理三阶段,准备和鞣制均为湿法过程,也是废水的来源工段,整理基本上属于干法加工。

制革工业多年来采用传统的灰碱法脱毛,即用石灰、硫化碱脱毛。脱毛后的废水,颜色深,臭气重,毒性强,耗氧量大,污染物含量高,是比较难处理的工业废水;它既有大量有机物质,又有重金属,其中主要有毒物质是铬和硫。

目前用细菌——微生物蛋白酶代替灰碱法,使生皮脱毛,它的优点是,消除了硫化物和碱对环境的污染,制出的绒面革,抗张强度大,身骨丰满、粉而细致,大大降低了污水中硫化物含量(使原来 $2000\sim3000\text{mg/L}$ 降至 3mg/L 左右),同时简化了工序,缩短了生产周期,为制革工艺连续化创造了条件,脱毛后废水中含有大量氮素、氨是很好的农田肥料,可使粮食蔬菜产量提高 $3\%\sim47\%$。

此外,工厂还可开展以铬为主的资源回收利用。红矾钠是鞣制时需要的原料,因在被还原时可产生六价铬雾气,鞣革时产生铬废水,磨革时产生铬粉尘,这些既浪费资源,又是污染的来源。

　　六价铬雾气,对人体消化道和皮肤粘膜具有严重损害,另外还有致癌作用,所以如果将蒸气变为液体回收利用,可消除大气污染,亦可节约红矾。废水中三价铬是蛋白质的凝聚剂,对鱼类毒性大,若在废液中加碱,变碱式硫酸铬为氢氧化铬沉淀,经板框压滤机分离,铬泥再酸化,可重新用于鞣制皮革。

　　铬粉尘极轻,通过旋风除尘器和多管积物滤尘器串联,可消除尘埃,回收的粉尘和拌匀后的废铬屑可用来生产洗涤剂。

　　将制革废水有时和食品废水、城市污水合并,以活性污泥和生物膜的吸附进行生物处理,在碱性条件下使铬成为氢氧化铬沉淀,可除铬25％～90％。另外,臭氧化法对处理植鞣废水和染色废水,既能脱色除臭,又能除酚。

三、电镀的废水处理

　　电镀厂或电镀工段排出的废水和废液,一般含铬、镍、镉、氰、酸、碱等。废水中的金属阳离子以Ni^{2+}、Cu^{2+},酸根阴离子(CrO_4^{2-})以及络合阴离子$[Au(CN)_2^-, Cd(CCN)_2^{2-}]$等形态存在,通常废水中含有几种成分的物质。电镀废水多数都有剧毒,对人畜危害较大,处理电镀废水的方法主要有以下几种。

　　(1) 化学法:以化学药剂投向废水中,使废水有毒物转化为无害物或毒性降低的沉淀物,可采取以下几种方法。

　　中和法:对酸性废水以投加碱性药剂或碱性废水,以达到中和目的。

　　氧化法:在碱性条件下,用次氯酸盐氧化含氰废水中的氰离子,使之分解成无毒的二氧化碳和氮。

　　还原法:用亚硫酸氢钠或硫酸亚铁,加石灰对含铬废水进行处理,目的使Cr^{6+}还原以Cr^{3+},并形成$Cr(OH)_3$,沉淀,再去除沉淀。

此外,还有离子互换法、铁氧体法、中和凝聚沉淀法都可对电镀废水进行处理。

(2) 电解法:对含铬废水,可用可溶性铁作为阳极,通入直流电,利用产生的亚铁离子使废水中Cr^{6+}离子还原成Cr^{3+}离子,形成$Cr(OH)_3$沉淀,再去除沉淀。

(3) 离子交换法:此法是用树脂中可交换离子(H^+、Na^+、OH^-)除去废水中的阴阳离子;交换后的废水可回用,还可回收金属离子溶液。此法常用于处理合金:镍、铜、镉、铬等废水。

四、印染工业的废水处理

据统计,每印染加工1t纺织品耗水达100～200t,其中80%～90%成为废水排出。

印染废水,一般指的是加工棉和化学纤维混纺产品为主的印染厂排出的废水,它有:退浆废水、煮炼废水、漂白废水、丝光废水、染色废水、印花废水、整理工序废水等。在这些废水中,一般含有酸、碱、盐、卤素、烃、硝基物,胺类和染料中间体等物质。有的甚至含有剧毒物质(联苯胺、吡啶、氰、酚)以及重金属汞、镉、铬等。因水质复杂,所以要选用适当的处理方法。例如除去固体杂质和无机物,可采用混凝法和过滤法;脱色一般可采用混凝法和吸附法组成的工艺流程;去除有毒物质或有机物,主要用化学氧化法、生物化学法和反渗透法等;除重金属也可用离子交换法等。

近年来还实验成功无水印花,即"热熔转移印花",就是把印好的花纸,用热压法转到织物上,直接得到所需的产品。适用于氯纶、腈纶、锦纶等合成纤维,从而彻底消除了印染废水。

五、制糖工业的废水处理

以甘蔗或甜菜为原料的制糖工业,产生的废水绝大部分排入了江河。虽然无毒，但由于其中含有糖、酵母等有机物，它是江河中丝状等菌类的好饲料；由于菌类在水中繁殖，耗用水中大量的氧，可造成缺氧，使鱼虾死亡。当水中含氧少于$1\sim2mg/L$时大部分水生生物都无法存在，像产糖区的江河，如松花江、嫩江、沱江、浔江、黄河和珠江三角洲水系等，均受到不同程度的污染。

上述制糖的污水中除含有氮、磷、钾等主要元素外，还含有对农作物有益的钴、锰、铝等元素，若这类废水排入农田，它将会是农作物的好肥料。

据统计每收获1t甜菜，从土壤中吸走5kg氮素、$1.4kgP_2O_5$及$6kgK_2O$。一座日处理3000t甜菜的糖厂，按一年处理甜菜50万t计算，要带走氮素1200t，$P_2O_5$300t及K_2O1400t。若这类废渣排入江河，这种从土壤中取出又往江河里排放，年复一年的人为现象，破坏了生态平衡，形成江河里氮、磷、钾及有机物愈来愈多，土壤氮、磷、钾愈来愈少，使得土壤中氮、磷、钾比例失调，形成氮多而磷钾少。而糖料生长糖分主要靠磷、钾元素，磷、钾少，糖料含糖分下降。使产糖量会受到影响，形成恶性循环。

糖厂如何变害为宝，保持生态平衡，可采取以下方法：

(1) 将制糖废渣废水直接还田。

(2) 将糖蜜发酵液，首先提取饲料酵母，然后再作饲料或肥料，使氮、磷、钾元素直接或间接还田。

在制糖废水处理时，首先要清污分流。将废水中高、中、低三种浓度区分开来。高浓度废水，先回收再处理；中浓度废水含BOD和COD低于$5\,000\sim10\,000mg/L$经净化处理后，回收利用或排放；低浓度废水，主要是设备冷却水和设备二次蒸汽冷凝水，应循环利用。

故制糖废水处理，宜采用生物法，但制糖的生产具有季节性，因此宜采用氧化塘、土地过滤或农田灌溉等方法。如不能采取上述方法，也可采用其他人工生物处理法。

六、食品工业的废水处理

食品工业主要指肉制品、鱼制品、乳制品、禽蛋等加工和水果、蔬菜加工、粮食加工,加工的方式有罐头、饮料、焙烤等。在食品加工的各种工艺过程中,用水、用料和废水量都很大。

食品工业中产生的废水中主要含有:有机物质(油脂、蛋白质、淀粉、胶体物质)和悬浮物(菜叶、果皮、鱼鳞、碎肉、畜毛等),这些物质含量高,易腐败,一般无毒。此类废水污染所造成的危害是使水体富营养化后,以致引起鱼类和其他水生动物死亡,促使水体底沉积的有机物质在厌氧条件下分解,产生臭气恶化水体,污染环境。

食品工业废水除按水质特点进行适当预处理外,一般采用生物法处理。若废水中有机物含量很高或对排出水水质要求很高,可采用两级曝气池,或两级生物滤池,或多轴多级生物转盘、或转子填料生物转筒,或联合使用两种生物处理装置;也可采用厌氧—需氧串联的生物处理系统。例如肉类加工工业废水处理:它的废水主要来自屠宰、煺毛(或剥离)、解体、开膛、清洗肠胃等工序。这类排出水,水质恶劣,含BOD为$300\sim2\,200\,mg/L$,悬浮物为$600\sim3\,000\,mg/L$,油脂含量为$200\sim1\,000\,mg/L$,大肠杆菌$238\times10^4\sim238\times10^8$个/L,且废水量大,每宰1t活性牲畜约有10t废水。

对这类废水处理,首先应将废水和废物分开。废水按带油脂废水、不带油脂废水、带粪便的废水,分别做预处理或回收后,合流进二级处理装置。这种处理的特点是有利回收副产品,可减少废水量,节省处理费用。

此类废水处理的生物法。处理流程为: 废水经格筛、均化池、曝气池、沉淀池消毒后才可排放。也可用厌氧塘—氧化塘联合处理,废水先进入深4m左右的厌氧池塘,停留约6d,然后排入水深1m左右的氧化塘,停留20d左右。

第六节　污泥处理和城市污水的再利用

一、对污泥处理的方法

污泥是废水处理中的必然产物，占废水量的1％～2％，中和废水后所产生的残渣，因它们和污染物性质相似，且浓度很高，任意排放易造成污染与危害，因此污泥的处理是不可缺少的一环。

污泥处理方法主要有以下几种：

(1) 污泥脱水、干化法：因污泥含水率很高(达95％～97％)，易造成体积大，堆积、运送较困难，所以必须要脱水。

经常采用的方法为：将水放在污泥干化场，让水自然蒸发而干化，使污泥含水率降至75％左右，这样污泥体积可缩小。或还可用机械脱水法；通过真空过滤机、离心机和板框压滤机进行脱水。

(2) 污泥消化法：对于有机污泥，可用密闭池将其存放，并利用厌氧微生物作用，使有机物分解稳定(俗称发酵)，发酵后的污泥，大部分病菌和寄生虫卵被杀死，使污泥肥效大大提高，卫生条件及脱水性也得到了改善。

(3) 污泥的后期处理法：经脱水和消化后的污泥可作农肥，含无机物的沉渣脱水后可筑路。有毒污泥不宜作肥料，应焚烧。对于含有特殊有机物质的污泥可用隔离处理法处理。

二、城市污水再利用的优点

城市污水再利用优点很多，首先可节约新鲜水，缓和工农业争水的矛盾，又可减轻水体受污染的程度，保护天然水资源。

城市污水首先应先经过沉沙池，除去较重的沙粒等杂质；然后进入一次沉淀池，除去悬浮物，再经曝气池进行生物处理，使有机物进行分解；再经二次沉淀池分离活性污泥，去除污泥的水，最后水经过消毒后才可排放。在有条件的城市，还应经过厌氧发酵，回收沼气来达到节能的目的;沼气池污泥经无害化处理后,既具有良好肥效,又杀灭了大部分病虫卵。见图3-1。

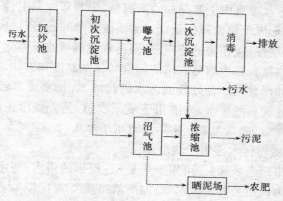

图3-1 城市污水处理流程图

随着工农业用水和城市用水量的增长,各国都感到水资源紧张,所以对开辟新水源是个很重要的问题。

1. 工业利用城市污水

工业上冷却水及产品制造中生产工艺供水都可利用城市污水,甚至像油井注水;矿石加工用水;洗涤水及消耗用水;都可用城市污水,但以用作冷却水最普遍,使用时要根据不同用途对水质提出不同的要求。对城市污水应做不同程度的处理:有时可直接利用城市污水处理厂处理后的水;有时还需对其再做补充处理。做冷却用的水,要保证该水系统不发生腐蚀、结垢、长藻,并且对冷却塔的木材不能产生水解侵蚀作用,同时还要防止产生过多的泡沫。利用城市污水作冷却用水源,往往比天然水源更经济。

2. 城市污水可回用于农业

无毒的城市污水可灌溉农田,起到提供肥源,改良土壤等优点。柏林、巴黎等大城市都有采用大量污水或灌溉郊区农田的事例。美国1974年用城市污水灌溉农田,占其总用水量的59%。

我国北方干旱、半干旱城市效区普遍进行城市污水灌溉，虽还存在一定问题，但已取得了很大的综合效益。

在污水灌溉中主要存在的问题是：影响环境卫生；影响浅层地下水；会形成土壤盐碱化及作物品质改变等问题，所以应按污水的性质、土壤性质、作物的特点，加强污水灌溉前的无害化处理管理，必须严格执行污水灌溉农田的标准和一些制度和方法。

国外严禁用不经处理的污水进行灌溉，特别要求经过二级处理生化处理后的废水，才能用于灌溉农田；另外城市污水，只有经科学处理后，确认无毒无害后方可用于养鱼。

3．城市污水回用于城市建设

城市污水处理后，可用于风景区：娱乐区用水、与水库水混合后可作为城市公共用水水源；但严禁回灌到地下水，以避免污染地下水质，我国北方有些城市就曾有此教训。

与人体接触的水、娱乐用水，要求必须无色、无臭、无毒、无害、无病原菌，对皮肤、对眼无刺激性，对咽喉无害，对肠道系统无害。

国外南非和以色列等国极度缺水，有些水虽经深度处理，并已成功把处理过的城市污水用作饮用水。但国际上对这一现象仍然争议很大，担心其卫生性状差，因其价格昂贵，故需进一步加强对其的科学检验和成本核算。

复习思考题四

1．什么叫水？水体？水资源和水污染？

2．什么叫河流的自净作用？

3．水体中主要污染物的来源及其危害？

4．说明治理污水的主要途径。

5．简述城市污水处理过程及再利用的积极意义。

第四章　大气污染与防治

第一节　概　　述

一、空气的重要性

大家都知道人类需要呼吸新鲜空气以维持生命,空气每天成千上万次有规则地通过鼻腔进出我们的肺部。成人一次呼吸的空气量约为500mL,按每分钟呼吸16次计算,全天约为2万余次,所以每人每天吸入的空气量约为1万L(约重13kg),相当于每天所需食物和饮水重量的10倍。而洁净的空气对生命来说比任何物质都重要,人在5周内不吃饭,5d内不饮水尚能生存,而空气仅断绝5min就会死亡。可见,空气乃是人类和其他一切生命有机体一刻也不可缺少的生存条件。

空气不仅是人类生存不可缺少的,同时也是人类维持生活所必需的,做饭取暖要靠燃煤取得热量,煤的燃烧需要空气,汽车开动,高炉炼铁等,也都需要空气。还有人的视觉器官、嗅觉器官、听觉器官能得以正常工作,空气也是绝对必要的。

所以,空气是人类赖以生存和生活不可缺少的物质,此外,动物、植物也一时一刻离不开洁净的空气,连生活在水里的鱼也离不开溶解氧。

二、大　气　层

在研究大气污染之前,我们需要对大气所处的空间有一些初步了解。在地球表层生物圈的外围,有一层厚厚的维护生物生存的空气,其厚度离地面约1 000～1 400km,这里没有严格的界限,一般把从地球表层到1 000～1 400km的高空称为大气层,在这以外,就是宇宙空间了。

在大气层中,空气的密度较小且分布是不均匀的,越往高空,空气就越稀薄,所以空气并不是无限的。

根据大气层中大气组成状况及大气垂直高度上的温度变化情况,大气层还可人为划分为若干层(见图4-1)。

1. 对流层

对流层指地面以上约12km*以内的空气层,这层里的空气质量占大气层空气总质量的75%左右,而且温度变化大(温度随高度增加而下降),一般高度每升高100m,气温下降0.6℃,这种上冷下热的情况,便产生活跃的空气对流;在这层中,几乎集中了全部水蒸气,造成适宜的湿度,对人类和动植物生存极为重

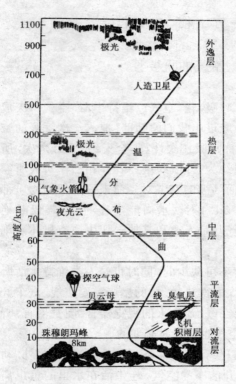

图 4-1 大气层结构示意图

要;尘埃也多,因而在这里形成云、雾、雨、雪等各种自然现象,可以说从暴风骤雨到明媚春光都发生在这一层里。这一层与人类的生活有着密切关系。

---

* 对流层的厚度随季节、纬度变化而有所不同,在热带平均约为16~17km,温带约为11~12km,寒带约为2.8~9km。

2. 平流层

从对流层顶向上到约50km的大气,称平流层。它和对流层不同:气温不随高度增加而降低,气温变化甚小,这是因为在这一层的30～50km处,臭氧含量较多,形成所谓臭氧层。臭氧层能够吸收大量紫外线而使气温随高度增加而略有上升(-3～$17℃$),保护了地球上的生物免遭紫外线的侵害。该层空气稀薄,空气分子主要沿着水平方向运动,故也称平流层。这里水汽和尘埃几乎不存在,经常是晴空万里,能见度高,对高空飞行极为有利,是大型客机理想的飞行区域。

3. 中层

从平流层顶向上到85km这个范围的大气,称为中层。它的气温跟对流层一样,温度随高度而下降(-2～$-92℃$),有利于大气的垂直对流运动,故中层又称为高空对流层。

4. 热层

热层是指从中层顶到500km的高空大气。由于分布在这一层里的原子氧吸收太阳紫外线的能量,而使此层的温度随高度迅速上升,可达到1 000℃以上,故称为热层。这里空气高度稀薄,在太阳紫外线和宇宙射线的作用下,这层的氧和氮分子发生电离,而成为离子,使大气处于高度电离状态,故又称为电离层。电离层能将电磁波反射回地球,这对远距离无线电通讯起着很重要的作用。无线电波借助于在地面和电离层之间的多次反射而传播,实现了全球性的无线电通信。

5. 外逸层

外逸层的厚度大约从500km一直到1 000km的高空。在这里地球的引力很小,再加空气又特别稀薄,气体分子互相碰撞的机会很小,因此空气分子可以自由地高速地飞来飞去,一旦向上飞去,会告别地球进入星际空间,所以此层称为外逸层。这一层温度极高,但近于等温,而且这里的空气处于高度电离状态。

第二节 什么是大气污染

为了区别大气是否被污染,首先我们需要了解正常状态下大气是如何组成的。

一、大气的组成

大气是由多种气体混合组成的。不含水气和固体杂质的空气称为干洁空气。据现代科学技术测定,当在0°C标准大气压下,按体积计算的空气组成见表4-1。

在上述成分中,前4种成分就占了空气质量的99.997%。另外,有微量的氖、氦、氪、氙、氢等,这些气体因含量极微,通常称为稀有气体或惰性气体。至于大气中水气的含量是不稳定的,雨天时含量较高,晴天较低,此外,还受地区、季节等因素的影响而有所变化,在正常状态下,水气含量在0~4%范围内。

表 4-1　　　　　　海平面处干燥空气的组成

气体组成	体积浓度/%	气体组成	体积浓度/%
氮	78.09	氢	5.0×10^{-5}
氧	20.94	氧化二氮	2.8×10^{-5}
氩	0.934	一氧化碳	1.0×10^{-5}
二氧化碳	3.3×10^{-2}	氙	9.0×10^{-6}
氖	1.8×10^{-3}	臭氧	4.0×10^{-6}
氦	5.2×10^{-4}	二氧化氮	2.0×10^{-6}
甲烷	1.6×10^{-4}	氨	6.0×10^{-7}
氪	1.1×10^{-4}	二氧化硫	2.0×10^{-7}

二、何谓大气污染

1991年春天,世界屋脊的喜马拉雅山开始下雪。一批瑞士旅游者,在克什米尔一侧的山上滑雪时,发现雪橇粘上的雪,不是白的,而是黑的。英国《星期日泰晤士报》为此做了报道,远离海湾地区2000多km的喜马拉雅山坡降下了黑雪。究其原因，原来是海湾战争科威特数百口油井燃烧产生的油污烟云，借着由西向东的季风，飘洋过海而形成的。

为何发生这种奇异景象呢？原来这就是大气污染造成的。

因此，所谓大气污染就是指污染物进入大气层以后，空气除正常成分之外，又增加了新的成分，致使大气在成分、气味、颜色和性质等方面发生变化，从而危害生物的生存和人类的生活环境，影响人体健康，给正常的工农业生产带来不良后果的大气状况。

简单地说，大气污染系指大气中污染物或由它转化成的二次污染物的浓度达到了有害程度的现象，严重的大气污染危害称为大气污染公害。

大气污染有时也称空气污染。大气一词来源于地学(包括地质学、地理学、气象及海洋等)，通常大气污染是指区域性或全球性的大范围污染，而空气污染主要指室内、车间内等小范围环境的污染。但从环境科学观点来看，空气与大气并无本质上的区别，因此，大气污染与空气污染常常同义应用。

第三节 大气的主要污染
物质及其来源

一、大气污染源

排入大气中的污染物，从产生来源来看，可分为自然污染源和人为污染源两类。前者是指由自然灾害造成的大气污染源。如火山爆发，它的喷发物中含有大量的火山尘、二氧化碳和硫的化合物。此外还有森林火灾、大风刮起的风沙等。后者是指由于人类的生产和生活活动所造成的大气污染源。人为的污染源具体有五种。

1．工业污染源

由火力发电、金属冶炼、玻璃与陶瓷烧制及食品加工等生产过程和燃料燃烧过程中所排放的煤烟、粉尘及废气等造成的大气污染,此类污染源,称为工业污染源。

2．交通及运输污染源

由汽车、火车、轮船、飞机、运载火箭等交通运输工具在行驶过程中排放的尾气所造成的大气污染,此类污染源,称为交通运输污染源。

3．生活污染源

人们由于生活上烧饭、取暖等的需要,燃烧燃料向大气中排放煤烟以及垃圾焚烧等所造成的大气污染,此类污染源称为生活污染源。

4．农业污染源

农业大量使用化肥、农药及农田产生的甲烷气体,通过风、挥发而进入大气中,可污染大气、降水成分,此类污染源,称为农业污染源。

5．军事或科学试验污染源

核试验、原子弹爆炸、航天器的废弃物及毁坏后的碎片垃圾等,可造成大气层的严重污染危害,此类污染源,称为军事或科学试验污染源。

二、大气的主要污染物及其来源

大气中污染物,现在还缺乏准确的统计数字,但已对人类产生危害,或已引起人们注意的大致有百余种。其中影响范围广、已形成对人类威胁的有烟尘、飘尘、SO_2、CO、NO_2、碳氢化合物（HC）、H_2S、NH_3 等,所有这些污染物都是危害人体健康的潜在因素。

据不完全统计,目前全世界每年排入大气中的污染物质量总计达 10.7 亿多吨,其中粉尘、SO_2、CO 所占比重较大,详见表 4－2。

表 4-2　　　　　　　世界大气污染物的年排放量

污染物	污 染 源	排放量	
		亿t	占总排放量比例/%
颗粒物	燃煤设备	5.00	46.7
SO$_2$	燃油、燃煤设备、有色冶炼废气	1.70	15.9
CO	工厂设备、汽车燃烧不完全时的废气	2.50	23.3
NO$_2$	工厂设备、汽车在高温燃烧时的废气	0.53	5.0
碳氢化合物	燃煤、燃油设备、汽车和化工设备的废气	0.90	8.4
H$_2$S	化工设备废气	0.03	0.3
NH$_3$	工厂废气	0.04	0.4
合计		10.70	100.0

现将几种主要大气污染物的来源及其危害简单介绍如下。

1. 烟尘

目前世界上常用的燃料,主要有煤、石油、天然气等,以煤的消耗量最大,世界每年燃煤量约55亿多吨,而煤的不完全燃烧产生的烟尘对于大气污染起着十分重要的作用。

烟尘是伴随着燃料燃烧而产生的废弃物,是一些飘浮在大气中粒径大小不一的微小颗粒物。烟尘大部分是固体颗粒,也有液体微粒。固体的有烟、炭黑、粉尘等,液体的有水滴和硫酸雾沫等。

从烟囱排放出来的烟尘又分降尘和飘尘两类,降尘颗粒较大,粒径一般在10μm以上,由于重力作用,能很快降落到地面。它多半属燃烧不完全的炭粒,也就是人们常看见的黑烟。飘尘颗粒较小,粒径在10μm以下,其中相当大一部分比细菌还小,它以气溶胶形式长时间在空气中飘浮,飘浮范围可从几公里到几十公里,因此会在大气中不断蓄积,使污染程度逐渐加重。且在各种飘尘中,以粒径在0.5~5μm的对人体危害最大。这是因为粒径在5~10μm的粒子,虽能进入呼吸道系统,但能被鼻毛和呼吸道粘液所阻挡,并随排出物排至体外;至于小于0.5μm的飘尘,由于气体扩散作用可被上呼吸道表面所粘附,随痰排出。唯有0.5~5μm的飘尘,可以径直到达肺部而沉积在肺胞中,并有可能进入血液,随之输往全身,危害人体。此外,飘尘具有吸湿性,在大气中易吸收水分,形成表面具有很强吸附性的凝聚核，能吸附有害气体和经高温冶炼排出的各种金属粉尘以及致癌性很强的苯并(a)芘等，而后随着吸气进入深部呼吸道，故对健康危险性较大。飘尘还能吸附病原微生物，在飘尘浓度高的地方，空气中各种微生物的含量也相应增高，因而容易引起慢性阻塞性肺部疾患的继发感染，降低肌体的抵抗力和免疫力。如1952年12月伦敦发生烟雾事件时，大气中飘尘含量比平时高5倍，达$4.46mg/m^3$，引起居民的死亡率急增。

所以，世界各国普遍认为，大气中的烟尘、尤其是飘尘是大气中危害较大的污染物，因此，环境监测和卫生部门把它作为评价大气污染对健康影响的重要指标。

2. 二氧化硫

在自然界，游离态的天然硫，存在于地壳的岩层里以及火山喷射口附近。以化合态存在的硫分布很广，多数有色金属和黑色金属都以硫化物矿床存在，如黄铜矿($CuFeS_2$)、硫铁矿(FeS_2)及方铅矿(PbS)等。而煤和石油等化石燃料中也都含有一定量的硫。但大气中的SO_2却大部分来自煤、石油一类化石燃料的燃烧，少量产生于金属冶炼及硫酸制造过程。

煤的含硫量一般为$0.5\%\sim5\%$，从我国煤炭的成煤时代来看，一般含硫量高于2%的煤较多，南方产的煤含硫量大多数在$3\%\sim5\%$，少数高达$5\%\sim10\%$；北方的煤含硫量稍低，如质量较好的大同煤含硫量仅0.86%。至于原油含硫量一般为1%左右，但中东石油含硫量高达5%，化石燃料燃烧时所产生的SO_2，绝大部分从烟囱排入环境，只有少量生成不溶性硫酸盐，留在灰渣中。随着经济的快速发展，我国因燃煤排放的SO_2急剧增加，1990年全国煤炭消耗量10.5亿t，1995年增至12.8亿t，SO_2排放量2370万t，超过欧洲和美国，居世界首位。近年来，随着能源消耗量的激增，世界范围内SO_2的排放量不断上升，从表4-2可见，世界SO_2年排放量多达1.70亿t，据估算，到2000年，世界SO_2排放量可达3.4亿t，污染量会十分惊人。

SO₂是一种无色有臭味的刺激性气味。素有"大气污染元凶"之称。在大气中，SO₂往往和飘尘结合在一起，很少单独存在。如在高空遇到水气，即变成H_2SO_4烟雾。其毒性远比SO₂为大，约10倍左右。也就是说，如SO₂浓度达到$8\mu L/L$时，人会感到不适，尚能忍受，但如果接触H_2SO_4烟雾，浓度到达$0.8\mu L/L$时，人已难以忍受。故它对人体、生物及建筑物等危害更大。

人受到SO₂刺激后，最初呼吸加快，每次呼吸量减少，浓度较高时，喉头感觉异常，并出现咳嗽、喷嚏、咯痰、声哑、胸痛、呼吸困难、呼吸道红肿等症状，造成气管炎、哮喘病，严重时可引起肺气肿，甚至致命。

SO₂的腐蚀作用，其危害也相当严重，如果低碳钢钢板在浓度为$0.12\mu L/L$的SO₂中暴露1年，由于其腐蚀作用，其重量将损失16％。SO₂还会使架空输电线上的金属器件及导线的使用寿命降低1/3左右。

大气中的SO₂还能随雨雪降落成为含H_2SO_4的"酸雨"，一般降水的pH小于5.6时称为酸雨(雪)。这是一个当今为人们十分关注的世界性环境问题。从20世纪50年代到70年代的观测资料可以看出，欧洲大部分地区和美国部分地区空气和降水酸化的趋势已十分明显。现在世界上已形成几大块酸雨区：美国和加拿大交界地区，西欧(主要在北欧)地区。但国外的酸雨除由于SO₂转化形成外，还有氮氧化物等转化形成的HNO_3的影响。据统计，国外酸雨中H_2SO_4和HNO_3之比约2：1。但我国降水化学表明，HNO_3含量不及H_2SO_4的1/10。我国的酸雨主要是大气中SO₂造成的。我国的酸雨大多分布在长江以南地区，且酸雨主要降落在大城市。上海、浙江、四川、福建、广东、湖南、贵州、江西等地均属酸雨地区，其中以四川、贵州、江西、湖南等省较为严重。我国的酸雨区面积不断在扩大，已占到国土面积的30％，华中、西南、华南地区形成了世界第三大酸雨区。为什么我国北方酸雨少，南方酸雨多呢？重要原因就是因为我国北方气候干燥，土壤多呈碱性，这些碱性土壤被风刮起飞扬到空中,对雨水中的酸起中和作用。而南方土壤多偏酸性,气候湿润,大气中较少扬起风尘,对酸的中和能力也就较低。

我国西南地区降水酸度很高,既与该地区所使用的煤含硫量较高有关,也与该地区的地形、气象和土壤等条件有关。西南地区煤的含硫量达5％左右,且未经脱硫处理,矿中SO_2排放量高。加之重庆和贵阳的气象条件和地形条件不利于污染物扩散,故大气中SO_2浓度高。同时,这个地区气温高、湿度大,有利于SO_2氧化为SO_3,并进一步转化为H_2SO_4,土壤又呈酸性反应,大气中碱性物质较少,这些条件造成了我国西南大面积酸性降雨区。

酸雨对环境危害十分明显。酸雨可使土壤酸化,在酸化过程中,会加速钙、钾、镁等营养元素的冲淋、减少,使微生物固氮和分解有机质的活动受到抑制,从而使土壤肥力大大下降。一般说来,江河湖泊pH在7～8,降酸雨后,可使pH下降到5以下。在酸性大的水体中鱼卵不能孵化或成长。挪威南部的5000个湖泊中,1750个已无鱼,900个受严重影响。

酸雨还会锈蚀建筑物,毁坏雕像和其他艺术品。美国的统计资料指出:美国因酸雨每年损失50亿美元;美国东部地区,材料受酸雨侵蚀的损失每年达20亿美元。我国重庆市的嘉陵江大桥,其锈蚀速度为每年0.16mm,每年用于钢结构维护费达20万元。至于对艺术品的破坏也十分突出,如东京的上野西洋美术馆庭院中罗丹的雕像,被腐蚀后仅几年便变得丑陋不堪。又如我国的故宫,是我国现存最大最完整的古建筑群,但其中露天的汉白玉浮雕轮廓线已不清晰,铜狮、铜龟也已受到酸雨腐蚀。

3. 一氧化碳

一氧化碳即众所周知的"煤气",是城市空气中排放量最大的污染物之一。其来源多半是矿物燃料不完全燃烧时产生的。燃烧时,供氧条件越差,CO生成量越多。

据报道,现在地球大气中由人为因素每年排入大气的CO总量达2.5亿t,差不多占大气中有害气体总量的1/3。而汽车废气又是大气中CO的最重要污染源之一。美国是世界上汽车最多的国家,占世界汽车总数的一半左右。每年由汽车排放的CO有6600万t,占其CO总排放量的66％。另外,从时间上看,大气中CO浓度常与城市交通繁忙程度密切相关,一般说,早晨和傍晚,正值广大职工上下班高峰时刻,各种机动车辆来往频繁,CO浓度出现峰值;深夜,车流量减少,CO浓度降低。同时,汽车排放CO的数量还与平均车速有关,车速越高,CO排放量越低,而在空档行驶和减速时产生的CO量最大,因此,在大城市的交叉路口和交通繁忙的道路上,常出现高浓度的CO。所以,城市中合理的交通流量有利于降低CO的排放量。

一氧化碳是一种无色无味的剧毒气体,它在大气中停留时间很长,一般可达2～3年,这样,就更增加了它的危害性。城市经常出现的CO浓度对植物及微生物尚未发现有不良影响,但对人体却有危害,这是因为CO被吸入后和血液中的血红蛋白结合形成碳氧血红蛋白(COHb),而CO与血红蛋白的结合力是氧气与血红蛋白结合力的200多倍,这样就使血红蛋白失去运输氧气的能力,从而使肌体缺氧,发生如头痛、眩晕、恶心、疲劳等缺氧症状,危害中枢神经,甚至引起窒息。实验证明,空气中CO含量超过$1/10^5$时,就可使人中毒;含量达到1％时,2min内就能致人死亡。

4. 二氧化碳

CO_2是大气中一种正常的组分,它主要来源于生物的呼吸作用和化石燃料的燃烧。自工业革命以来,化石燃料的大量使用,世界上人口的急剧增加,使大气中的CO_2浓度逐渐增高。1896年大气中CO_2浓度仅为1.96×10^{-4},但到了1975年已达3.24×10^{-4}。科学家预计到2050年,大气中的CO_2浓度将比目前增加1倍。CO_2好似一道无形的玻璃罩,它能让从太阳发出的短波辐射顺利通过,而来自地球表面的长波辐射却大部分不能通过。它们还能吸收这些长波辐射,并再向地球辐射。这样的结果会使地球表面的温度不断增加。根据国内外现存气象观测序列的研究表明，近百年来全球平均地面气温增加了$0.3 \sim 0.6℃$，气候确有变暖的趋势。由于大气这种保暖作用与我们平常所看到的玻璃温室有相似之处，故被称为温室效应。CO_2在其中起着主要角色的作用。

5. 氮氧化物

大气中氮的氧化物一般有N_2O、NO、N_2O_3、NO_2、N_2O_4、N_2O_5等多种形式。但构成大气污染的，主要是NO和NO_2。通常用NO_x表示这两种成分的总量，称之为氮氧化物。在一般情况下，氮气的性质很不活泼，很难跟其他物质发生化学反应。但在高温条件下(约$1000℃$以上)，在燃烧过程中，空气中的氮和氧化合生成大量的NO和少量的NO_2，而NO与O_2进一步作用则生成NO_2。而NO_2却又是促使生成O_3的重要因素。

大气中的NO_x大部分是由于各种矿物燃料的燃烧产生的，如汽车排放的NO_x就是在高温燃烧中产生的，此外，生产和使用HNO_3的工厂如氮肥厂、尼龙中间体工厂也排放NO_x。在灯泡厂，由于使用HNO_3溶解钨丝里面的芯丝，产生NO_2，有的使生产车间空气中NO_2含量高达$10\,000 mg/m^3$。浓厚的NO_2气体呈蛋黄色。因此，当这些工厂烟囱里排出大量NO_2气体时，人们常称它为"黄龙"。

据美国环境保护局资料，美国单是汽车排放的NO_x，就占空气污染物NO_x排放总量的40%。汽车废气中如此大量的NO_x对人类十分不利，这表示从清晨起，全天都有大量的NO_x进入大气中。同时，NO_x在汽车发动机高速运行时，产生得最多，即在速度越快、温度越高和O_2量越充足时，NO_x的排放量越大。

NO能与血液中血红蛋白结合，使血液运送O_2的功能下降。

NO_2则是一种腐蚀剂，并且有生理刺激作用和毒性，其毒性比NO大5倍，在有NO_2污染的车间工作，肺功能会受损害，严重时可形成肺气肿或肺纤维化。同时，NO_2能吸收水分变成HNO_3，会使人的呼吸器官受刺激，发生急性哮喘病。

NO_2还会损害植物。例如，0.5mg/kg的NO_2，经过35d，可使柠檬树叶枯黄和脱落。

HNO_3还是酸雨的来源之一。

此外，NO_x能使各种织物颜色退色并损坏棉织品和尼龙织物。

6. 光化学烟雾

光化学烟雾是一种具有刺激性的浅蓝色烟雾。它是由排入大气的汽车废气以及矿物燃烧废气中的NO_x和碳氢化合物受太阳紫外线作用，产生一系列光化学反应后的产物，它们是多种复杂化合物。在光化学反应产物中，臭氧(O_3)占85%以上，过氧乙酰基硝酸酯(PAN)约占10%，其他醛类、酮类等占比例很小。

在第一章中曾提到，还在20世纪40年代，美国加州洛杉矶就曾发生过这种烟雾污染现象，也称洛杉矶型烟雾。50年代以来，光化学烟雾事件在美国其他城市和世界各地相继出现，如日本的东京、大阪、川崎市和爱知县，澳大利亚的悉尼，意大利的热那亚和印度的孟买以及加拿大、德国、荷兰等国的一些大城市都曾发生过。我国兰州的西固石油化工区也出现过光化学烟雾，严重的光化学烟雾问题，日益引起了人们的注意。

光化学烟雾一般发生在汽车尾气较多、盆地式地形、无风的天数较多的城市，在一年中，多发生在相对湿度较低、气温为24～32℃的夏秋季晴天，在一天中，污染高峰出现在中午或稍后。傍晚，由于日光微弱并将很快消失，不足以发生光化学反应，夜间，自然也不致发生光化学烟雾。这说明，具有一定强度的日光辐射是形成光化学烟雾的重要条件。光化学氧化剂虽多在城市产生，但其影响并不局限于城市，而是可以由城市污染区扩散到100km，甚至700km以外。所以，它的污染是区域性的污染。

光化学烟雾成分复杂，具有不正常气味，其危害主要是使人和动物的眼睛和上呼吸道粘膜受到刺激，引起眼睛红肿、喉咙疼痛。光化学烟雾对人体的另一危害是当O_3浓度过高时会引起哮喘发作,视力降低,甚至出现肺气肿;如接触时间过长,还会损害中枢神经,导致思维紊乱或引起肺水肿等。长期吸入氧化剂会使体内新陈代谢受到影响,从而加速人的衰老。

对于植物会影响其生长,降低其对病虫害的抵抗能力。O_3和PAN等还能使橡胶制品老化、脆裂,损害染料、油漆涂料等。

7. 氯氟烃化合物(氟利昂)

随着人类生活质量的提高,各种致冷设备(如电冰箱、空调机)得到广泛的使用。大量生产和使用的致冷剂是氯氟烃化合物,如$CFCl_3$(氟利昂11)、CF_2Cl_2(氟利昂12)等,这些物质还用来制造灭火剂、发泡剂等。氟利昂在低层大气中比较稳定,但一到高空大气中(如平流层)就会分解,产生氯原子(Cl)。氯原子会与臭氧分子发生反应,把其中的一个氧原子夺过来,这样臭氧就被破坏了。可怕的是氯原子在与臭氧发生反应时,其本身并不受影响,所以它能连续不断地再与臭氧反应。

$$Cl + O_3 \longrightarrow ClO\cdot + O_2$$

(氯氧自由基)

$$ClO\cdot + O\cdot \longrightarrow Cl + O_2$$

$$O_3 + O\cdot \longrightarrow O_2 + O_2$$

就这样,1个氯原子大约会破坏1万个臭氧分子,从而导致臭氧层的破坏。由于臭氧层的破坏,大量紫外线将照射到地面而危害人体健康。有人估计,如臭氧层中O_3浓度减少1%,则皮肤癌发病率增加2%~5%。

8. 有毒重金属微粒

随着现代工业的发展,排入大气中的重金属(如铅、镉、铬、锌、砷、汞等)微粒也日渐增多。美国宾夕法尼亚大学曾做调查发现,一个现代美国人摄入的铅,要比古埃及人多100倍,摄入的镉多24倍。这些重金属微粒进入大气后,毒性较大,能引起人体的慢性中毒。

在轻工业行业中,重金属污染较严重的主要有汞、铬、镍、铜等,如灯泡、电池、仪表等生产中常产生汞污染,汞蒸气和汞盐进入人体后,会进入血液并随之进入各器官和组织,且容易在中枢神经系统、肝、肾等器官中蓄积。早期无机汞慢性中毒后主要表现为精神神经性病症,有时还会伴有齿龈炎、口腔炎等症状。在皮革、电镀行业中常造成铬、镍、铜的污染,如皮革厂的含铬废气、电镀厂的铬酸雾气体常使附近居民的晾晒衣物受腐蚀,并引起鼻膜炎等病症。近年塑料制品中大量使用含镉稳定剂,而一旦塑料制品与食品接触后,便有镉溶出,污染食品,尤其酸性食品,溶出的镉更多,经过食品摄入的镉,会在体内逐渐蓄积,超过一定限度会引起中毒,且多为急性的,主要症状是恶心、呕吐、腹泻等。

大气中分布最广的重金属是铅。据国外有人对260多种上釉陶瓷分析研究,发现50%陶瓷餐具在使用过程中能释放铅。同时,铅熔点低(327℃),所以印刷铅字用铅铸成,但是印刷厂熔铅炉则常产生铅烟尘。还有铅的许多化合物,色彩鲜艳,如碘化铅是金黄色,铬酸铅是黄色,常用作为陶瓷厂与搪瓷厂所用颜料、油漆涂料,这类含铅油漆、涂料在生产和使用中产生铅烟、铅尘;油漆脱落也使铅进入大气,造成铅烟尘污染。此外,在蓄电池生产中,消耗的铅占全世界铅消费量的40%,故蓄电池厂中的职业性铅中毒事件早已引起人们关注。但是,从全球角度来看,汽车却是最严重的铅污染源。全世界铅消费量中有20%是以烷基铅(如四乙基铅)的形式加入到汽油中作为防爆剂的,汽油燃烧时又将其所含烷基铅排入大气,汽车废气中的四乙基铅,其毒性要比无机铅大100倍。且据资料介绍,大气中的铅有50%~75%是从汽车尾管中排出的,所以目前世界上如美国、德国、日本的主要街道路口上空,空气含铅浓度都相当高,一般为$10\mu g/m^3$,有的高达$100\mu g/m^3$,严重超标。加之大部分铅尘粒径只有$0.5\mu m$或更小,易于弥散到远处,更加剧了它的危害性。

高浓度含铅气体进入人体内部,主要是损害骨髓造血系统和神经系统,引起贫血,红血球异常,神经麻痹等慢性症状,此外,血管病、脑溢血和慢性肾炎的发病率也增高。

第四节　大气污染与气象的关系

一、影响大气污染的几个气象因素

在一些工业集中的地区和城市,其大气污染的程度,总是和该地区和城市的污染源所排出的颗粒状污染物和有害气体的总排放量有关。而这个排放量并不因当地的气象条件、地形条件的不同而变化。但是,空气质量却常有变化,有时空气十分污浊,有时空气又使人感到清新。所以如此,是因为排放的污染物浓度会随着气象条件的变化而有差异。这就要求我们在讨论大气污染问题时有必要学习和了解一些与大气污染有关的气象因素。在这里着重是讨论影响大气污染物扩散的气象因素。

1. 风

空气在水平方向上的运动叫做风。风有风向、风速。风向是指风吹来的方向,例如北风就是从北方吹来的,其他类推。风速就是单位时间内风所走的路程,一般以m/s表示。如三级风系微风,相当风速为3.4～5.4m/s,八级风系大风相当风速为17.2～20.7m/s。污染物从污染源排入大气后就沿着风的吹向向下风方向的移动,形成了污染的地域,所以最高风向频率的下风地区受污染的次数最多。因此,在工业企业设计中必须注意使居住区与排放有害气体、粉尘等企业之间除有卫生防护地带外,还应位于这类企业的上风向以减少污染。风速也反映了风的强弱,它会影响大气污染物的扩散、稀释的速度。就一般情况而言,大气中污染物的浓度与污染物总排放量成正比,而与平均风速成反比。若风速增大一倍,则下风向有害气体浓度就将减少一半,这将有利于污染物的稀释扩散。

2. 大气湍流

湍流是流体流动的一种类型。湍流的流体其运动方向、强度和速度都呈无规则的、迅速的变化。而大气的湍流其风向多变,东、西、南、北、上、下皆有,速度时大时小,强度也变化多端。但它却是大气污染物稀释、扩散的主要因素。

3. 逆温层

地球表面上方大气温度随高度变化的情况影响着大气的稳定状况,对大气污染物能否扩散有着密切的关系。

我们知道,太阳辐射提供给地球光线和热量,地球表面也就成了大气层主要的热源,这样在正常情况下,由于地层表面的水、岩石、土层的热容量较大,吸收的太阳热能又缓慢释放到大气中,因此,靠近地球表面的大气温度要比上层高,这种随着高度的增加,气温逐渐下降的情况,通常以气温垂直递减率来表示,他就是指在地表上方沿着其垂直方向,高度每上升100m时气温的变化值。对于标准大气来说,对流层的上、中、下各层此数值略有不同,但就整个对流层而言,气温的垂直递减率平均值为0.6°C/100m。但是实际上,在邻近地球表面的低层大气中,气温的垂直变化情况要比标准大气状况复杂得多,日照的强弱,昼夜及季节的更迭,甚至地形的起伏都会对它产生影响。如在夜间,地表向空间辐射能量,近地表的气层温度下降,地表冷却,也即紧靠冷地面的那层空气的温度要低于其上层空气的温度,这就产生了逆温现象。到白天,太阳出来之后,随着地表被晒热,这种逆温现象才消失。这种大气层温度的分布与标准情况下相反的状况,称为逆温,出现逆温的大气层叫逆温层。特异的地形也能促使逆温层的形成,如在盆地或山谷地带,夜里,山坡散热快,地表温度下降,地表变冷,形成一层密度较大的冷空气,这层冷空气顺着斜坡向下滑动,最后聚集在盆地或山谷内,如图4-2所示。比较轻的暖空气升至上层,出现高

图 4-2 谷地形成逆温
现象示意图

度上升,温度也上升的情况,形成了地形逆温。由于水平气流受到山头的阻挡,而垂直方向又受到逆温层限制,很难使大气发生上下对流,污染的空气难以扩散,其结果往往产生严重的空气污染,如比利时马斯河谷事件,就是这些因素起了决定性作用。这种情况只有等到白天,太阳能直射到山谷底部方能逐渐消失。

逆温层的厚度不一,可有几十米甚至几百米,像无形的盖子一样,阻止近地面空气上升,污染物在近地表部分停滞,逐渐积累,更加剧了大气污染的危害。图4-3说明有无逆温层对污染物扩散的影响。

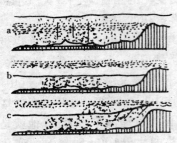

图 4-3 气象条件对大气污染的影响

a—无逆温时,气温随高度上升而降低,地面暖空气上升,污染物被带走(色浓者气温低)

b—有逆温时,气温上高下低,逆温层像盖子一样罩住地面,污染物在近地面层聚积,可造成烟雾事件

c—天气变化,逆温层消失,近地面暖空气又上升,积蓄的烟雾被带走

4. 大气稳定度

大气稳定度是指气层稳定的程度,即大气中某一高度的一团空气在垂直方向上稳定的程度。它是影响大气稀释能力的一个重要气象因素。在白天,太阳辐射使地表温度上升,靠近地球表面的空气,其密度比其上空的小,也即轻而暖的空气在下,重而冷的空气在上,这样容易使上下空气产生对流,这时大气处于不稳定状态,大气中的污染物容易随上升的暖空气而被带走并得到稀释。到夜间则相反,靠近地球表面的空气出现逆温,冷而重的空气在下,暖而轻的空气在上,很难使大气发生上下对流,大气处于稳定状态,污染物容易聚集形成大气污染。

概括地说,大气温度垂直递减率越大,大气越不稳定,有利于大气中污染物的扩散,而大气温度垂直递减率越小,大气越稳定。如此值小到等于零(即等温状况)或成为负数(即逆温状况),大气就

变得非常稳定,污染物也就难于扩散了

由于大气污染状况与大气稳定度有着密切关系,从图4-4列出的三种烟囱排烟类型可以比较直观地表示出大气稳定度对污染物扩散的影响。

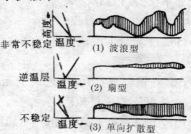

图 4-4 大气稳定性与烟型关系

注:图中实线表示实际温度递减率,
    虚线是绝热递减率。

(1)波浪型:多出现于太阳光较强的晴朗天气的中午,大气处于不稳定状态,对流强烈,烟云在上下左右方向上摆动很大,扩散速度快,对污染源附近居民有一定影响,但一般不会造成烟雾事件。

(2)扇型(或长带型):多出现于天气不很晴朗的早晨和夜晚,出现逆温层,大气处于稳定状态,烟云在水平方向上扩散缓慢,而在垂直方向上扩散速度很小。烟云可传送到较远的地方,遇到山地或高层建筑物阻挡时,污染物不易扩散,逆温层下污染物聚集,易形成该地区的污染。

•(3)单向扩散型:其中包括上扬型和下扩型,现就图示下扩型为例说明。

此种类型多发生在早晨,日出以后地面低层空气因日照而升温变热,使逆温自下而上逐渐破坏,但上部仍持续逆温,上方大气处于稳定状态,下方处于不稳定状态,使烟囱排出的烟云上升到一定程度就受到逆温层阻挡,烟云只能向下部扩散,使污染源附近地区污染物浓度很高,地面污染严重,有可能引起空气污染事件。

二、 几次严重的大气污染事件的比较

在震惊世界的公害事件中,有五起是由大气污染造成的,现将各次大气污染事件产生时的条件、主要污染物及受害情况列表

比较如下(见表4－3)。

如表4－3,可以看出:

(1) 过多的工厂建立在河谷地带(或盆地)中,会加剧大气污染。

(2) 在逆温层存在,加之天空无风或只有微风的情况,是造成大气污染事件的重要原因之一。

(3) 人口稠密或者工业区与居民区混杂在一起,会使污染物对居民健康的危害加剧。

表 4-3　　　　国外几次严重的大气污染事件比较

事　件	发生时间	条　件	主要污染物	受害情况
比利时马斯河谷事件	1930年12月	山谷,无风,有逆温层、烟雾,工厂区有铁厂、锌厂、金属加工厂	SO_2,氟化物,飘尘	几千名居民患呼吸道疾病,有60多人死亡,比平时死亡人数增加9倍
美国多诺拉事件	1948年10月	山谷,无风,有逆温层、烟雾,工厂区有硫酸厂、锌厂、电线厂、铁厂	SO_2	有43%的居民患呼吸道传染病
英国伦敦烟雾事件	1952年12月	河谷,平地,无风,有逆温层、烟雾,人口稠密,湿度高达90%	飘尘,SO_2	4天内死亡4000人,事件过后2个月,又陆续死亡8000人
美国洛杉矶光化学烟雾事件	1954年	海岸盆地,微风,有逆温层、烟雾,人口多,汽车多,烧油多	汽车废气:CO,NO_x,O_3,醛类化合物等	75%居民患眼病
日本四日市事件	1961年	石油化工城,工业区与居民区混杂,烟囱低,工厂有三大石油联合企业、化工厂	SO_2	气喘病大发作,到1972年患者达6300多人

第五节　大气污染的控制途径

为了保护和改善大气环境质量,为人民群众创造一个清新、优美的生活和工作环境,必须对大气污染采取有效的控制,其途径如下所述。

一、统筹规划，合理布局

一个区域或一个城市造成大气污染的原因往往是多方面的。旧城区的建设一般是逐年发展形成的，缺乏全面整体的规划，有的工厂是在居民区中间"见缝插针"挤进去的，有的风景历史名城也建了不少污染严重的工厂。如苏州市是有2000多年历史誉为人间天堂的风景名城，过去在$14km^2$的城区内，竟有480家工厂，形成了居民区、工厂区、风景区犬牙交错的局面，这种不合理布局带来了严重的环境问题。因此，要防治大气污染必须与城市建设、城市改造相结合，走综合整治的道路，统筹规划。苏州市结合旧城改造，调整产业结构，市区着重发展服装、刺绣、纺织等无污染的工厂，而将污染较重的工厂迁出市区，再结合污染源的治理，环境质量有了较大改善。

国家环境保护委员会还指出，重点城市环境保护是大气污染防治工作的重点之一。由于我国环保重点城市有51个，占全国城市总数的16%，市区面积占全国城市市区总面积的48%，人口占全国城市人口总数的53%，市区工业产值占全国工业总产值的41%，市区废气排放量占全国废气排放总量的33%。做好这些城市大气污染防治工作是很必要的。同时，一个十分重要的问题就是要搞好规划布局，特别是工业布局要合理，这也是解决大气污染的重要条件。所谓工业布局合理，是指工业生产在地区均衡分布，不要集中在局部地区或少数大城市，而宜适当分散，这样单位面积上的污染物排放量也少，易于自然净化。不少工业发达国家十分重视工业合理布局，例如美国、英国、日本、俄罗斯及欧洲各国为了保持较好的大气质量，采取了工业分散政策，一方面开辟新的工业基地，控制工业向大城市周围发展，另一方面调整原有城市工业布局，鼓励市内企业向外迁移，使整个工业获得较合理布局。瑞典由于较早地注意保护环境，工业分散在全国八个城市，每个城市工业比重也较均衡,环境污染就较轻。

同时,从生态观点出发,城市规模不宜过大,以多搞小城镇为宜,这样,工业和人口不过分集中,污染物排放量少,加之城镇周围有田野、森林,对少量有害物质也易于稀释。

至于新企业的建设,必须根据国家规定,事先进行环境影响评价,一旦开始建设必须认真实行"三同时"原则,避免产生新的污染源。

此外,厂址选择也应符合工业企业有关设计标准,如对于"具有生产性毒害(有害气体、烟、烟渣、粉尘、不良气味、噪音)的工业企业,需位于最近的居住区的下风侧(按主导风向),并设卫生防护地带与居住区边界隔开"等。

二、改进燃烧方式,改进燃料结构

以煤为燃料的工业锅炉、电厂锅炉、各种工业窑炉、民用取暖锅炉以及居民中一家一户的火炉,可以说是最普遍的大气污染源。煤经过燃烧排放大量的烟尘和SO_2等有害气体,其中有相当部分的污染物是由于燃烧不完全而产生。目前,我国烟尘年排放量约2 300万t,这与工业和民用燃烧煤均采用原煤散烧的方式有关。因此,如何改进燃烧方式,发展清洁能源,减少污染物的排放量,对于减轻大气污染是很需要探讨的课题。

1. 推广型煤

我国人民经过多年实践,制成了一种型煤,即将散煤经过一定配方加工成型,它有利于充分燃烧和减少烟尘排放。据有关方面提供的资料,燃用上点式蜂窝煤与烧散煤相比,CO减少70%～80%,尘和3,4-苯并芘减少90%以上;加固硫剂的型煤,SO_2排放量减少40%左右,若把全国民用的1亿t散煤加工成蜂窝煤,每年可节约2500万t原煤,为国家节省煤炭开采投资82.5亿元。目前,四川省以及沈阳、太原、西安、北京、天津等城市已开始在部分行业中推广应用了型煤,取得了较好的环境效益、社会效益和经济效益。如太原市是山西省能源重化工基地的中心城市，几十年来城市居民生活、取暖一直是散煤燃烧，烟尘低空排放，城市大气中总悬浮物微粒的浓度超过国家标准15倍，大气污染已经到了群众难以忍受的程度，对此，该市考虑到城市煤气化及集中供热一时还无法大面积实施，决定把发展型煤作为防治大气污染的一项重要办法，而且投资少，见效快。据测算，每户人家用上煤气需1000元投资，而用型煤及配套的先进炊具，只需100元投资。而且使用它能提高热效率1倍多，节约煤炭约50%，同时，更重要的是在减少污染物排放量方面效果显著。可以估计到，在近几年，我国将把发展型煤作为防治煤烟型大气环境污染的一项重要措施加以推广。

2. 采用区域采暖、集中供热

所谓区域采暖、集中供热，就是利用集中的热源，比如在城市的郊外设立几个大的热电厂和供热站，供应较大区域内的工业和民用采暖用热，以代替为数众多低矮烟囱，是消除烟尘的有效措施。据测算，同样1t煤，居民与企业分散使用比集中使用产生的烟尘多1～2倍，飘尘多3～4倍。如北京东郊是大型工厂比较集中的综合工业区，据资料介绍，由于实行集中供热，冬季采暖期SO_2浓度仅0.09mg/m³，而无集中供热的市中心区为0.27mg/m³，较前者高2倍。不仅如此，使用集中供热后还有以下优点：

（1）可将锅炉效率由50%～60%提高到80%～90%，并能降低煤炭消耗。

（2）可利用废热，提高热利用率。一般发电厂，热能转换成电能的效率不超过20%～30%，废气又不加利用，热损失很高，而热电厂则利用废气供热，热利用率可提高到80%左右。

（3）适于采用高效除尘器，这样烟尘排放量可以减少。

（4）燃料运输量可以减少。

由于集中供热既节约能源，又能减少污染，从世界范围看，发展很快，世界上已有数十个国家采用。我国集中供热面积也在逐年增加，1997年已达807.5m²。不少城市，如天津、上海、北京已建立多处集中供热系统。

3. 实现煤气化

发展清洁燃料，减少大气污染，已成为很多工业发达国家的研究课题。由于气体燃料比固体燃料干净、方便、易于输送，减轻劳动，因此，发展也较快，工业发达国家的大、中城市基本上实现了煤气化，同时，国外还正在加紧研究煤炭利用的新技术，如德国正在试验煤炭气化－燃气轮机－蒸汽轮机联合循环的发电工艺。美国和俄罗斯在煤的地下气化试验方面，已取得初步成果。近年来，我国气体燃料也有所发展，据统计，城市居民气化率1980年为15.2%，1990年已提高到24%。安徽淮南市目前已形成了利用生产废气、焦炉气、气化煤气、矿井瓦斯气、炼铁高炉气等多种气源组成的特有的城市煤气系统。一些大城市已基本实现民用煤气化。

4. 改变燃料结构，发展新能源

由于石油灰分低，燃烧时热效率高，有些国家改变燃料结构实行由燃煤向燃油转换，以减轻煤烟尘的污染。如美国原来烟尘污染较突出的匹兹堡市，由煤改油后，已成为"无烟"的匹兹堡市，日本自20世纪50年代后期开始实行这种转变。

不仅如此，当今世界各国还都十分重视发展许多新的无污染的清洁能源。如太阳能、风能、潮汐能、地热能、核能、生物能、天然气等。其中如太阳能，可说是取之不尽、用之不竭的，它每秒钟到达地面上的总能量就达80亿kW，目前不少研究部门正在研制成本低、效能高的太阳能集热器。核能是一种蕴藏量很丰富的能源。1kg核燃料(铀235)放出的能量相当于燃烧2500t煤。目前，世界上到1990年底已有50多个国家和地区建成424座核电站，我国已建成秦山、大亚湾两大核电站。据专家分析，预计到2000年，世界核电站发电量将占世界总发电量的50%。地热能是指地球内部蕴藏的能量，它主要包括地下热水、地热蒸汽及地震等地壳变动时所释放的能量。地球上地热能储量很大，仅地下热水和地热蒸汽的热能总量就比地球上全部煤储藏量多上亿倍,比全部石油储藏量多近50亿倍。目前,人类在开发和利用地热能方面,已取得较大成绩,我国是最早研究和开发利用地热资源的国家之一,远在公元前500～600年(东周),就有了开发利用地下热水的记载。近10余年我国地热发电工作,自1970年广东顺德县第一座地热试验电站开始,已先后在河北怀来、江西温汤、山东招远、西藏羊八井等地建成8座地热电站,总装机容量已达2700多kW。我国地热资源十分丰富,据不完全统计,现已查明的温泉和热水点已接近2500处,并陆续有所发现。2000年规划供热面积达54亿m^2,普及率达到25%～30%,重点城市供热普及率达40%～50%。

三、改进锅炉结构,采用消烟除尘装置

锅炉是烧煤产生蒸汽的主要热工设备,改进锅炉结构,改善燃烧条件无疑是消除烟尘的关键之一。在我国,近几年来锅炉改造主要采用简易煤气炉、往复推动式炉排、链条炉排以及炉膛内引入二次风助燃等措施,使炉膛内做到煤粒基本完全燃烧,可以减少煤尘排放。

对于煤粉尘和各种工业粉尘,各国都广泛采用除尘装置。除尘器种类很多,根据除尘方法不同,有重力除尘器、惯性力除尘器、离心力除尘器、洗涤式除尘器、过滤式除尘器、静电除尘器等。目前,国内外一般认为文丘里除尘器(属于洗涤式除尘器)、布袋式除尘器(属过滤式除尘器)以及电除尘装置,是高效除尘设备,尤其后面两种,除尘效率可高达99%。

修建高烟囱进行高空排放废气,虽是世界上最早的一种防治污染措施,但由于烟囱高,烟尘容易扩散,能减轻局部地区的地面污染,所以许多国家仍广泛采用,如英、美、加拿大等国。有些国家在烟囱内安装一种喷射烟圈的自动阀门系统,可把烟气排放到3000m高空,为达到这要求,美、加拿大等国还修建了300～400m的超高烟囱。目前世界上最高烟囱在加拿大,高385.5m,其次在美

国高368m,我国目前已建成的最高烟囱为210m。

四、减少交通废气污染

由汽车、火车、飞机等排放出来的废气均属交通废气,1990年,全世界的汽车数量已达5.18亿辆,排放大气污染物最多的也是汽车,因此,交通废气中以汽车废气对城市大气的污染最为严重。

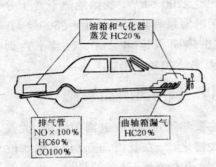

油箱和气化器
蒸发 HC20%

排气管
NO×100%
HC60%
CO100%

曲轴箱漏气
HC20%

图 4-5 汽车不同部位排放不同
污染物的比例

一个没有安装排气控制设备的汽车,CO和NO_x几乎全部来自排气管,而碳氢化合物则部分来自排气管,部分因曲轴箱漏气所致(在引擎工作过程中,活塞环逸出的气体),还有一部分是由于油箱和汽化器的蒸发作用造成,如图4-5所示。

因此,要减少汽车废气排放须从以下几个方面采取措施。

(1) 改进内燃机的燃烧设计。这是因为汽车排放碳氢化合物、CO、NO_x的多少主要决定于燃料和空气的混合程度。空气越多,即采取释比混合,燃料的燃烧越完全,CO和碳氢化合物的排放量就越少。但燃烧状态的改善会产生高温,使NO_x排放量反而增加。这就需要改进发动机的某些设计参数以减少其排放量,如延迟点火可以减少NO_x的排放量,降低压缩比可减少NO_x和碳氢化合物的排放量,但也有其不足处如用油不经济,为此需综合考虑后决定措施。

(2) 除改进发动机本身结构外,在排气系统安装附加的净化装置,如安装热反应器(用以氧化碳氢化合物和CO)和催化转化器(将废气变为无害气体或降低排放量);还可采用使废气部分再循环的废气回流管以降低NO_x排放量等。

(3) 改变汽车燃料成分,如采用无铅汽油代替四乙基铅作为抗爆剂的汽油以减少铅烟尘的排放。或采用液化石油气等新燃料。

(4) 在市内交通方面,多用无轨电车代替汽车,用公共汽车代替私人汽车,用多缸效率高的汽车代替单缸或燃烧不完全的机动车等措施,同时,加强交通管理,对车流密度过大的街道应增辟行车干道进行分流,这样,可降低交通要道废气浓度,减少危害。

五、 植树造林,绿化环境

由于绿色植物的多种功能,因此,绿化造林对净化空气、防治大气污染有着十分重要的意义。

绿色植物的光合作用能放出O_2和吸收CO_2,因而能使大气中O_2的含量不断得到补充,调节着空气成分,净化大气。通常每$1hm^2$树木每天吸收$1tCO_2$,生产$0.73tO_2$。而一个成年人每天呼吸需氧$0.75kg$,排出CO_2约$0.9kg$,故对城市居民来说,每人如有$10m^2$的树木面积或生长良好的$50m^2$草坪,这是城市生态平衡中的两个重要指标,就能得到足够的O_2供应,以及消除CO_2的污染和危害。所以,人们称绿地是城市的肺腑。

不仅如此,人们还把绿色植物看作是人的肝脏,这是因为它有解毒作用。有不少植物能吸收大气中的有害气体,然后通过本身的生理作用,把它分解成无害物质。根据国内外对不同树种叶片含硫量分析结果,发现各种树木都具有很大的吸收SO_2的潜在能力,阔叶树比针叶树能吸收更多的SO_2。一般抗SO_2强的树种也有较强的吸收SO_2能力,如垂柳、悬铃木对SO_2吸收能力较强,$1g$干叶能吸收硫$20mg$以上,臭椿和夹竹桃不仅抗SO_2能力强,吸收SO_2能力也强。在SO_2污染区,臭椿叶中含硫量为正常含硫量的29.8倍,夹竹桃可达8倍。人们还发现,桂花树对有毒气体的抵抗能力也较强,在氯气污染区内,种植$50d$后的桂花树,每$1kg$干叶可吸收氯$4.8g$;桂花树还能吸收一部分水蒸气,每$1kg$干叶可吸收$1.5mg$水。又如西红柿和扁豆对HF有很强的吸收作用,因此,人们常常称绿色植物是城市的卫士。南京市于1987年春在中央门外栽种了面积1000多hm²,总长15km的防护林带,号称"绿色城墙",目的就是阻止南京东北郊工业区的有害气体危害城区居民,以净化市区空气。

茂密的丛林,还具有强大的降低风速的作用,随着风速的降低,使气流携带的大粒灰尘下降。同时,树叶表面不平,有的有茸毛,有的树种还能分泌有粘性的油脂或浆汁、容易吸附空气中的飘尘,蒙上尘埃的植物经过雨水冲淋,又能恢复其阻拦、吸附尘的能力。据统计,森林叶面积的总和,一般为其占地面积的数十倍,所以它吸附、阻滞烟尘的能力是很大的,因此,人们又称树林是大气的天然过滤器。根据我国对一般工业区的初步测定,绿化区空气中的飘尘浓度要比非绿化对照区的减少10%~50%。当然,树木的滞尘能力还与林带的高度、密度、树种等有关。如针叶树因其叶的总表面积大,又能分泌油脂,故减尘效果较之其他树种为好。此外,由于林木可降低风速,栽植防护林能使灾害性的大风减弱为微风,防止了表土飞扬,保护了农田,保证了农作物的正常长势。我国被称为"绿色长城"的三北防护林地带的建设,在防风、防沙方面发挥了很大作用。

还有一点值得提出的,就是有许多绿色植物本身具有杀菌作用。这是因为有些林木在它生长过程中能分泌出具有杀菌能力的挥发性物质,如柠檬油、百里香油、天竺葵油和肉桂油等。至于具有杀菌能力的树种则有黑胡桃、悬铃木、柠檬、柳杉和雪松等。其他如臭椿、楝树、马尾松、樟树也有一定的杀菌能力。据南京市防疫站等有关单位对不同地区空气含菌数做了比较,如作为公共场所的火车站每1m³空气中含菌量49 000个,林荫道为5 500个,森林公园内只1 372个。可见公共场所空气含菌量为森林公园的36倍。

国外根据绿化环保功能的综合研究,一般认为城市绿地覆盖率(即城市绿地与城市总用地的百分比)为30%较好,至今,许多城市还远未达到30%,我国还须大力开展植树造林。

第六节　主要大气污染物
治理技术举例

本节主要对烟尘及SO_2的治理技术举例,以作为简要介绍。

一、烟尘治理技术举例

对烟尘的治理主要采用除尘装置。除尘装置种类很多, 这里介绍几种典型的。

1. 沉降室

这是治理粒径较大颗粒(大于$40\mu m$)的最简单最节约的设备。如图4-6所示。含尘空气通过沉降室降低了气流速度,颗粒物因重力而沉降下来。一般沉降室多安装在其他除尘设备之前,作为去除较大颗粒的预处理设备。

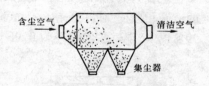

图 4-6　沉降室示意图

2. 离心式除尘器

离心式除尘器也叫旋风分离器。如图4-7所示。含尘气体沿切线方向进入分离器中旋转,烟尘颗粒在离心力的作用下,被甩到器壁,沉降到底部放出,清洁空气由顶部逸出。对于粒径大于$40\mu m$的尘粒,集尘效率可接近95%,采用组合式小型旋风分离器还可进一步提高除尘效率,由于旋风分离器直径缩小,可增加尘粒的离心力,同时缩短了尘粒与分离器外圆筒之间的距离,使尘粒容易达到分离器内壁。至于粒径小于$8\mu m$的尘粒,除尘效率将显著下降。

3. 文丘里洗涤器

这是使用广泛、效率较高的一种洗涤式除尘装置,如图4-8

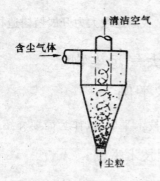

图4-7 旋风分离器除尘示意图　　图4-8 文丘里洗涤器除尘示意图

所示,是靠加压水进行喷雾洗涤来达到除尘目的。含尘气体经过文丘里管的喉径形成高速气流,并与喉径处喷入的高压水所形成的液滴相碰撞,使尘粒粘附于液滴上而达到除尘,除尘效率可达99%以上,能够去除粒径为 $0.05\sim0.5\mu m$ 的尘粒。

4. 袋式除尘器

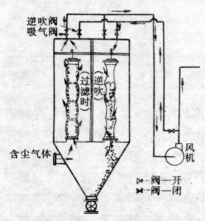

图4-9 袋式除尘器除尘示意图

这是一种过滤式除尘装置。这种装置如图4-9所示,是在除尘室内悬吊许多滤布袋,含尘气体通过滤布袋使粉尘在袋内截留而被除掉。对粒径为 $1\mu m$ 以上的颗粒去除率接近100%。甚至对于粒径是 $0.01\mu m$ 的尘粒也有一定除尘效果。一部分除尘室清洗时,其余部分仍可工作。此种除尘器成本费用相对静电除尘的较低,但需精心管理并及时清除尘粒。

5. 静电除尘器

图4-10是静电除尘器示意图。这种除尘器工作原理并不复

杂,含尘气体通过高压直流电晕时,尘粒带上电荷,并被电场引到接地集尘电极的表面上,再借助重力的作用,经敲动或冲洗等方法,将尘粒从集尘电极上清除下来。静电除尘效率高,粉尘粒径大于 $0.1\mu m$ 时,除尘效率可达99%以上。它在冶金、化工、水泥、火力发电等工业部门得到广泛应用,日本等工业发达国家的企业,也普遍使用它作为有效的除尘设备,这种除尘器成本费用较高。

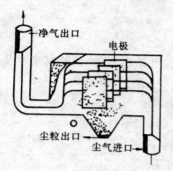

图 4—10 静电除尘器示意图

二、SO_2治理技术举例

从排放出的烟道气中去除 SO_2 的技术简称"排烟脱硫"。据初步统计。目前排烟脱硫方法很多,约六七十种。对于低浓度 SO_2 烟气(含量<3.5%)脱硫问题,近20年来,日本、美国等国研究趋势是从干法脱硫转向以湿法脱硫为主,因湿法脱硫效率高,且可回收硫的副产品。

排烟脱硫,虽然投资费用高,但仍被公认是控制 SO_2 的一项重要的技术,大多数工业化排烟脱硫工艺仍采用石灰或石灰石洗涤,也有采用 Na_2SO_4、MgO、双碱和 Na_2SO_3 洗涤的,现将石灰乳法简介如下:此法以石灰水为吸收剂去除废气中的 SO_2,由于石灰价廉,此法虽老仍不乏采用者,脱硫流程见图4—11。

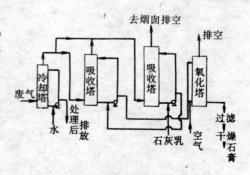

图 4—11 石灰乳法脱 SO_2 流程示意图

复习思考题五

1. 什么是大气层?

2. 何谓大气污染?

3. 有哪几种主要的大气污染物? 并举出两种,说明其来源及危害。

4. 有哪些气象因素会影响大气污染?

5. 试举出书中一二个未列的大气污染事件。

6. 通过哪些途径可控制烟尘的污染?

7. 如何控制SO_2等有害气体的污染?

8. 试述能源发展的前景。

9. 试述绿化造林与防治大气污染的关系。

第五章 固体废物的处理和利用

第一节 概　　述

一、固体废物的含义

固体废物是指生产和消费活动中被丢弃的固体物质和泥状物质。所谓废物是具有相对性的,其是指在特定条件或在某一方面失去了使用价值,而并非在一切方面都没使用价值。有时一个过程的废物,却是另一个过程的宝贵资源,若加利用,既可节约原材料,又可增加社会财富。因此有人称废物为"放在错误地方的原料"是很有道理的。

我国每年工业固体废弃物产生量约为6亿t左右,城市生活垃圾约为1亿t,不仅是资源的巨大浪费,而且造成严重的环境污染。全国200多个城市陷入垃圾的包围之中。有数据表示全国每年固体废物造成的经济损失,以及可利用而又未充分利用的废物资源价值约为300亿元。据1991年的不完全统计,全国农田废弃物污染已超过$2 \times 10^9 m^2$;全国排放到环境中的固体废物3 000万t,其中直接排入地表水的有1 181万t。

近年来发达国家向发展中国家转嫁废物事件时有发生。如美国费城曾将1.5万t工业焚烧灰倾倒在几内亚的卡萨岛上;意大利的4 000t化学废物曾倾倒在尼日利亚的科科港;美国、日本、德国和新加坡的危险废物都曾倾倒在泰国的曼谷港。此类事件的披露引起国际社会的广泛关注。一些发展中国家、地区或部门,为了一时的利益不顾牺牲本国的环境,与一些发达国家的公司相勾结,引进大量的有毒、有害、甚至是放射性废弃物。我国也发生了几起不顾国家的政策法令和人民群众的身体健康,为取得暴利而进口有害垃圾的事件。

二、人类对利用固体废物的认识

固体废物产生由来已久,但不同时期对固体废物的处理利用方法也不同。

原始人类的固体废物主要是粪便,当堆积增多到影响居住条件时,只能利用更换新的住址来解决问题。

1000多年前古希腊人,就把生活垃圾入坑填埋,直到近几十年才探讨其处理和利用。

随着天然资源的匮缺和固体废物的排量激增,20世纪70年代以来许多国家把固体废物作为"资源",积极开展综合利用。据有关资料介绍,日本曾利用废纸造纸,每利用1万t废纸,即可节约开采森林2.4km³。而美国1971年固体废物排放量约为44.5亿t,废物资源价值为60亿~80亿美元,其中绝大部分为农业和矿业废物。因此许多国家设立专门机构,积极开展综合利用,并制定多项法令,加强对固体废物的管理。

对于城市垃圾、废物,虽有收购废旧系统,但对农业秸秆可燃成草木灰与粪便、污泥等一起施于农田,因其回收效率不高、秸秆中有机质不能直接还田,而肥效不高,并可能恶化土质及环境,至今这些废弃物仍是危害环境的主要因素。

三、固体废物的来源和分类

固体废物主要来源于人类的生产和生活活动,人们在开发资源和制造产品的过程中,必然产生废物,同时任何产品在使用和消费之后都会变成废物。

固体废物共分:矿业废物、工业废物、城市垃圾、农业废弃物和放射废物五类。有人将矿业、工业、放射性废物合称工业废物,也有人将固体废物分为产业废物和一般废物两类。工业废物来自冶金、电力、化工、轻工等;城市垃圾来自生活消费,市政建设及商业活动;农业废弃物来自农产畜禽饲养;放射性废物来自核工业等,如图 5－1 所示。

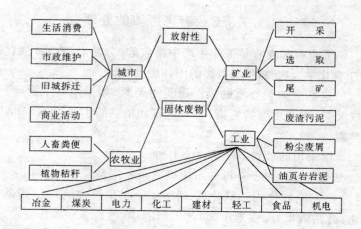

图 5－1　固体废物的来源

第二节　工业废物的处理

这类废物数量大,品种多,其中以采矿、冶金、煤炭等工业部门废物量最大,其他轻工业、食品、机电等工业也均有不少废物产生。

处理废物一般采用填埋、焚化、隔离等方法,并可从丢弃的固体物质中回收资源和能源。

一、工业固体废物的处理和利用

工业固体废物有高炉炼铁渣、钢渣、有色金属渣、煤矸石、粉煤粉、煤渣、硫酸渣、废石膏以及盐泥等;它们一般产生在城市,因数量庞大,种类繁多,成分复杂,经一定工艺处理,可成为工业原料或能源,比废水废气容易实现再生资源化。从制成产品来看,可制成水泥、混凝土骨料、砖瓦、纤维、铸石等建筑材料,有的可提取铁、铝、铜、铅、金属和铀、锗、钪、钛等稀有金属。

人们也可以从加工成建筑材料时,从中回收能源和工业原料。如钢铁渣高温热能利用就是一例。

二、工业有害废渣的处理

工业有害废渣是工业生产中排放的,分易燃,有毒,强腐蚀性的;有化学反应性的;及有害的固体废弃物。

这些废渣是环境的极严重的污染源,如果不善于管理,会造成大气、水和土壤的污染,不仅危害动植物的生长,也影响人畜的健康。

所采用的处置方法为以下几种:

焚烧法:对于有毒性可燃废渣可采用焚烧法,分解其分子结构,使它能转化为二氧化碳、水、灰分和少量含硫、氮、磷的化合物,此法效果好,占地少,对环境影响小,但设备和操作复杂,费用大,还需处理剩余有害灰分。

填埋法:预先进行地质和水文调查,选好干旱或半干旱场地来掩埋有害废弃物,必须做到安全填埋,保证不发生渗漏以致污染地下水体或污染空气。填埋结束后应复土、植树,以改善环境。此法特点是有利恢复地貌,维持生态平衡。

化学处理法:是利用化学上的酸碱中和、氧化还原、化学沉淀、化学固定等方法,使有害物质形成溶解度较低的物质,以减少毒性。

生物处理法:是对各种有机物采用生物降解,来达到降低毒性的目的。

三、轻工业的食品、制革、造纸、制糖、
陶瓷厂的废渣处理

(1) 食品厂原料的皮壳、内脏、污血、骨骼残渣等绝大多数

是宝贵的工业原料,鱼鳞可制鱼鳞胶,鱼体内脏可制鱼粉,是家畜的精饲料。屠宰场的动物血和内脏,可提制成重要的药物,骨骼可提取骨胶和骨粉,也可作肥料。

(2) 制革厂的废料皮渣、烂肉,因含有污泥、盐类及细菌,通过清洗,可制胶,也可作氮肥,并可生产蛋白胨,作为四环素的培养基。

(3) 造纸厂在回收碱时产生的废渣——白泥(碳酸钙)长期排放,既占地又污染环境,经过试验表明,可通过重油燃烧炉,在1300°C气流中燃烧,使之发生分解,然后使石灰再生。

(4) 制糖厂的蔗渣可用于造纸或人造纤维浆。甜菜废丝可作饲料;葡萄核籽可榨油;玉米芯除可榨油外,还可加工成淀粉。

(5) 陶瓷厂废渣,主要是生产中大量不合格的瓷土,废匣钵、废瓷片和炉渣。如经破碎可以再成型,煅烧后可制成普通的耐火砖、瓷泥炉渣砖、瓷粉等。

四、矿业固体废物的处理

在采矿和选矿中,常产生大量废石和尾矿,随着采矿业的发展,矿业废物的大量堆积,既污染土地,有时还会形成滑坡和泥石流等;对于风化形成的矿石碎屑和尾矿,因其中含有砷、镉等有毒元素,易被水冲刷进入水体,污染环境。

为防止废石和尾矿受水冲刷和被风吹扬,形成扩散污染,可用以下方法处理:

物理法: 向粒状矿屑喷水,再覆盖上泥土和石灰;最后以树皮草根覆盖顶部。

化学法: 用水泥、石灰、硅酸盐作化学反应剂与尾矿表面作用,达到形成凝固硬壳,防止水和空气的侵蚀。

土地复原再植法: 在被开采后破坏的土地上,填埋废石和尾矿,然后加以平整,并覆盖上泥土或栽上植物,建造房屋,最后以使土地复原。

根据废石和尾矿多组分的性质,还可开展综合利用,以达到减少堆置,缓解占地矛盾。

第三节 城市垃圾的处理

一、处理城市垃圾的意义

城市垃圾是指居民的生活垃圾、粪便,商业垃圾以及市政维护管理中产生的垃圾。

发达国家由于工业迅速发展,国民生活水平较高,商品消费增加,垃圾排放量也增加,美国的人均日排出量,就高达2.25kg,我国上海全市每天产生的生活垃圾约4000~5000t,建筑垃圾6000~7000t,粪水垃圾8000t;大量垃圾如果简单堆置,就会污染空气、水质,恶化环境,还要占用大量农田,因而如何处置城市垃圾,已成世界各国共同关注和研讨的问题。

现在城市家庭燃料的构成,已从用煤、木柴改用煤气、电力、垃圾中曾占很大比重的炉渣大为减少。居民的日常食品,自改为冷冻、干缩,预制成品和半成品后,垃圾中的有机物,如瓜果皮,果核等大为减少,而各类纸张或塑料包装物、金属、塑料玻璃器皿大大增加。

我国城市多以煤为燃料,煤灰含量约为垃圾量60%~70%,这些垃圾肥效施在菜园会破坏土质,是蔬菜减产因素之一。对于医院排出的垃圾(包括传染病医院)如不处理,是广泛传染疾病的原因,所以处置垃圾是需严肃对待的环境问题。

二、城市垃圾的处理方法

1. 城市垃圾、粪便的收集与输送

首先垃圾应投入垃圾筒,然后通过汽车或管道将垃圾集中,并分类成无机物或有机物,对含有机物的垃圾,可焚烧或制成

沼气,对废纸塑料可回收,无机物可作肥料或堆积成堆肥。

2. 填埋法

将垃圾填埋废粘土坑、采石场、废矿坑中,以利恢复地貌、维持生态平衡。

3. 堆肥法

将垃圾、粪便在微生物作用下,进行生化反应,此时形成一种腐殖的土壤,作为肥料施于农田。

4. 制取沼气

利用有机垃圾、植物秸秆、人畜粪便、污泥制取沼气,不仅解决了农民燃料问题,还可为农机化农村电气化提供能源,同时还增加了有机肥料,改良了土壤。

5. 焚化法

利用焚烧,可减少垃圾的体积,即减少了垃圾填埋量,在焚烧的同时也防止污染空气。

6. 综合无害化处理

据资料介绍,上海同济大学与无锡市合作研究,将生活垃圾收集,后经高温发酵处理,制成有机肥料"经腐营养土",其少量剩余物,除综合利用外,将施行卫生填埋,目前无锡市已建成垃圾无害化系统。

三、城市垃圾的回收

1. 材料回收

城市垃圾的回收包括材料和能源的回收。凡可用的物质如旧衣服、废金属、废纸、玻璃、旧器具均可由物资公司回收。

无法用简单方法回收的垃圾,可根据垃圾的化学和物理性质,例如颗粒大小、密度、电磁性、颜色进行分选,可以采用人工粗选、筛选、重选、磁选以及光学选择等方法。

2. 能源的回收

垃圾可作为能源的资源。发达国家的垃圾中纸与塑料含量高,因有高的热值,可作为煤的辅助燃料用于发电;也可作蒸汽的热量;或干馏成煤气代用能源,也是减少空气污染的有效方法。

从焚化炉中回收蒸汽热能的方法,已引起欧美一些国家的重视,瑞士用焚法处理垃圾量占53%,绝大部分炉子均有热能回收设施,美国对此法的研究也有所发展。

四、固体废物处理技术的发展

为了发展生产,保护环境,各国不断采取新技术、新措施来处理固体废物。

工业废物已从消极的堆存,发展为综合利用,矿业废物已从低洼地堆存,进而为矿山土地复原,安全筑坝或复土建成风景点、公园等。

城市垃圾已从人工收集、输送,发展到机械化、自动化、管道化收集输送,从无控制填埋发展到卫生填埋,滤沥循环填埋。焚烧也从露天转到焚烧炉,以达到回收能源,减少对大气污染,如图5-2所示。

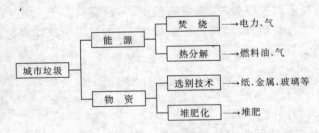

图 5-2 城市垃圾的资源化模式

工业有害废渣,已从隔离堆存发展到化学固定、化学转化以防止污染环境等。

"综合利用、化害为利",是我们应该努力的方向,为鼓励综合利用的科技开发、产品制造和推广使用,国家专门制定了综合利用奖励政策。但从总体上看,固体废物的综合利用率还很低,平均约30％左右，今后必须努力开发以适应我国经济技术的发展水平，应用行之有效的实用技术，拓宽资源化途径，促进城市生态环境中物质的循环利用。

复习思考题六

1. 什么叫固体废物？为什么说废物不废？
2. 工业用渣类、城市垃圾有哪些处理方法？

第六章 噪声污染及其防治

人类生存的空间是一个有声世界,在大自然中,有风声雨声、有虫鸣鸟叫……,在人们社会生活中有语言的交流,有使人身心愉悦的音乐等。因此,人们在生活中不但适应这个有声环境,也需要一定的声音满足心理的支撑。

虽然人们的生活少不了必要的声音,但是若声音超过了人们的需求和忍受力,使人们感到噪杂和厌烦,即使是一首乐曲,对于需要安静休息的人来说,也被认为是噪声。当然,人们所指的噪声主要是声音过于强烈的、严重干扰人们正常生活、损害人们生理和心理健康的声音。随着经济的发展,机动车船和飞机的大量使用,生产及建筑设备机械化程度的不断提高,致使噪声成为一种公害在污染环境,形成一种社会问题,迫使人们不得不认真对待,设法控制和消除噪声的污染。为了达到这一目的,人们需要对噪声污染做出定量的评价,对噪声对人和环境的危害有充分的认识,对噪声污染采取必要的行政措施和技术处理,以防范和化解噪声污染的危害。以下就上述3个问题逐一阐述。

第一节 噪声的评价和检测

描述噪声特性的方法可以分为两类:一类是把噪声作为单纯的物理扰动,用描述声波特性的客观物理量来反映,这是对噪音的客观量度;另一类则涉及人耳的听觉特性,根据人们感觉到的刺激程度来描述,因它有赖于人的生理和心理特性,因此被称为对噪声的主观评价。基于两种分类,在实践中人们提出了评价噪声的若干指标体系,研究了相应检测手段和方法。现分别陈述如下。

一、噪声的客观量度

声音是在空气或弹性媒质中传播的机械波,在流体中传播的声波是纵波。靠近声源的空气在声源的作用下,交替地被压缩和膨胀,产生一系列相间隔的疏部和密部,向远处传播开去。适当的频率和一定强度的声波作用于人耳的鼓膜,人们就感觉到了声音。并不是所有频率的声音都能被人耳感知,不同频率的声波作用于人耳,给人的听觉刺激有很大的差异。声波随声源振动频率的高低可分为 3 个频段:频率在 $20 \times 10^3 \sim 10^{14}$ Hz 之间的声波称为超声波,超声波人耳是听不见的;频率在 $10^{-4} \sim 20$ Hz 之间的声波称为次声波,次声波人耳也是听不见的;频率在 $20 \sim 20 \times 10^3$ Hz 之间的声波,才是人耳所能听见的声音,这一频段的声波也叫做可听声波。声音传播的空间也称为声场,在声场中声源向媒质输送能量的快慢程度,用声功率作客观量度;声场中声音的强弱用声压、声强作客观量度。

1. 声功率

声功率是描述声源在单位时间内向外辐射能量本领的物理量,其计量单位为"瓦"(记做 W)。一架大型的喷气式飞机,其声功率为 10kW;一台大型鼓风机的声功率为 0.1kW。

2. 声强

声波的传播过程实际上是能量传输的过程。声强则是描述声场中声波能量传输的密度和快慢以及传播方向的物理量。为了表示声波的能量以波速沿传播方向传输的情况,定义通过一与垂直于声波传播方向的单位面积的声功率为声强度,或简称声强。声强用 I 表示。声强的单位是"瓦特每平方米",用 W/m^2 表示。声场中某一位置的声强的量值愈大,则穿过垂直于声波传播方向上的单位面积的能量愈多。在声场中如果不存在障碍物和声波反射体,这种声场称为自由声场。假如在自由声场中有一非定向辐射声源,其发声的声功率为 W,它辐射的声波可以看作球面波,在

距声源 r 远处，球面的总面积为 $4\pi r^2$，则在球面上垂直于球面方向的声强 I_n 为：

$$I_n = W/4\pi r^2 \quad (\text{W/m}^2) \tag{1}$$

因此，由式(1)可以看出，声强 I_n 以与 r^2 成反比的关系发生变化，即距声源愈远声强愈小，并且降幅比距离增加来得更显著。

对于频率为1000Hz的声音，人耳能够感觉到的最小的声强约等于 10^{-12}W/m^2，这一量值常用 I_0 表示，即 $I_0 = 10^{-12}\text{W/m}^2$。$I_0$ 常用作衡量声波声强的比较的基准，因此又称 I_0 为基准声强。对于频率为1000Hz的声波，正常人的听觉所能耐受的最大声强约等于 1W/m^2，这一量值常用 I_m 表示，即 $I_m = 1\text{W/m}^2$。声强超过 I_m 这一上限时，会引起耳朵的痛觉，损害人耳的健康。声强小于 I_0，人耳就觉察不到了，所以 I_0 又称为人耳的听阈，I_m 又称为人耳的痛阈。见图 6-1。

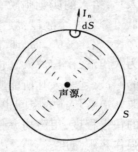

图 6-1 声波沿面积元法线方向传播的声强

3. 声强级

声强级是描述声波强弱级别的物理量。声强大小固然客观上反映了声波的强弱，但是根据声学实验和心理学实验证明，人耳感觉到的声音的响亮程度，即人耳对感受到的声音的强弱程度的主观判断，并不是简单地和声强 I 成正比，而是近似与声强 I 的对数成正比。又因为能引起正常听觉的声强值的上下限相差悬殊($I_m/I_0 = 10^{12}$ 倍)，因而如用声强以及它的通常使用的能量单位来量度可听声波的强度极不方便。基于上述两个原因，所以引入声强级作为声波强弱的量度。声强级是这样定义的：将声强 I 与基准声强 I_0 之比的对数值，定义为声强 I 的声强级，声强级以 L_I 表示。即：

$$L_I = \lg I/I_0 \quad (\text{B}) \tag{2}$$

Bel单位较大，常取分贝 (dB) 作声强级单位，其换算关系为：1B=10dB，即

$$L_I = 10 \ \lg I/I_0 \quad \text{(dB)} \tag{3}$$

【例题1】 试计算声强为下列数值的声强级,$I=0.01$ W/m²;$I_0 = 10^{-12}$W/m²;$I_m = 1$W/m²。

解: 根据$L_I = 10 \ \lg I/I_0$

$I = 0.01$W/m² $\qquad$ $L_I = 10 \ \lg 0.01/10^{-12} = 100$dB

$I_0 = 10^{-12}$W/m² $\qquad$ $L_{I_0} = 10 \ \lg 10^{-12}/10^{-12} = 0$dB

$I_m = 1$W/m² $\qquad$ $L_{Im} = 10 \ \lg 1/10^{-12} = 120$dB

从以上例题可以看出: 第一,数量差别如此巨大的不同声强用声强级表示,数量上的差别可以缩小,表示起来较为方便;第二,听阈的声强级为0、痛阈的声强级为120dB。通常40dB以下为安静的环境;相距1m的谈话声为50~60dB;60dB以上的环境就显得嘈杂;喷气式飞机附近为140~150dB,对人耳会造成伤害。

如果已知声波的声强级L_I,根据对数性质可以求得声强I。若L_I是以dB为单位的声强级的值,即:

$$L_I = 10 \ \lg I/I_0 \quad \text{(dB)}$$

则:

$$I = 10^{L_I/10} \cdot I_0 \quad \text{(W/m}^2\text{)}$$

式中I_0是基准声强($I_0 = 10^{-12}$W/m²)。如果在声场中有两列同向传播的声波,它们的声强级和声强级分别为L_{I_1}和L_{I_2},则它们的声强分别为I_1和I_2。$I_1 = 10^{L_{I_1}/10} \cdot I_0$;$I_2 = 10^{L_{I_2}/10} \cdot I_0$。由于能量在此条件下可以累计相加,因此这两列声波的叠加后的合声强I为I_1与I_2之和,即:

$$I = I_1 + I_2 = I_0(10^{L_{I_1}/10} + 10^{L_{I_2}/10}) \quad \text{(W/m}^2\text{)}$$

合声强的声强级L_I为:

$$L_I = 10 \ \lg I/I_0$$
$$= 10 \ \lg(10^{L_{I_1}/10} + 10^{L_{I_2}/10}) \quad \text{(dB)} \tag{4}$$

以上表明声强级不能直接叠加,但能量可以累计求和,如果有多列同向传播的声波相遇,则它们的叠加后的合声强级可以通过式(5)计算,即

$$L_I = 10 \ \lg \sum_{n=1}^{N} \ 10^{L \ In/10} \quad \text{(dB)} \tag{5}$$

式中 N 为声波的列数。以后讲到的声压级叠加和响度级的叠加也可以用能量累计的原理,计算叠加之后合声场的声压级和响度级的量值,其计算式的形式与式(5)非常类似。

【例题2】 设有两列声波,其声强级分别为 $L_{I_1}=60\mathrm{dB}$ 和 $L_{I_2}=65\mathrm{dB}$,问叠加后的声强级 L_I 为多少?

解: 根据式(5):
$$L_I = 10 \ \lg(10^{60/10} + 10^{65/10}) = 66.2\mathrm{dB}$$

从计算结果可以看出,声强级的叠加不是量值的简单相加,合成的声强级比其中较大的一个分声强级增加了1.2dB而已。由于计算器功能的完善,计算多列声波的合成声强级是很方便的。表6-1列出了两个同时存在的声波的声强级叠加后声强级的增值分贝数。

表 6-1   两列声波叠加声强级增值

声强级差 $\lvert L_{I_1}-L_{I_2}\rvert$	0	1	2	3	4	5	6	7	8	9	10
增 值 Δ/dB	3.0	2.5	2.1	1.8	1.5	1.2	1.0	0.8	0.6	0.5	0.4

4. 声压

声压是描述声波作用效能的宏观物理量。声波与传感器(如耳膜)作用时,与无声波情况相比较,多出的附加压强称为声波的声压。声波是纵波,声场中各点的空气源的密度都在随时间做周期性的交替变化,因此作用于传感器的瞬时声压也是时正时负地做周期性变化的。通常考虑的不是声压的瞬时效果而是持续作用平均效果,以声压的有效值(即方均根值)来衡量,如同研究交流电的热效应时,通常考虑的是电流的有效值一样。有效声压用 p 表示,单位为帕(Pa),$1\mathrm{Pa}=1\mathrm{N/m^2}$。当声波的声强为基准声强 I_0 时,其表现的声压约为 $2\times10^{-5}\mathrm{Pa}$(在空气中),这一量值也常被用做比较声波声压的衡量基准,称为基准声压,记做 p_0,即 $p_0 = 2 \times 10^{-5}$Pa。

理论表明,在自由声场中,在传播方向上声强 I 与声压 p 的关系式为:

$$I = p^2 / \rho c \quad (\text{W/m}^2) \tag{6}$$

式中 ρ 是媒质密度(kg/m³), c 为声速(m/s),两者的乘积就是媒质的特性阻抗。在测量中声压比声强容易直接测量,因此,往往根据声压测定的结果间接求出声强。

5. 声压级

声压级是描述声压级别大小的物理量。式(6)表明声强与声压的平方成正比,即:

$$I_1 / I_2 = p_1^2 / p_2^2 \tag{7}$$

式(7)两边取对数,则:

$$\lg(I_1 / I_2) = \lg(p_1^2 / p_2^2) = 2 \lg(p_1 / p_2) \tag{8}$$

为了表示声波强弱级别的统一,人们希望无论用声强级或声压级表示同一声波的强弱级别具有同一量值,特按如下方式定义声压级,即声压级 L_p 等于声压 p 与基准声压 p_0 比值的对数值的 2 倍,即:

$$L_p = 2 \lg(p / p_0) \quad (\text{B})$$
$$= 20 \lg(p / p_0) \quad (\text{dB}) \tag{9}$$

若干列声波声压级的叠加,采取能量累计的原理,类似于式(5),叠加后的合声压级 L_p 的计算式为:

$$L_p = 10 \lg \sum_{n=1}^{N} 10^{L_{pn}/10} \tag{10}$$

式中 L_{pn} 为第 n 列声波声压级。

二、噪声的主观评价

1. 响度级

噪声作为单纯的物理扰动,声强级、声压级可以客观地反映强弱,但是还不能完全反映人耳对声音强弱的主观感觉。心理学研究表明,人的听觉判断一个声音的强弱,不但与声强级、声压级有关,而且与声音的频率有关。人耳对不同频率纯音的灵敏度相差甚远,超声与次声不论声压级如何均为人耳无法听见,这就是最明显的例证。在可听声的范围内,人耳对于具有相同声压级的不同频率的声音,在1 000~4 000Hz频带内的声音听起来最响。在此频带之外,随着频率的降低或升高,人耳的感觉会越来愈弱,甚至听不到。实际上为了定量地描述人耳对不同频率声音的主观感觉(即是否响亮),人们用通过对比性实验而得到的称为"响度级"的量来描述。通常请具有正常听觉的人作为声音响亮程度的检定人,将待测的某一声音与作为比较标准1 000Hz纯音相比较。在测试时,交替地让鉴定人听待测声和1 000Hz的纯音,并不断地调节1 000Hz声音的声压级,当检定人认为两种声音听起来一样响时,这时1 000Hz纯音的声压级就定义为待测声的响度级。其响度级的值与此时1 000Hz纯音的声压级的值相同。响度级的单位为"方"(phon)。例如,某一扬声器发出的声音与声压级为60dB的1 000Hz纯音听起来同样的响,则不管此扬声器发出的声音客观上的声压级是多大,它的响度级就定为60phon。如此利用与1 000Hz的不同声压级的纯音相比较的实验方法,可以测得其他频率的纯音在不同声压级时的响度级数值。实验结果可以发现,不同频率的纯音,要使人耳听起来具有相同响度级,需要有不同的声压级。

描述响度级与频率和声压级关系的曲线称为等响度级曲线,简称等响曲线(见图6-2)。在等响曲线图中,取横坐标表示频率,纵坐标为声压级,图中相同响度级的点连成一条曲线,图中每一条曲线表示一个响度级,其单位为phon。从等响曲线图中可以看出:(1)沿某一曲线观察,具有同一响度级的纯音,所必须具备的声压级的值不同:对于1 000Hz的纯音,因为它是比较基准,其响度级与声压级数值相同;对于3 000Hz左右的纯音,它的响度级的值高于声压级,即它与同样声压级的1 000Hz纯音相比较,听起来更响一些;对于低于1 000Hz的纯音,同一响度级的必须具备的声

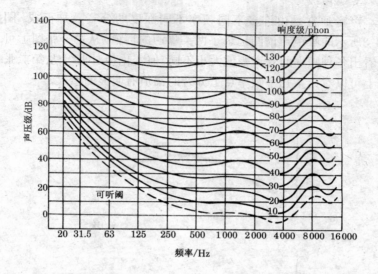

图 6-2 等响曲线

压值随频率降低而增大,即要获得与1 000Hz纯音同样的响度,必须具备更高的声压级。从图6-2中可以看出人耳对1 000～4 000Hz的"中高频"声音最敏感,对200Hz以下的"低频"声音很迟钝。(2)图6-2中虚线以下的部分是人耳无听觉的区域,例如125Hz的声音,即使声压值达10dB,人耳也听不到。

2. 响度

响度级是定量地表示某一声音相对于标准声音的相对响度。为了定量地表示出一个声音比另一个声音响几倍,首先取响度级为40phon的声音为基准,将40phon的声音的响度定义为1sone,响度级在此基础上每增加10phon,响度即增加1倍。例如:50phon为2sone;60phon为4sone;70phon为8sone……。这样做正好符合具有正常听力的人判断声音响几倍的主观感觉。如果用L_N表示响度级,则响度N的计算式为:

$$N = 2^{(L_N - 40)/10} \text{(sone)} \tag{11}$$

3. A声级

声音通常是由许多不同频率不同强度的分音叠加而成。图6-3所示的噪声声谱图记录了两类噪声的声谱。从第一张图上可以看出各种频率的分音幅值大小不同,但变化相对平缓;从第二张图上可以看出某几个频率点上分音的幅值有明显的增大。

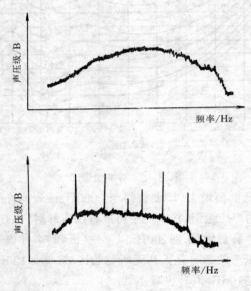

图 6-3 噪声的声谱

如果用某一噪声总的声压级表示声音的强弱,这并不能反映人耳对它的听觉效果,因为人的听觉还与声音频率密切相关。为了求得某一噪声的反映人耳听觉特性的量表示噪声的强弱,理想的办法是首先对噪声做声谱分析,将不同频率的分音的声压级换算成响度级,然后再将许多响度级叠加,求得总的响度级,这种反映总响度级大小的量称为声级。在将某一分音声压级换算成响度级的时候,1000Hz以上的响度级要大于声压级,即要加上若干分贝;在1000Hz以下的响度级要小于声压级,即在原声压级的基础上减去若干分贝。经过如此处理后叠加称为计权叠加。人们选择了等响曲线图中的40phon、70phon、100phon这三条曲线,按这三条曲线提示的各种频率的声压级与响度级的差,绘制了A、B、C计权特性图(以后又增加了测量飞机的D计权特性)。(见图6—4)。从图中可以看出频率愈低,相对响应(即从原声压级中扣除或

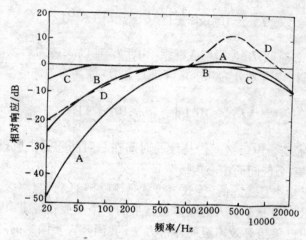

图 6—4　声级计的A、B、C和D的频率计权特性

增加的分贝数)愈大。显然用一般手工操作去完成从声谱分析到实际计算的全过程是烦琐的事。于是人们应用电子技术,由电阻、电容等电子器件组成的计权网络,设置在测量声级的声级计上,使声级计分别具有A、B、C、D计权特性。声级计测出的声级比较接近人耳对噪声的听觉反映。用声级计的A、B、C计权网络分别测出的声级即为A声级、B声级、C声级。人们总结具有A、B、C计权特性的声级计近40年的经验,发现A声级能较好地反映人耳对噪声的主观感觉,因而在噪声测量中,A声级被用作噪声主观评价的主要指标。B声级已经不用,C声级有时用作代替可听声范围内的总声压级。A声级的计量单位后面要加写一个A,如dB(A)。

　　对稳定不变的噪声,用声级来评价是非常方便的。但噪声随

随时间变化的情况，马路上的交通噪声忽大忽小地变化，仅用一个声级值就不能说明其特性了。要说明它还必须使用等效声级。

4. 等效声级

某一段时间内的A声级按能量的平均值，称为等效连续A声级，简称等效声级或平均声级。用公式表示有效声级 L_{Aeq} 为：

$$L_{Aeq} = 10 \ \lg\left(\frac{1}{T}\int_0^T 10^{L_A/10}\,dt\right) \quad (dB) \tag{12}$$

式中 T 为总时间；L_A 为瞬时A声级。由于 L_A 难以表达为连续函数，实际上是按声级划分为几个区间进行计算。计算式为：

$$L_{Aeq} = 10 \ \lg\left[\sum_{j=1}^N (p_j)(10^{L_{Aj}/10})\right] \tag{13}$$

式中 p_j 为第 j 个声级区间内持续的时间在总时间间隔中所占的比例；L_{Aj} 为第 j 个区间的中心声级分贝值。

如果噪声是稳态的，等效声级就是该噪声的A计权声级。

等效声级是衡量人的噪声暴露量的一个重要物理量。国际标准化组织已采用等效声级的评价方法，我国及许多国家的环境噪声也以等效声级为评价指标。我国城市区域环境噪声等效声级分布在53.5～65.8dB之间，全国平均值为56.5dB(1997年中国环境状况公报)。

5. 统计声级

统计声级是用来评价不稳定噪声的方法。例如在道路两旁的噪声，当有车辆通过时A声级大，当没有车辆通过时A声级就小，这时就可以等时间间隔地采集A声级数据，对这些数据用统计的方法进行分析，以表示噪声水平。

例如，要测量一条道路的交通噪声，可以在人行道上设置测量点，运用精密声级计，将声级计调到"慢档"位置读取A声级。每隔5s读取一个A声级的瞬时值，连续读取200个数据，然后将200个数值由大到小排列成一个数列，第21个A声级记做 L_{10}，第101个A

声级记做L_{50},第181个A声级记做L_{90}。L_{10}表示有10％的时间超过这一声级;L_{50}表示有50％的时间超过这一声级,L_{50}相当于交通噪声的平均值;L_{90}表示有90％的时间超过这一声级。L_{10}、L_{50}、L_{90}等也称做百分声级,可以用这种方法评价交通噪声。1990年时,城市噪声污染十分严重,城市功能区环境噪声普遍超标,约有一半以上城市居民受到噪声的困扰。

6. 其他噪声评价方法

其他噪声评价方法还有:昼夜等效声级、感觉噪声级等。

三、声级计

声级计是噪声测量的基本仪器。按用途可分为一般声级计、脉冲声级计和积分声级计(噪声暴露计或噪声剂量计)。按准确度可分为4种类型,即0型、1型、2型、3型。前两种是高精度的,不适用于现场测量。2型声级计准确度是±1dB,适用于现场测量。3型声级计准确度是1.5dB,一般用于现场普查。

声级计都具有A、B、C计权特性和"S"(慢)、"F"(快)时间特性选择档。有的还有"I"(脉冲)的时间特性选择档。A、B、C等频率计权特性是模拟人的听觉特性。图6-5为声级计的基本结构示意

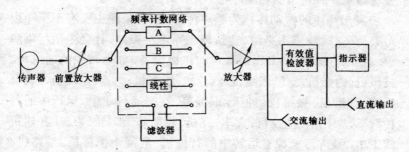

图 6-5 声级计基本结构图

图。传声器是声音信号传感器,它把声音信号转换成电压信号,电压一般很微弱要经过放大。计权网络由电阻和电容组成,它按图

6－5所示的计权特性，对不同频率的声音进行衰减或提升，然后再输入下一级放大电路，经有效值检波器转换成直流信号推动指示器显示读数。用A计权网络测得的声级为A声级(L_A)，单位是dB。B计权网络现已很少使用。C声级(L_C)只供参考。把L_A和L_C加以比较，可以粗略地判断噪声的频谱特性。如$L_C \approx L_A$时为高频噪声；如$L_C > L_A$时为低频噪声。测量有效值时的平均时间有3种：(1)"F"(快)——电表电路的时间常数是5ms；(2)"S"(慢)——电表电路的时间常数约为1000ms；(3)"I"(脉冲)——电表电路的时间常数是35ms。具有"I"时间计权特性的声级计，可用来测量脉冲噪声。对于声级随时间变化的非稳定噪声，须测量其等效连续声级L_{eq}和噪声计量，为此设计了积分声级计。

第二节　噪声污染及危害

科学研究发现，适合人类生存、工作、学习和生活的最佳环境为15～45dB。随着工矿企业和交通运输的发展，以及城镇人口的密集，产生的噪声往往远大于这一标准。噪声对人们健康的危害，对通讯的干扰，以及对机件引起的疲劳和破坏日益严重，噪声被公认为是一种严重的污染。

发出噪声的振动体称为噪声污染源。污染源主要有工厂噪声污染源、交通噪声污染源、建筑施工噪声污染源、社会生活污染源等。在工厂中，有许多辐射噪声的机械设备，如运转中的通风机、鼓风机、内燃机、空气压缩机、汽轮机、织布机、电锯、电动机、风铲、风铆、球磨机、振捣机、冲床、锻锤等。在交通行业中，运行中的各种汽车、摩托车、拖拉机、火车、飞机、轮船等，都是噪声源。在建筑施工中，噪声污染源有运转中的打桩机、混凝土搅拌机、铺路机、凿岩机、混凝土震实机等。社会生活污染源，包括高音喇叭、商业和交际活动中的喧器、家用电器的音响等。见表6－2、表6－3、表6－4。

表 6-2 建筑机械的波形图

一般噪声	
稳定噪声 (例: 空气压缩机)	
连续的冲击噪声 (例: 破碎机)	
反复的冲击噪声 (例: 柴油发动机桩锤)	
变动的持续噪声 (例: 油压铲土机)	
变动的冲击噪声 (例: 混凝土破碎机)	
机械运转时的噪声 (例: 铲土挖掘机开动)	开动铲斗 | 回转挖掘 | 转换方向 | 排土

表 6-3 建筑机械噪声级

机械名称	噪声级/dB	机械名称	噪声级/dB
推 土 机	78~96	挖 土 机	80~93
搅 拌 机	75~88	运 土 卡 车	85~94
汽锤、风钻	82~98	打 桩 机	95~105
混凝土破碎机	85	空 气 压 缩 机	75~88
卷 扬 机	75~88	钻 机	87

　　噪声污染的危害,从近期效果看,主要表现为影响人们的休息和工作,使人心烦意乱而降低劳动生产率。噪声污染的更严重

表 6-4　　　各类机械噪声级的分布情况(在操作位置)

噪声级/dB	机 械 名 称
130	风铲、风铆
125	凿岩机
120	大型球磨机、有齿锯切割钢材
115	振捣机
110	电锯、无齿锯、落沙机
105	织布机、电刨、破碎机、气锤
100	丝织机
95	织带机、细纱机、轮转印刷机
90	轧钢机
85	机床、凹印机、铅印、平台印刷机、制砖机
80	挤塑机、漆包线机、织袜机、平印联动机
75	印刷上胶机、过板机、玉器抛光机、小球磨机
<75	电子刻板机、电线成盘机

后果是直接损害人的健康。它首先明显表现为损伤人的听力。噪音损坏听力有急性和慢性之分。人们在噪声环境中暴露一定时间后,听力会下降,离开噪声环境到安静环境休息一段时间后,听力会恢复,这种现象称为暂时性听觉疲劳。但长期在噪声环境中工作,听觉疲劳就不可能恢复,而且内耳听觉器官会发生器质性病变,造成噪声性耳聋,这就是慢性听力损伤。如果人突然暴露于极其强烈的噪声环境中,听觉器官会发生急剧外伤,甚至引起鼓膜破裂出血等严重后果,使人完全失去听力。对城市噪音的调查和研究中得知,噪声污染是城市居民老年性耳聋的重要因素。国外大城市中老年聋者,男性多于女性,因为男子接触噪音的机会比女性多。噪声对正在成长发育的孩子影响极为严重,调查表明城里的孩子听觉普遍不如农村的孩子,因为城里孩子长期生活在噪声环境中,听力已呈下降趋势。国外某家坐落在繁华街道旁的大幼儿园,人们发现这里的孩子普遍反应迟钝、注意力不集中、智商低于平均水平,孩子们不聪明、不活泼、听力也很差。经过专家分析,这是喧闹环境造成的恶果,后来幼儿园搬到别处,情况才有好转。噪声除了对听力损害的显性危害外,它隐性的危害表现在对

人的神经系统、心血管系统的影响上。对神经系统的影响表现为以头痛和睡眠障碍为主的神经衰弱症候群,脑电图有改变;肠胃系统出现胃液分泌减少、蠕动减慢、食欲下降。噪声对心血管系统的影响,可以使交感神经紧张,从而导致心跳加速,心率不齐,血管痉挛,血压升高。调查材料表明,在高噪声车间工作的工人,高血压、动脉硬化和冠心病的发病率比低噪声车间工作的工人高。

强噪声对人体的影响不能进行实验观察,因此用动物来进行实验以获取资料来推断噪声对人的影响。实验证明,动物在噪声场中会失去行为控制能力,不但烦躁不安而且失去常态。如在165dB噪声场中,大白鼠会疯狂窜跳、互相撕咬和抽搐。噪声也会引起动物病变和死亡。1960年美国一种新型超音速飞机问世,频繁地进行飞机试飞,每天有8架次从附近农场上空掠过,超音速飞机强大的噪声震碎了农场的窗子。6个月后,这家农场的一万只鸡被这强烈的噪声杀死了6000只,剩下的4000只鸡有的羽毛脱落,有的不再生蛋。农场中所有的奶牛不再出奶了。农场主愤怒地控告飞机制造商,要求赔偿损失。

一般的噪声只能损害人的听觉和身心健康,对建筑物的影响无法觉察。随着火箭和宇宙飞船以及超音速飞机的发展,噪声对建筑物的影响问题开始引起人们的注意。20世纪50年代初,美国国家航天和航空局研究中心通过实验证实:噪声在强度为140dB时对轻型建筑物开始具有破坏作用。在超音速飞机飞行中,产生一种称为"轰声"的噪声,它是由于后时刻发出的声音叠加到前时刻发出的声音;产生于飞机头部的冲击波。冲击波对建筑物的门窗、瓦片等大面积轻质结构件具有显著影响。但有时也会影响房屋的结构。例如,在英、法合制的超音速运输机试飞时,航线下的古建筑物有震裂受损情况。

机器本身也会受到噪声的损害。飞机和火箭等飞行器的金属结构在声频交变负载的反复作用下,可能产生裂纹或断裂,这种现象称为声疲劳。随着飞行器发动机推力的不断增加,噪声对飞行器结构的影响也越来越大,所以必须加以防范。

第三节　噪　声　控　制

一、噪声控制立法

国家或地方权力机关为了保护环境,必须制定有关控制噪声污染的法规(法令、条例、标准、命令等),这是控制噪声的必要措施。噪声控制的法规具有强制性,要求噪声污染者必须采取治理措施。噪声控制法规对于噪声控制技术的研究、应用、推广,也起着促进作用。

在1989年颁布实施的《中华人民共和国环境保护法》中,专题设立了《中华人民共和国环境噪声污染防治条例》。条例要求对环境噪声标准和环境噪声的监测的权限做了明确规定;对工业噪声污染治理、建筑施工噪声污染防治、交通噪声污染防治、社会生活噪声污染防治等,做了明确规定;对于违规行为产生的后果,明确了法律责任(包括行政执法和刑事制裁两种手段)。由于标准明确,责任清楚,有法可依,对噪声污染的控制起到明显的作用。以南京市为例,在治理交通噪声方面,规定城区行车禁止鸣笛,拖拉机不许进入城区,大货车限制通行路线和通行时间,市中心车流按流向分流,这些措施大大降低了城市交通噪声。在建筑施工方面,采取新工艺(如以静压打桩代替锤击式打桩)可降低基础工程的噪声;限制建筑施工的晚间施工时间,减少了因施工扰民产生的纠纷。

我国由于立法工作的加快,已制定了若干有关噪声控制的国家标准。本书附录中收集的标准有:《城市区域环境噪声标准》《工业企业厂界噪声标准》《新建、扩建、改建企业噪声标准》《现有企业噪声标准》。可以看出新建企业噪声标准高于现有企业。

二、噪声控制的技术措施

1. 噪声控制的一般原则

声是一种波动现象，它在传播过程中，遇到障碍物会发生反射、干涉和衍射现象。在不均匀媒质中或从某媒质进入另一种媒质时，会发生透射和折射现象。声波在媒质中传播时，由于媒质的吸收和波束的扩散作用，声波强度会随着距离的增加发生衰减。对于声波的这些认识是控制噪声的理论基础。在噪声控制中，首先是降低声源的辐射功率。工业和交通运输业可选用低噪声生产设备和生产工艺，或者改变噪声源的运动方式（如用阻尼、隔振等措施降低固体发声体的振动；用减少涡流、降低流速等措施降低液体和气体的声源辐射）。其次是控制噪声的传播，改变噪声传播的途径，如采用隔声和吸声的方法降噪。再次是对岗位工作人员的直接防护，如采用耳塞、耳罩、头盔等护耳器具，以减轻噪声对人员的损害。

由于现代工业和交通运输业面广量大，虽然噪声控制在技术上已经相当成熟，但还是要综合权衡技术、经济、效果三个方面来处理噪声控制问题。我国制定的各项噪声标准，正是考虑这些问题所制定的最低标准。

2. 噪声控制技术措施

(1) 吸声降噪。利用吸声装置（吸声平面、空间吸声体等，吸收室内的声能以降低噪声，是一项常用的重要措施。

室内任何一点的声能，都等于声源直接传到该点的声能和各反射面反射到该点的声能之和。在靠近声源处，直接传递的声能占优势；在远离声源处，反射声能占优势。吸声装置的主要作用在于减弱反射声能。为了降低靠近声源处的噪声，可以在噪声源附近；在房间的反射面，覆盖吸声材料以减少噪音反射量（见图6－6）。合理的设计，可使室内噪声降低10dB左右，使人感到响度降低一半。特别是高频噪声降低较多，噪声的刺耳感觉大为减轻。

(2) 吸声材料和吸声结构。吸声材料有多孔材料和柔顺材料。

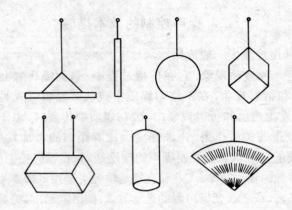

图 6-6　几种空间吸声体形式示意图

多孔材料有许多微小的间隙和连续气孔,并且具有适当的透气性。当声波入射到多孔材料时,首先引起小孔内的空气振动,而紧靠小孔和缝隙壁的空气不易运动,空气的这种粘滞性产生的内摩擦,使声能转化为热能。

多孔材料大多采用玻璃棉、矿渣棉等无机松散材料。这些材料正逐步加工成定型吸声制品,如矿棉吸声板、玻璃棉板、玻璃棉毡等。如在这些材料表面加一层塑料薄膜,并不影响透声性。由无机材料制成的多孔砖块如矿渣棉吸声砖、陶土吸声砖、珍珠岩制品,也可用于吸收管道的噪声。此外,有通气性能的聚氨酯泡沫塑料、海绵、木丝板和木纤维板等,也属于多孔材料。吸声材料加厚可增加吸声性能。多孔材料后面设置空气层,效果与增加材料厚度相似。

柔顺材料也有许多微孔,但气孔密闭,彼此不相通,吸收中低频声音显著,对高频声波吸收能力较差。

吸声结构是指用一定的材料组成的吸声构件,吸声结构有共振器、穿孔板吸声结构、微穿孔板结构。共振器由一个刚性容器和一个连通的孔颈所组成。当声波进入孔颈时,由于孔颈的摩擦阻尼,声能变成热能,使声波衰减。共振器为窄频带衰减器,其衰减频率与刚性容器的固有(共振)频率相同。穿孔板吸声结构是在穿孔薄板的背后,设置空气层或多孔材料,并固定在刚性壁上的一种吸声结构,可看成是由质点和弹簧构成的一个谐振子,它有自己的共振频率。当入射波的频率与谐振子的共振频率一致时,穿孔板中的空气就剧烈地振动,并由于摩擦而产生了吸收效应。若板后仅为空气层,共吸收频带不宽。如在板后放置多孔材料增加声阻,会加宽吸收频宽。考虑吸声效果和实用情况,一般穿孔率(穿孔面积与板面积的比值)在0.5%~5%,板厚为1.5~10mm。穿孔板主要用作饰面板。微穿孔板吸声结构是由中国1964年首次提出的,微穿孔板的板厚为毫米级,孔径也缩小毫米以下,孔距为5~10mm。由于微孔的声阻很大,不必在后面加吸声材料,就可以达到满意的吸声效果。如果采用不同穿孔率和穿孔直径的多层结构,效果更理想。还有一种是在不透气的薄板背后设置空气层并固定在刚性壁上的结构,称为薄板共振吸声结构。此种结构在礼堂、剧场等建筑物中应用较多。表6-5列举了上述几种吸声材料和吸声结构的吸声特性和构成材质。

表 6-5　　　　吸声材料和吸声结构的主要种类及其吸声特性表

种　　类	基本结构	吸声特性曲线	材料举例
多孔材料			玻璃棉、矿渣棉、木丝棉、聚氨酯泡沫塑料、珍珠岩吸声砖
亥姆霍兹共振器			
穿孔板吸声结构			穿孔胶合板、穿孔纤维板、穿孔石膏板、穿孔铁板和铝板
微穿孔板吸声结构			微穿孔铁板、铝板和纸板
薄板共振吸声结构			胶合板、水泥板、纤维板、石膏板
柔顺材料			闭孔泡沫塑料如聚苯乙烯泡沫塑料

表6-5中吸声特性曲线一栏所示的曲线,其横坐标为"频率",纵坐标为"吸声系数"。吸声系数α是声波入射到材料或结构表面被吸收的声能E_d和入射声能E_i的比值,即$\alpha = E_d / E_i$。吸声特性曲线又称吸声频谱,曲线表示了吸声性能随频率变化的特性。

(3) 有源降噪。有源降噪是利用电子线路和扩音设备产生与噪音波形相同但相位相反的声音——反声,来抵消原有噪声而达到降噪目的的技术。

有源降噪系统主要包括传声器、放大器、调相装置、功率放大器和扬声器。它是一种能够减少传声器邻近区域声压的电声负反馈系统。传声器将接受的噪声声压转换成电压,通过电压放大环节放大到调相器所需要的输入电压后,调相装置将电压相位改变180°,送入功放级,输入到扬声器,并使其产生与接收的声压大小相等,波形相同但相位相反的声压,这两个声压彼此抵消,达到降噪目的。有源降噪在低频段效果较好。到目前为止,除在小范围内用于降低低频噪声(如机床旁工人耳边,飞机驾驶员头部附近等),或在较大范围内用于降低简单声源(如大变压器站、大加压泵站)的噪声以外,并未普遍采用,见图6-7。

(4) 绿化降噪。绿化降噪是栽植树木和草皮以降低噪声的方法。一般地说,树木和草皮构成的绿化带不是有效噪声屏障,对噪声的衰减作用有限。频率在1000Hz以下的声音,由于地面土质松软,使声音在传播过程中有超过平方反比定律的逾量衰减。在频率高时,由于波长变短,衍射效应减弱,树干对声波的散射作用增强,使声音向各方向分散;树叶的吸收作用,只是在树叶的尺寸接近或大于波长时,才有较大的效果。绿化地带声衰减量的实测数据因声波频率、树林密度和深度而异。在2 000Hz以上的声衰减量的典型值是每10m降低1dB左右。一般说来,低于地面的干道和绿化带组合的方式是降低交通噪声的有效手段。

绿化带如不是很宽,降噪作用就不会明显,但心理作用是很

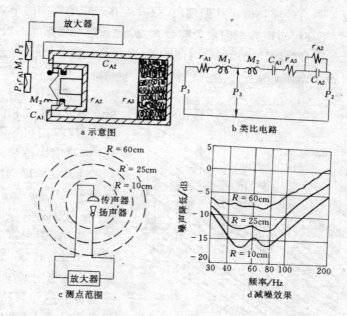

图 6-7 电子吸声器

重要的。在街道两旁、办公室外、公共场所和庭院中用草木点缀,给人以宁静的感觉。

(5) 隔声。隔声是用构件将声源与接收者分开,隔离空气中噪声的传播,从而降低噪声污染程度。采用适当的隔声设施,能降低噪声级20~50dB。隔声设施包括隔墙、隔声罩、隔声幕和隔声屏障等。

隔声的机理如下:如果把单层均匀密实的材料构件,忽略材料的弹性(不传递振动)看成是柔软的,它在受到声波激发时,构件的振幅大小就取决于构件的面密度(单位面积的质量)、入射波的声压和频率。构件面密度愈大、声波频率愈高、声波频率越高,透射波的振幅就越小,构件的隔声效果也越好。若考虑材料的弹性,由于弹性体可以传递振动,当声波以平面波的形式入射时,可能引起板材传递的振动与声波引起的振动的相叠加而产生的"吻合

145

效应"。吻合效应类似于共振现象,只发生在一定的频率的窄频带内。为了在可听声频率内避免吻合效应,通常选取硬而厚的板(避开低频吻合效应),或选取软而薄的板(避开高频吻合效应)作为隔声材料。见图6-8。

在实际使用中,隔板常做成双层结构的轻质墙、隔声门窗等隔声结构。双层构件是两个互不连接的单层构件之间留一层空气层的构件。空气层起着缓冲的弹性作用,但也常会引起空气层的共振,因此,常在空气层中又加填了一些多孔吸声材料,加强吸声效果。通常双层结构墙比同样重量的单层墙要提高5dB的隔声效果。隔声结构的另一种产品为轻型墙。目前

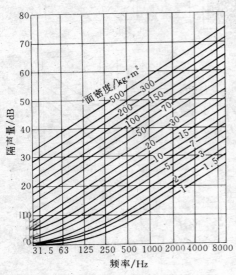

图 6-8 单墙的隔声量同面
密度和频率的关系

使用的轻墙板有纸面石膏板、圆孔珍珠岩石膏板、加气混凝土板、双层金属网加一层泡沫塑料的轻质墙板(金属网上可抹以水泥沙浆及饰面层)。隔声门体自身可用钢筋混凝土制作,门缝封条可采用毛毡或乳胶条。隔声窗的玻璃要有足够的厚度(6~10mm),至少要有两层,并且两层的玻璃厚度不一样,以避免窗玻璃之间的吻合共振效应。两层玻璃的间距加大可提高隔声效果。例如,用同样厚的玻璃装的双层窗,两片玻璃之间的距离为20cm时,隔声量较10cm间距时要提高4dB左右。见图6-9。

(6) 隔声间。在噪声强烈的车间建造的有良好隔声性能的小

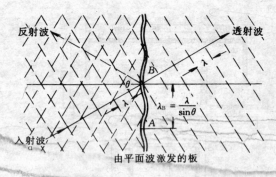

λ_B = $\frac{\lambda}{\sin\theta}$

由平面波激发的板

图 6-9 吻合效应图

房间,称为隔声间。隔声间可供现场工作人员完成观察、操作设备运转等工作任务。良好的隔声性能可保护工作人员免受听力损害,改善心理状态,得到舒适的工作条件,从而提高劳动生产率。

隔声间的形式、尺寸应根据需要而定,常用的有封闭式、三边形和迷宫式。见图6—10。封闭式的隔板和顶棚可用木板制作,内部吸声饰面所用的是超细玻璃棉(约10cm厚),外包稀疏玻璃布(厚约0.1mm),用穿孔金属板(穿孔率在20%～30%之间)覆面。此种隔声设备在不加门窗的情况下能隔声10dB,如加隔门扇可隔声20～30dB。三边形和迷宫式的内表面处理方式和封闭式相同。但

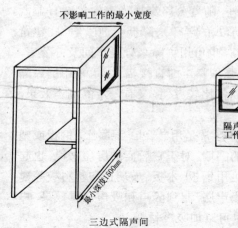

三边式隔声间

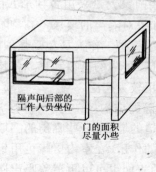

封闭式隔声间

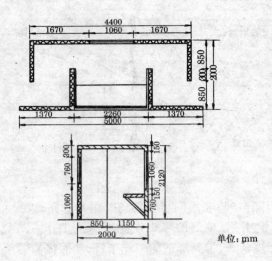

单位：mm

迷宫式隔声间

图 6-10 三种形式隔声间

三边式隔间应有不小于1.5m的深度和不影响工作的最小宽度。迷宫式隔声间的特点是入口曲折，较直通式吸收更多的噪声。由于它不设门扇，人员出入较方便。

(7) 隔声屏障。隔声屏障是用来遮挡声源和接收者直达声的措施。隔声屏障主要用于室外。随着公路交通噪声污染的日益严重，有些国家大量采用各种形式的屏障来降低交通噪声。在建筑物内，如果对隔声的要求不高，也可用屏障来分隔车间及办公室。另外为了保护工作人员免受强烈噪声的直接辐射，可采用屏障隔成工作区。屏障的拆装和移动都比较方便，又有一定的隔声效果，因而应用较为广泛。

屏障的结构，在户外屏障通常是用砖、土、混凝土、钢板或塑料板建造的墙体。一些临街的围墙，对于它后面的房屋来说，也起着屏障的作用。在室内屏障可用钢板、木板、玻璃板和塑料板等建造，它的表面也可以再覆盖吸声层，起到隔声和吸声双重效果。户外屏障向声源的一面，有时也可以加吸声材料。

屏障的高度和位置对隔声效果有直接影响。声音的频率增加1倍,屏障的降噪量增加3dB。屏障高度加倍,其降噪量增加6dB。如果屏障高度不变,在声源和接收者之间距离一定时,屏障在其中点的位置隔离效果最差。设立隔声屏障的最佳位置是接近声源或接近接收点。见图6-11。

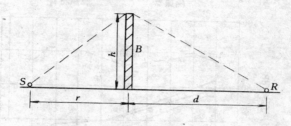

图 6-11 隔声屏障的示意图

S—声源 B—屏障 R—接收点 SR—声源到接收点直线连接的最短距离
h—屏障高度 r—声源与屏障间距离 d—接受者与屏障间距离

(8) 隔声罩。用来阻隔机器向外辐射噪声的罩子称为隔声罩。隔声罩可以单独制作罩在机器上,也可以和机器制作成一体成为机器的外壳。隔声罩一般是具备隔声、吸声、阻尼、隔振、通风、消声等功能的综合体。隔声罩一般是全封闭的,为了观察和设备安装和检修方便,可以留有观察窗或活门。隔声罩小的只有几厘米大小,而最大的可高达数十米。

隔声罩的结构由外壳、吸声层、防振器、通风器、消声器组成。外壳一般由一层不透气的、具有一定重量的刚性金属板或吸声性能较好的塑料板所组成。为了防止罩壳产生共振现象,一般在2～3mm的钢板上,铺上一层阻尼层。阻尼层常用沥青阻尼胶浸透纤维织物或纤维材料(如麻、毡、玻璃棉)。隔振要求高的,隔声罩可做成两层,并在夹层上填以吸声材料。罩壳内侧加覆吸声层。在罩壳和机器、罩壳和基础之间可加上隔振器。对于需要散热的机器,要预留通风口。为了防止噪声从通风口逸出,通风口应接消声器。隔声罩在设计时还应满足工艺和维修等要求。见图6-12。

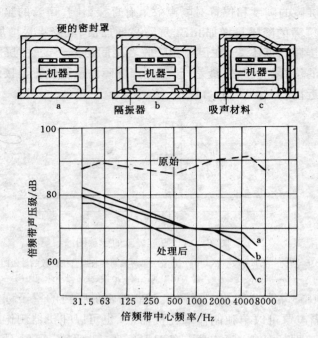

图 6-12 隔声罩示意图

a—硬的密封罩 b—同a,加隔振器 c—同b,再加吸声材料

(9) 隔振与隔振器。机械设备在运行过程中会产生振动,传递给基础、楼板、墙面之后会发出噪声。因此,对机器隔振处理也是噪声控制的一项措施。见图6-13。

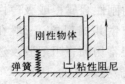

图 6-13 隔振系统示意图

隔振器是连接设备和基础的弹性元件,用以消除和减少由设备传递到基础的振动力。设计隔振器时,应考虑以下因素:能提供的隔振量;能承受的负载;能承受的温度和其他环境条件(湿度、腐蚀性、流体)的变化等。常用的隔振器有:弹簧隔振器、橡胶隔振器、弹簧与橡胶组合、隔振垫(软木垫、橡胶垫、玻纤板垫、毛毡垫等)、简单空气垫。见图6-14。

a 弹簧隔振器　　　　　c 橡胶隔振器

b 弹簧与橡胶组合　　d 肋形橡胶垫　　e 平板橡胶垫

图 6—14　常用隔振器简图

为了减振,机器有时安装在隔振机座上,机座通常由混凝土或钢铁构成。采用沉重的混凝土块,称为惯性块,由于惯性大,可以增加稳定性,减小整体的振动。混凝土惯性块的重量至少要比机器重量大2倍。往复式发动机和压缩机通常需要3～5倍机器重量的惯性块。而轻型机器需要重达10倍重量的底座。见图6—15。

(10) 消声器。消声器是安装在进气、排气系统降低噪声的装置。消声器的类型很多,有阻性消声器、抗性消声器、阻抗复合式消声器、微穿孔板消声器、耗散型消声器、小孔消声器等。

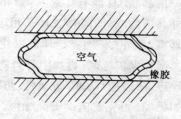

图 6—15　简单气垫隔振器

阻抗消声器是把吸声材料固定在气流流动的管道内壁,利用吸声材料来降低噪声。为了提高吸声效果,有时将气路做成迷宫式。阻性消声器的优点是对消除刺耳的高频率的噪声效果好。

抗性消声器是控制声抗,使某些频率的噪声反射回声源,达到消声的目的。常用的扩张室式属于此类型。它是在截面为S_1的管道上连接一段截面突然扩大为S_2的管段,构成扩张室来降低噪声。抗性消声器的特点是对中、低频噪声消声效果好,例如中央空调系统的通风系统常采用这类消声器。

阻抗复合式消声器是阻性与抗性消声器的组合,兼有上述两种消声器的优点。

微穿孔板消声器是在容器内顺着气流方向放置若干微穿孔板构成的消声器。

小孔消声器是一种降低气体排放产生噪声的一种消声器,安装在气体排放口上。它是一根直径与排气管直径相等的、末端封闭的管子,管壁上有小孔,孔径愈小,降噪效果越好,孔径一般在1mm左右。小孔消声器的原理是基于喷气声的频谱特性。气流经过小孔,喷气噪声的频谱会移向高频段,一部分声能变成超声波能量,这是人耳听不到的,频谱中的可听声成分降低了,从而减少了噪声对人耳的干扰。一般要求小孔的总面积大于排气管的截面积50%～70%,这样不会影响排气管的效率。小孔孔距不能太近,小孔孔距约5～7mm。见图6－16。

(11) 护耳器。护耳器是保护人的听觉免受噪声损害的个人防护用品。护耳器有耳塞、耳罩和防噪头盔等几种。耳塞一般可插入外耳道内或外耳道入口。适用于115dB以下的噪声环境。耳罩形如耳机,装在弓架上,把耳部罩住使噪声衰减。防护头盔可以把头部大部分保护起来,再加上耳罩防噪性能就更好了。这种头盔具有防噪声、防碰撞、防寒、防暴风、防冲击波等功能,适用于强噪声环境,如靶场、坦克舱内部等高噪声、高冲击波环境。护耳器可使噪声衰减10～45dB。见图6－17。

关于噪声控制的技术措施,归纳起来有三种途径,一是控制声源的辐射功率,二是控制声音传播,三是注意个人对噪声的防护。图6－18所示"车间噪声控制示意图"形象地概括了上述三种措施。

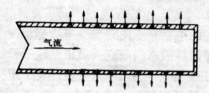

图 6-16 小孔消声器结构示意图

图 6-17 固定在焊接
面罩上的耳罩

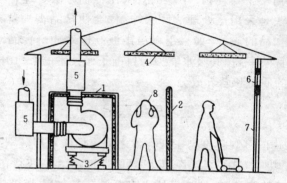

图 6-18 车间噪声控制示意图

1—风机隔声罩 2—隔声屏 3—减振弹簧 4—空间吸声体

5—消声器 6—隔声窗 7—隔声门 8—防声耳罩

三、噪声的利用

噪声是一种污染,这是讲的它有害的一面。从另一方面看噪声是能量的一种表现形式,因此,有人试图利用噪声做一些有益的工作,使其转害为利。

噪声可以用于农业生产。美国一位科学家试验发现,某些农作物在受到强噪声作用后,植物的根、茎、叶表面的小孔会扩张到最大限度，从而使喷洒的营养物和肥料很容易渗透进去被植物吸收。在对试验田里的一株西红柿进行施肥和喷洒营养物时，用100dB的尖锐的汽笛声共熏陶30多次后，这株西红柿结了多达200多个果子，而且每一个都比一般的西红柿大1/3。对水稻和大豆进行类似的试验，也同样获得了成功。

噪声还可以用来除草。不同的植物对不同频率噪声敏感程度是不同的。美国、日本、英国和德国等国家的研究人员根据这一原理，针对不同的杂草制造出不同的"杂草除草器，只要将其置于田间，其发出的噪声能够诱发杂草种子提高萌芽生长的速度，这样就可以在农作物生长之前施以相应的除草剂，将杂草除掉。

噪声用于干燥食物，干燥的效果比传统方法更理想。传统的食品干燥法是采用热处理法脱水，这样会使食品丧失营养成分，从而影响食品的质量。如果用噪声声波高速地冲击食品，不仅卫生方便而且效率高，其吸水能力为目前干燥技术的4～10倍，还能保持食品的质量和营养成分。

复习思考题七

1. 噪声的客观量度与主观评价之间有何联系与区别？

2. 大型喷气式飞机噪声声功率可达10kW，当它飞行在1 000m高空掠过你的头顶时，到达你耳边的声强是多大？声强级是多大？

3. 如果有3架声功率各为10kW、8kW、5kW的飞机在1 000m高空掠过你的头顶时，到达你耳边的声强级各是多大？总的声强级是多大？

4. 噪声有何种危害？控制噪声污染有哪些措施？

5. 你身边有何噪声污染困扰着你？你对控制这些噪声污染有何建议？

第七章　其他环境污染和控制

第一节　放射性污染和防治

一、核物理的常识

1. 原子核的组成

原子核由中子($_0^1$n)和质子($_1^1$H)所组成；在原子核中，质子的数目等于它的核电荷数(Z)，中子的数目等于它的质量数(M)和核电荷数之差($M-Z$)。质子和中子统称为"核子"，核子数等于核的质量数(A)。原子核可以用符号$_Z^A$X 表示。其中"X"是原子核的元素符号。例如氮核为$_7^{14}$N，表示它由 7 个质子和($14-7$)个中子所组成。在表示的方式上，可以只在元素符号的左上角标记质量数，例如：^{14}N，^{235}U，^{210}Pb……。在称呼上也可以简化为氮－14、铀－235、铅－210……。

2. 放射性

原子核自发地放射出各种射线的现象，称为放射性。到目前为止天然存在的核素约有 300 余种，其中 280 种是稳定的非放射性核素，其余是放射性核素，绝大多数为原子序数大于 84 的核素。一般地，较重的核素稳定的条件是中子数和质子数的比值接近 3:2，当中子数比上述情况多时就不稳定，比如$_{92}^{238}$U 的原子核中，质子数为 92，中子数为 146，中子数与质子数之比大于 3:2，因而就不稳定，具有放射性。而较轻的核素中的中子数和质子数之比值接近于 1，这个核是稳定的，比如$_6^{12}$C 是稳定的，而它的同位素$_6^{14}$C 就不同了，中子数大于质子数，就不稳定而具有放射性。这里$_6^{12}$C 和$_6^{14}$C电荷数相同，在元素周期表中位于同一位置，称为同位素。天然存在的具有放射性的核素的数量并不多，只有 280 多种；而用人工方法通过核反应可以产生更多的放射性核素,其总数已超过 1600种。放射性核素的放射性与它的化学状态无关,除了在核反应条件下,任何化学、物理的处理都不能改变放射性核素的放射性。

3．射线的种类

放射线核素放射的射线有 α 射线、β 射线和 γ 射线三种。

(1)α 射线:α 射线是由速度约为 $2 \times 10^7 \text{m/s}$ 数量级的氦核($_2^4\text{He}$)组成的粒子流。它产生于核素的 α 衰变,例如:

$$_{92}^{238}\text{U} \longrightarrow _{90}^{234}\text{Th} + _2^4\text{He}$$

铀－238 衰变为钍－234 的同时释放出 α 粒子($_2^4\text{He}$)

(2)β 射线:β 射线实质上是速度为 $2 \times 10^5 \sim 2.7 \times 10^8 \text{m/s}$ 数量级的电子流。它产生于 β 衰变,例如:

$$_{90}^{234}\text{Th} \longrightarrow _{91}^{234}\text{P}_o + _{-1}^0\text{e}$$

钍－234 衰变为钋－234 的同时释放出电子($_{-1}^0\text{e}$)

(3)γ 射线:γ 射线实质上是电磁波,或者说是能量极高的光子。它产生于核从不稳定激发态转变到能级较低的稳定态的过程。

4．射线的特性

(1)每一种射线都具有一定的能量。例如 α 射线具有很高的能量,它能击碎 $_{13}^{27}\text{Al}$ 核,产生核反应:$_{13}^{27}\text{Al} + _2^4\text{He} \longrightarrow _{15}^{30}\text{P} + _0^1\text{n}$,其中$_{15}^{30}\text{P}$ 就是人工产生的放射性核素,它可通过衰变产生正电子:$_{15}^{30}\text{P} \longrightarrow _{14}^{30}\text{Si} + _1^0\text{e}$。

(2)它们都具有一定的电离本领,所谓电离系指使物质的分子或原子离解成带电离子的现象。α 粒子或 β 粒子会与原子中的电子有库仑力的作用,从而使原子中的某些电子脱离原子,而原子变成了正离子。带电粒子在同一物质中电离作用的强弱主要取决于粒子速率和电量。α 粒子带电量大、速率较慢,因而电离能力比 β 粒子强得多。γ 光子是不带电的,在经过物质时由于光电效应和电子偶效应而使物质电离。所谓电子偶效应是指能量在 1.02MV 以上的光子,可转变成一个正电子和一个负电子,即电子对。它们附着于原子则产生离子对。γ射线电离能力最弱。

(3) 它们各自具有不同的贯穿本领。所谓贯穿本领是指粒子在物质中所走路程的长短，路程又称射程。射程的长短主要是由电离能力决定的。每产生一对离子，带电粒子都要消耗一定的动能，电离能力愈强，射程愈短。因此三种射线中α射线贯穿能力最弱，用一张厚纸片即可挡住;β射线贯穿能力较强，要用几毫米厚的铅板才能挡住;γ射线贯穿能力最强，要用几十毫米厚的铅板才能挡住。

(4) 它们能使某些物质产生荧光。人们可以利用这种致光效应检测放射性核素的存在与放射性强弱。

(5) 它们都具有特殊的生物效应。可以损伤细胞组织，对人体造成急性和慢性伤害，有时还可改变某些生物的遗传特性。

5. 半衰期

处于某一特定能态的放射性原子核的数目衰减到原来的一半所需的时间，称为该种核素的半衰期。一定数量的核素的核并非同时都进行衰变的，具体某一个核的衰变与否是偶然性事件，但总体而言总有一定比例的放射性核在进行衰变。由于比例的大小不同，衰减到原来的一半的时间也不同。放射性核素半衰期的长短差别很大，例如 $^{144}_{60}Nd$(钕)的α衰变的半衰期长达 5×10^5 年，而 $^{212}_{84}P_o$(钋)的α半衰期仅是 3×10^{-7}s。半衰期是放射性核素的一个特性常数，基本上不随外界条件的变化和元素所处的状态(游离态还是化合态)的不同而改变。半衰期是描述放射性核素衰变快慢的物理量。比较不同元素的半衰期可以了解它们放射性的强弱。在质量相同的情况下，半衰期越短的元素，放射性就愈强烈，对人体的损伤和对环境的污染效应就愈明显，只不过持续作用时间短而已。

二、辐射毒性的量度

放射毒理学是研究放射性核素对生物体内照射作用规律及防治措施的一门科学。它研究的侧重点是射线的辐射毒性，而非化学毒性(当然对铀、钍也要同时考虑它们的化学毒性)。放射毒理学的研究离不开辐射剂量的测量,在辐射剂量的测量中,关注"放射性活度"和"吸收剂量"两个物理量;在内照剂量估算中则引入了"剂量当量"的概念。

1. 放射性活度——简称活度(A)

放射性活度是指处于某一特定能态的放射性核在单位时间内的衰变数dN/dt,记作A,dN为衰变核的个数,dt为时间。活度也称放射性强度。在核的总数相同时,半衰期越短,活度值就越大。1975年国际计量大会把活度的国际单位定义为"贝可勒尔",简称贝可,记作Bq。1Bq为每秒一次衰变。活度曾用单位"居里"(Ci)和"卢瑟福"(Rd)。两种单位的换算关系为

$$1Ci = 3.7 \times 10^{10} \ Bq$$

$$1Rd = 1 \times 10^{6} \ Bq = \frac{1}{37} mCi$$

在实际上还常用"比活度"的概念,它是指放射源的放射性活度与其质量之比,即单位质量放射源的放射性活度,它的大小反映了放射源物质纯度的高低,比活度越高则品质越纯。

2. 吸收剂量(D)

剂量是从辐射进入物体后所引起的作用来考虑的,射线与物体的作用虽然是各种各样的,但最基本的作用是电离作用,电离作用的大小与物质从射线吸收的能量有关。同时质量的大小影响着能量的分散度,不同质量的物质吸收相同的能量后受到的影响程度不一样。因此,用单位质量的物质所吸收的平均能量来定义剂量。表达式为$D = d\bar{\varepsilon}/dm$,$d\bar{\varepsilon}$为平均吸收能量,$dm$为物质质量。国际单位中吸收剂量的单位为"戈瑞"。1戈瑞简称1戈,符号为Gy。$1Gy = 1J/kg$,吸收剂量过去曾用"拉德"(rad)作单位。两种单位的换算关系是:

$$1 \ rad = 10^{-2} Gy$$

射线射在人身上,如果超过一定剂量,对身体就有危害。

3. 照射量(X)

x 射线和 γ 射线能使物质电离,产生离子对,因此可以用被照射物的单位质量的介质所产生的某种离子的电量的绝对值来表示射线的强弱。照射量的国际单位是"库仑每千克"(C/kg)。照射量过去曾用伦琴(R)作单位,两种单位的换算关系为:

$$1R = 2.58 \times 10^{-4} C/kg$$

吸收剂量和照射量分别用单位质量的介质所吸受的能量和电离效应来衡量射线对介质的作用效果,因此二者是相通的。一次 x 光胸透的照射量,与 $4 \times 10^{-4} \sim 1 \times 10^{-2} Gy$ 的辐射吸收剂量相当。

4. 剂量当量(H)

剂量当量是指一定吸收剂量所引起的生物效应的强度。辐射对人体的危害不仅与所受的吸收剂量有关,而且还与辐射的品质以及其他因素有关。为了以同一尺度衡量不同品质辐射产生的效应,辐射防护学中引进了剂量当量(H)的概念。所谓辐射的品质差异包括射线的种类、粒子的能量大小。其他因素包括放射性核素的理化因素、肌体体内代谢规律、接触放射性核素的方式等。不同的辐射所产生的辐射效应差别很大,这是因为它们本身的电荷数不同。电荷越多,则在单位路程上形成的离子对就越多,即电离密度就越大。一定能量的 α 粒子,通过 1mm 的距离,所形成的离子对数目,要比相同能量的 β 粒子,在同样距离上形成的离子对高 1000 倍比同一能量的 γ 射线高 60000 倍。电离密度越大的粒子,对肌体产生的生物效应也就越强。例如小猎犬吸入用 ^{239}Pu(钚)或 ^{90}Sr(锶)标记的锻烧硅酸铝粒子,两者在肺内的有效半衰期均为数百天,但由于 ^{239}Pu 的 α 粒子在组织中的电离密度比 ^{90}Sr 的 β 粒子大得多,^{239}Pu 引起的肺部损伤大得多,所以引起的肺部损伤比 ^{90}Sr 重。在中等致死剂量水平时,^{239}Pu 的效应约为 ^{90}Sr 的 7 倍。即如果用剂量当量表示辐射对肌体的作用强度的话,虽然吸收剂量相同,^{239}Pu 产生的 α 粒子的剂量当量值是 ^{90}Sr 产生的 β 粒子的剂量当量值的 7 倍。

剂量当量(H)的国际单位为"希沃特"简称"希",记做Sv,1Sv=1J/kg。在估算x射线、γ射线和β射线剂量当量时可认为近似等于吸收剂量,即$H \approx D$;在估算α射线时,可以认为$H = a + bD$,a、b为常数,且$b > 1$。a、b的取值视射线品质和其他因素而定。剂量当量曾用过"雷姆"(rem)作单位。两种单位的换算关系为:

$$1rem = 10^{-2} \ Sv$$

在辐射防护问题中,剂量当量是常用的量,例如,我国在"放射性防护规定"中,对公众中的个人的辐射的剂量当量值H规定为:$H < 5 \times 10^{-3} \ Sv/年$。

三、放射性污染

人类生活在地球上,实际上时时刻刻在接受着各种天然射线的照射,它来自于宇宙射线和存在于土壤中的、岩石中、水和大气中的放射性核素、如铀-235、铀-238、钾-40、镭-229、氡-222等。这些因素构成的辐射剂量称为天然本底辐射。人类是在此环境中生衍发展起来的,已经适应了天然本底辐射。近几十年以来,核武器的频繁试验、核能工业的迅速发展,放射性核素在各个领域的广泛应用,一旦使环境的放射水平高于天然本底或超过国家规定的安全标准,就对环境造成了核污染。

1. 放射性污染的来源

(1) 核工业。核工业的废水、废气、废渣的排放是造成环境放射性污染的一个重要原因。铀矿开采过程主要是氡和氡的子体(衰变生成物)以及放射性粉尘对周围大气的污染,放射性矿井水对水体的污染,废矿渣和尾矿等固体废物的污染。

(2) 核电站。核电站排出的污染物为人工放射性核素,即反应堆材料中的某些元素在中子的照射下生成的放射性活化产物,由于元件的微小破损而泄露的裂变产物。核电站排入环境中的废水,包括冷却水、元件贮存池水、实验室废水等。排往环境的放射性废气中的裂变产物有碘-131、氙和惰性气体氪-85、氙-133、活化产物有氮－14、氩－41和碳－14以及放射性气溶胶。

在正常情况下，由于核电站的合理规划、布局、多层有效的防护和严格管理，对环境的放射性污染很轻微，如生活在核电站周围的大多数居民，从核电站排放放射性核素中接受的剂量，一般不超过本底辐射的1%。我国第一座核电站——秦山核电站运转发电时，厂址附近居民每年受到的辐射剂量，只相当于每天收看电视时受到的x射线的照射剂量。在核电站发生事故则会酿成严重的放射性污染。1986年4月26日凌晨，前苏联基辅以北130km外的切尔诺贝利核电站4号机组，由于操作人员严重违反操作规程，引起爆炸和大火，火焰高达30m，温度达1400℃，造成大量放射性物质外逸，一部分放射性物质释放到大气中，并一直飘到欧洲西北部。这次事故因辐射引起的急性死亡人数为31人，237人受到严重辐射性损伤。这次事故对30km范围撤离13200人造成的外照射集体剂量当量为1.6×10^4人·Sv，而且造成了严重的后遗症，因此，核工业、核电站必须严格操作管理，绝对禁止产生突发事故。

(3) 核燃料后处理。核燃料后处理厂是将反应堆辐照元件进行化学处理，提取钚和铀再度使用。后处理厂排入环境的放射性核素为裂变产物，其中一些核素半衰期长、毒性大(如锶－90、铯－137、钚239)，所以后处理厂是核燃料生产循环中对环境污染的重要污染源。

(4) 核试验。核爆炸瞬间能产生穿透性很强的中子和γ辐射，同时产生大量的放射性核素。前者称为瞬间核辐射，后者称为剩余核辐射。剩余核辐射有三个来源：①裂变核燃料进行核反应时产生的裂变产物，约有36种元素、200多种同位素。②未发生核反应的剩余核燃料，主要是铀－235、钚－239和氚。③核爆炸时产生的中子和弹体材料以及周围空气、土壤和建筑材料中某些元素发生的核反应而产生的感生放射性核素。

核试验造成的全球性污染要比核工业造成的污染严重得多。1970年以前，全世界大气层核试验进入大气平流层的锶－90达

5.757×10^{17}Gy其中97％已沉降到地面。核工业后处理厂,年排放的锶－90一般仅相当于前者数量级的万分之一。因此,全球已严禁在大气层核试验,严禁一切核试验和核战争的呼声也越来越高。

(5) 人工放射性核素的应用。人工放射性同位素的应用非常广泛。在医疗上,放射性核素常用于"放射治疗"以杀死癌细胞;有时也采用各种方式有控制地注入人体,作为临床上诊断或治疗的手段;工业上放射性核素可用于探伤;农业上放射性核素用于育种、保鲜等。如果使用不当或保管不善,也会造成对人体的危害和环境的污染。

四、放射性污染的危害

1. 放射性核素的作用机理

放射性核素释放的辐射能被生物体吸收以后,要经历辐射作用的不同时相阶段的各种变化,它们包括物理、物理化学、化学和生物学的4个阶段。当生物体吸收辐射能之后,先在分子水平发生变化,引起分子的电离和激发,尤其是生物大分子的损伤。这种损伤既来自电离辐射的直接作用,也来自辐射诱发的自由基所致的间接作用。分子大分子的变化,有的发生在瞬间,有的需经物理的和化学的以及生物的放大过程才能显示所致组织器官的可见损伤,因此需时较久,甚至延迟若干年后才表现出来。人体对辐射最敏感的组织是骨髓、淋巴系统以及肠道内壁。

2. 急性效应

大剂量辐射造成的伤害表现为急性伤害。当核爆炸或反应堆意外事故,其产生的辐射生物效应立即呈现出来。1945年8月6日和9日,美国在日本的广岛和长崎分别投了两颗原子弹,几十万日本人民无辜死于非命。急性损伤的死亡率取决于辐射剂量。辐射剂量在6Gy以上,通常在几小时或几天内立即引起死亡,死亡率达100％,称为致死量,辐射剂量在4Gy左右,死亡率下降到50％,称为半致死量。

3. 远期效应

放射性核素排入环境后，可造成对大气、水体和土壤的污染，由于大气扩散和水流输送可在自然界稀释和迁移。放射性核素可被生物富集，使一些动物、植物，特别是一些水生生物体内放射性核素的浓度比环境浓度增高许多倍。例如牡蛎肉中的锌的同位素锌－65的浓度可以达到周围海水中浓度的10万倍。环境中的核素，可以通过空气、食品、接触等多种途径进入人体，使人体受到放射性伤害。其中危害最大的是锶－89、锶－90、铯－137、碘－131、碳－14、和钚－239等。进入人体的放射性核素，不同于体外照射，可以隔离、回避，这种照射直接作用于人体细胞内部，称这种辐射方式为内照射。内照射有以下几个特点：第一，单位长度电离本领大的射线损伤效应强，同样能量的α粒子比β粒子损伤效应强。如果是外照射的话，α粒子穿透不过衣物和皮肤；第二，作用持续时间长。核素进入体内持续作用时间要按6个半衰期时间计算，除非因新陈代谢排出体外。例如以下几种核素的半衰期是：磷－32，14d；钴－60，560d；锶－90，6400d；碘－131，7d；钚－239，18000d；第三，绝大多数放射性核素都具有很高的比活度(单位质量的活度)如以钋－210为例，10^9Bq数量级的钋可引起辐射效应，但其质量仅为10^{-6}g数量级。就化学毒性而言，这样小的质量对肌体无明显的作用。第四，放射性核素进入肌体后，不是平均分配地分散于人体，常显示其在某一器官或某一组织选择性蓄积的特点。例如，碘－131进入肌体后，甲状腺中碘－131的活度占体内总量的68％，肝中占0.5％，脾中仅占0.05％。其他放射性核素也有类似的特性，如磷－32对于骨，也呈现高度性蓄积作用。这一特性造成内照射对某一器官或某几种器官的损伤力的集中。

综合放射性核素内照射的上述特点，可以看出，一旦环境污染后，内照射难以早期觉察，体内核素难以清除，照射无法隔离，照射时间持久，即使小剂量，常年累月之后也会造成不良后果。内照射远期效应的结果会出现肿瘤、白血病和遗传障碍等疾病。

五、放射性污染的防治

放射性污染的防治着重于控制污染源，其补救措施虽然效果不显著，但也起到一定作用。

(1) 核企业厂址选择在周围人口密度较低、气象、水文条件有利于废水、废气扩散稀释，以及地震烈度较低的地区，以保证正常运行和出现事故时，居民所受辐射剂量较低。

(2) 工艺流程的选择和设备选型应考虑废物产生量少和运行安全可靠。

(3) 废水和废气经过净化处理，并严格控制放射性核素的排放浓度和排放量。对浓缩的废水一般经过固化处理。α核素污染的废物和放射性强度大的废物进行最终处理和永久性贮存。最终处理和永久贮存的方法，一种是水葬——深海封存。即将核废料装入合金密封容器，投入深海事先开掘的竖井内，然后用水泥封死。一种是火葬——融入深坑。即在人迹罕至的地区，事先挖一深坑，将放射性废物投入后加特制的密封盖，然后再向事先埋设的电极输送大功率电流，使核废物与坑内泥土熔化，核废料均匀地融入其中，冷却后的泥浆变成坚硬的岩石，最后用泥土封死深坑，放射性核素不会外泄。

(4) 在核企业周围和可能遭受污染的地区进行经常性的可靠监测。

从核工业的近40年运行的情况看，曾在早期运行的核企业放射性废物处理不当造成污染的情况。1957年冬季，原苏联乌拉尔积聚的核废料就发生过一次核爆炸，爆炸当量相当于100颗广岛原子弹，爆炸的烟尘蔓延近1000km的区域，使成千上万的人染上了放射病。爆炸的原因是乌拉尔林区堆积大量的核废料，时间长了因罐体腐蚀，废料泄漏，随雨水渗入地下，与地下水发生作用，使地下水迅速汽化，水蒸气产生的巨大的压力造成了大爆炸，把地面大量的核废料抛向空中。所以核废料必须妥善处理,否则也会造成极大危害。核企业的污染是由事故造成的,一次事故的放射性核素排放量往往超过几年甚至几十年的排放量。因此,尽可能减少排放事故采取应急措施,对于保护环境具有极为重要意义。

(5) 加强防范意识。其实放射性污染就可能发生在你的身边,只不过由于剂量轻微,你没有意识到罢了。

① 居室的氡气污染。氡是惰性气体。通常对人体有害的氡的同位素是^{222}Rn,它的半衰期为3.8d,释放出α粒子后变成固态放射性核素^{218}Po(钋)随后再经过7次衰变,最终变成稳定性元素^{206}Pb(铅)。在衰变过程中,既有α辐射,也有β辐射和γ辐射,其整个衰变过程中,以α辐射能量最多。氡是铀和镭的衰变产物,由于铀和镭广泛存在于地壳内,因此在通风不良的情况下,几乎任何空间都可能有不同程度的氡的积累。例如矿井、隧道、地穴,甚至普通房间内也有氡。当然,氡浓度最高的场所是矿井,特别是铀矿井。这些问题已经引起人们的重视。而居民室内氡及其子体水平和致肺癌危险,近几年开始受到国内外注意。

居民室内氡主要来源是建筑材料、室内地面泥土、大气等。上述来源造成的居民室内^{222}Rn平均浓度为10~100Bq/m³,其子体浓度为5~50Bq/m³(变化范围为1~250Bq/m³)。居民接受室内氡子体照射所造成的肺癌危险为人口的47/(10⁶人·年)。据有关媒体报道,美国每年有两万人患肺癌与室内氡气有关,法国每年有1 500人与此有关。

我国在建材的制砖工艺中,广泛使用煤渣,即将煤渣粉碎后掺入泥土,焙烧过程中煤渣中的未烧烬的炭可生余热,因而节约燃煤又可烧透。但是煤中原含有的放射性核素,既不改变放射性且又被浓缩,因此某些产地的煤渣砖中铀和镭的放射性比活度较大。此外许多建筑使用花岗岩作装饰材料,据最近我国有关部门检测,某些品种(如我国北方所产的某种绿色和红色花岗岩)中镭和铀的含量超标。室内氡气是镭和铀的衰变生成物,会慢慢地从建材中释放到空气中。

预防室内氡气辐射应当引起人们重视。可以采取的措施有以下几个方面:第一,建材选择要慎重,可以事先请专业部门做鉴定。例如,最近我国对花岗岩放射性核素含量制定了分类标准。C类只适用于外墙装潢,B类适用于空气流通的过道与大厅,A类适用于室内。如果自己不知道某些花岗岩属于哪一种类型的话,千万别用来作居室装潢材料,尤其是色彩艳丽的,特别要慎重选择;第二,室内要保持通风,以稀释氡的室内浓度,这是最有效又是最简便的方法;第三,市场有售一种检测片,形状如同硬币大小,放在室内,如果氡浓度过大能使其变色,提示主人采取预防措施。据说这种检测片价格不贵,在国外已得到推广应用。

②防止意外事故。医院里的 x 光片和放射治疗、夜光手表、电视机、冶金工业用的稀土合金添加材料等,都多少含有放射性,要慎重接触。

现在一些医院、工厂和科研单位因工作需要使用的放射棒或放射球,有时保管不当遗失,或当作废物丢弃了。因为它一般制作比较精细,在夜晚还会发出各种荧光,很能吸引人,所以有人把它当作什么稀奇之物把玩,甚至让亲友一起玩,但不知它会造成放射性污染,轻者得病,重者甚至死亡,这是需要特别引起注意的。

第二节 热 污 染

一、热污染的概念

现代化的生产和生活一刻也离不开电,而现在电力的绝大部分是通过燃烧化石燃料(煤、石油、天然气)生产的。在能源消费和转换过程中,不仅产生像 SO_x、NO_x 等对人体直接危害的污染物,而且还产生对人体无直接危害的 CO_2、水蒸气、热废水等。按理论计算,燃烧1t煤(含杂质10%),可产生3300kJ。

$$C(s)+O_2(g)\xrightarrow{\text{燃烧}}CO_2(g)+393.5kJ$$

产生的热能为:

$$\frac{1000000g\times(1-10\%)}{12g/mol}\times393.5kJ/mol$$

$$\approx2.95\times10^7kJ$$

工业需要的冷却水,大约80%用于发电站。一个大型核电站每1s需要42.5m³的冷却水,这相当于直径3m的水管,24km/h流速的流量。这些来自河流、湖泊或海洋的水在发电厂的冷却系统流动过程中,水温升高了大约11℃,然后又返回它的来源地。

前者所形成的污染(像SO_x等),称为物质污染;后者对环境可产生增温作用,称为能量污染。像这种因能源消费而引起环境增温效应的污染,称为热污染。

二、 热污染对环境的影响

热污染对环境的影响主要表现在以下三个方面。

1. 大气中二氧化碳的温室效应

见第二章生态学基本知识。

2. 热污染引起的城市"热岛"效应

一个地区(主要指城市地区)由于人口稠密、工业集中所致的能源消耗量大而且集中,可造成温度高于周围农村(1~6℃)的现象。"热岛"效应是因为城市中热空气悬于对流层上面,形成逆温层,不利于城市污染物的扩散,会造成大气污染;对于"火炉"城市,夏季危害尤其严重,为了降温,机关、单位、家庭普遍安装使用空调,又新增了能耗和热源,形成恶性循环,加剧了环境的升温,人们更会发生中暑,甚至加剧死亡。

3. 水体的热污染

发电厂及其他工业的冷却水是水体遭受热污染的主要污染源。一般热电厂燃料中只有1/3的热量转为电能,其余2/3的热量流失在大气或冷却水中。

水体温度升高后,首先影响鱼类的生存。这是因为,一般来说温度每升高10℃,生物代谢速度增加1倍,从而引起生物需氧量的增加。而在同一时间里,水中溶解氧却随温度升高而下降。因此,当生物对氧的需要量增加时,所能利用的氧反而少了。溶解氧减少的第二个原因是当温度升高时,废物的分解速度加快了,分解速度越快,需要氧气越多。结果水中的溶解氧在大多数情况下不能满足鱼生存所必须的最低值,而使鱼难以生活下去。

其他物种也有适于存活的温度范围。在具有正常混合藻类种群的河流中,硅藻在18~20℃之间生长最佳,绿藻为30~35℃;蓝藻为35~40℃。水体里排入热废水后利于蓝藻生长,而蓝藻是一种质地粗劣的饵料,一般还认为有些情况对鱼是有毒的。

三、热污染的控制

热污染对气候和生态平衡的影响,已渐渐受到重视,许多国家的科学工作者为控制热污染正在进行有益的探索。

1. 改进热能利用技术,提高发电站效率

目前所用的热力装置的热效率一般都比较低,工业发达的美国1966年平均热效率为33％,近年才达到44％。将热直接转换为电能可以大大减少热污染。如果把有效率的热电厂和聚变反应堆联合运行的话,热效率将可能高达96％。这种效率为96％的发电方法,和今天的发电厂浪费60％~65％的热相比,只浪费4％的热,有效地控制了热污染。

2. 开发和利用无污染或少污染的新能源

从长远来看,现在应用的矿物能源将被已开发和利用的、或将要开发和利用的无污染或少污染的能源所代替。这些无污染或少污染的能源有太阳能、风力能、海洋能及地热能等。

3. 废热的利用

利用废热既可以减轻污染,同时还有助于节约燃料资源。人们对于使用发电站的热废水取暖的可能性特别感兴趣,就是用热冷却水里的废热供家庭取暖,使用的装置是热力泵,但它是用来供热,而不是进行冷却的制冷机。

4. 城市及区域绿化

绿化是降低城市及区域热岛效应及热污染的有效措施,需注意树种选择和搭配及加强空气流通和水面的结合,效果尤为显著。

第三节　电　磁　污　染

电磁污染是指天然的和人为的各种电磁波干扰和有害的电磁辐射。

一、电磁污染源

影响人类生活环境的电磁污染源可分为天然的和人为的两大类。

1. 天然的电磁污染源

天然的电磁污染源是由某些自然现象引起的。最常见的雷电,除了可能对电气设备、飞机、建筑物等直接造成危害外,而且会在广大地区从几千赫到几百兆赫以上的极宽频率范围内产生严重的电磁干扰。此外,如火山爆发、地震和太阳黑子活动引起的磁暴等都会产生电磁干扰。天然的电磁污染对短波通讯的干扰特别严重。

2. 人为的电磁污染

主要包括以下三个方面。

(1) 脉冲放电。例如切断大电流电路时产生的火花放电,其瞬时电流变化率很大,会产生很强的电磁干扰。

(2) 工频交变电磁场。例如在大功率电机、变压器以及输电线等附近的电磁场,它并不以电磁波形式向外辐射,但在近场区会产生严重的电磁干扰。

3. 射频电磁辐射

发射频率为$1×10^5～3×10^{11}$Hz的电磁波,通常称为射频电磁辐射等。如无线电广播、电视、微波通讯、高频加热等各种射频设备的辐射,对周围近场地区造成不同程度的射频辐射污染,严重时可影响人体健康。

目前,射频电磁辐射已经成为电磁污染的主要方面。

二、电磁污染的危害和控制

关于电磁污染的危害问题,主要集中在射频电磁辐射这一较宽的领域之中。

射频电磁辐射对人体的影响,在强度大时主要是热效应,即肌体把吸收的射频能转换为热能,形成由于过热而引起的损伤。射频辐射还有非致热作用。长期在非致热强度的射频电磁辐射作用下会出现乏力、记忆力减退为主的神经衰弱症候群和心悸、心前区疼痛、胸闷、易激动、脱发、月经紊乱等症状。临床检查,还可发现脑电波呈现慢波增多,血压偏低、心率减慢、心电图上波形改变等;此外,还可出现眼晶状体混浊和空泡增多,个别人还会出现白内障;男性睾丸受损伤,雄性激素分泌减少等。

电磁污染的控制主要指场源的控制与电磁能量传播的控制两个方面。屏蔽是电磁能量传播控制手段。所谓屏蔽,是指用一切技术手段,将电磁辐射的作用与影响局限在指定的空间范围之内。电磁屏蔽分为两类:主动场屏蔽和被动场屏蔽。前者是将电磁场的作用限定在某个范围之内,使其不对限定范围以外的生物肌体或仪器设备发生影响,它主要是用来防止场源对外的影响。后者是使外部场源不对指定范围之内的生物肌体或仪器设备发生作用,场源位于屏蔽体之外,屏蔽体用来防止外部场源对内的影响。

第四节 光 污 染

过量的或不适当的光辐射对人类生活和生产环境会造成不

良影响的现象,称为光污染。包括可见光污染、红外光污染和紫外光污染三种类型。

一、 可见光污染

可见光污染比较多见的是眩光污染。例如汽车夜间行驶的头灯,厂房里不合理的照明布置也会造成眩光。眩光还可来自许多方面,如镜面对阳光的反射、金属帘或玻璃帷幕强烈反光、照相的闪光、聚光灯、电焊时的弧光、火车站和机场的照明、冶炼工和玻璃工长时间面对的高温烈焰等。这些过强的直射光或反射光有的可对人的眼睛造成伤害,甚至使人失明;有的可造成车祸。

有些光线如汽车灯、机场灯、闪电等,在白天并不显得很亮,也不会有令人不舒服的感觉,可若在夜晚出现,在黑色背景的衬托下,显得格外明亮,很容易对人眼造成伤害。因为人眼有两类感光细胞——锥状细胞和杆状细胞,分别适应两种不同环境,交替工作。当夜晚从门外进入灯光明亮的房间,或从明亮的室内走到黑暗的室外,眼睛常有几秒钟看不清东西,就是因为两种细胞在转变职责。有时,明暗突然交替,它们来不及适应,人就会感觉不舒服,神经调节系统就会出现某种紊乱。尤其在黑暗环境中,人的瞳孔放得很大,突遇强光,瞳孔来不及收缩,大量强光线进入眼内,可能会造成眼损伤。夜间骑车人面对迎面射来的汽车强光,就会出现这种不适应。尤其是夜里的电焊弧光、闪光灯等明暗突变的光,轮番刺激眼底,会使视网膜上视神经很快感觉疲劳,很容易引起视力下降。

不仅强光是一种污染、过杂、过乱的光线也是一种污染。工厂、车站、中心控制室里交替闪烁的信号灯,舞台、舞厅的各式旋转照明灯、商业闹市频繁变换闪烁的霓虹灯及电视中的画面的频繁变化等就是这类例子。它们光线虽然不强,但因明灭不定、光线游移,很容易引起视觉疲劳,使人眼花缭乱、头昏目眩。长期在闪烁光线下工作的、或经常出入舞厅等场所的人,视力及神经系统将受到影响。

光污染还有一种形式，就是视觉污染，这是指杂乱无章的环境对人的视觉和环境的不良影响。人们都有过这样的感觉，走进一个布置整齐，干净明亮的环境，心情会格外舒畅，情绪很高。相反，如果看到周围的一切都是乱糟糟的，就会心情烦躁，情绪低落。如果一个城市街道上车辆破旧污秽，无规则行驶停放，墙面上广告张贴无序，电线乱扯，垃圾成堆，货摊杂乱，道路坑洼不平，行人衣服破旧不堪，这种景象都是城市视觉污染。

激光污染是近年来出现的污染形式，这是一种可直接伤害眼底的一种光学污染。这是因为激光单色性好，方向性强，功率大，若射入眼底时经晶状体聚焦，可使光的强度增大几百至几万倍，所以激光可使人眼遭受较大的伤害作用。激光光谱的一部分属于紫外光和红外光范围，会伤害眼睛的结膜、虹膜和晶状体。功率很大的激光很伤害人体深层组织和神经系统。由于激光的应用范围越来越广泛，所以激光污染日益受到人们重视。

二、红外线、紫外线污染

红外线近来在军事、人造卫星以及工业、卫生、科研等方面应用日益广泛，因此红外线的污染也随之产生。红外线是一种热辐射，对人体可造成高温伤害。红外线对眼的伤害有几种不同情况，波长为750～1300nm的红外线对眼的角膜透过率较高，可造成眼底视网膜的伤害。1 900nm以上的红外线几乎全部被角膜吸收会造成角膜烧伤(混浊、白斑)。波长大于1 400nm的红外线，能量绝大部分被角膜和眼内液所吸收，透不到虹膜。只是1 300nm以下的红外线才能透到虹膜，造成虹膜伤害。人眼长期暴露于红外线中，可能会引起白内障。

紫外线污染主要来自太阳辐射，由于臭氧层的破坏，人类异常关心起紫外线的伤害。紫外线对人体伤害主要是皮肤和眼角膜。造成角膜伤害的紫外线主要为250～305nm的部分。例如，电焊时不当心被弧光刺激,会发生一种叫畏光眼炎的、极痛的、角膜白斑伤害。除了剧痛外,还会导致流泪、眼睑疼、眼结膜充血和睫状肌抽搐。紫外线对皮肤的伤害主要是引起表皮的坏死脱皮。

三、光污染的防治

(1) 加强城市规划和管理,改善工厂照明条件,减少光源集中布置,以减少光污染来源。

(2) 对有紫外光、红外光污染的场所,采取必要的安全防护措施。

(3) 采取个人防护措施,主要是带眼镜和防护面罩。

(4) 全人类都来关心和制止人类对臭氧层的破坏。

复习思考题八

1. 什么叫放射性?何谓半衰期?

2. 放射性有哪些来源和危害?

3. 什么叫热污染?

4. 热污染对环境有哪些影响?

5. 电磁污染有哪些?

6. 电磁污染对人体有哪些危害?

7. 什么叫光污染?

8. 可见光污染有哪几种形式?

第八章 环境质量评价

第一节 概 述

一、环境质量及其评价

1. 环境质量

质量是客观事物的性质和数量的反映,它是可以认识并能够度量的。任何事物都有质量,环境也不例外。

环境质量是指环境素质优劣的程度。衡量环境好坏的标志是: 是否适宜人类健康地生存和美好地生活;是否适宜工、农业的持续发展,是否适宜人类社会物质文明和精神文明的不断增长的需求,即是否具有良好的生态环境、社会及经济效益。环境质量包括自然环境质量和社会环境质量。自然环境质量可用自然因素的质和量来描述,如频繁的自然灾害,人为的砍伐森林、围湖造田及大量污染物质排向环境,均可使自然环境的质和量发生变化,造成自然生态系统的损害。社会环境的质量,可通过就医、上学、购物乘车等的方便程度来反映,还可通过文体设施、园林绿化、生活设备等情况反映舒适程度。鉴于我国及全球当前环境污染及生态破坏对环境质量的影响比较突出,所以我们侧重讨论自然环境质量。

2. 环境质量评价

环境质量评价就是对环境素质优劣的定量描述。环境质量的优劣,应当以环境对人们的生活、生产,特别是对人们的健康起着怎样的影响作为判别的标准。人们生活在环境之中,对环境评价的概念并不陌生,当你从污染严重的车间来到鸟语花香的公园时,你会自然发出"空气新鲜"的感叹,这实际上就是对大气质量的一种评价。环境质量评价比较全面地表述是: 根据环境本身的性质和结构,环境因子的组成或变化,对人及生态系统的影响,按照不同的目的要求,用一定的原则和方法,对区域环境要素的质量状况或整体环境质量,合理划分其类型和级别,并在空间上按环境质量性质和程度上的差异划分为不同的质量区域。

二、环境质量评价的目的和意义

环境质量评价的基本目的是为环境决策、环境规划、环境管理及环境综合治理提供科学依据。具体地说,它是确保人类活动,如拟开发项目在环境方面是合理的、适当的,并且确保任何环境损害在项目建设的前期得到重视,同时在项目设计中予以落实。环境评价可指明改善环境的方向和途径,以及采取补救措施和办法,把不利影响减少或减轻到最低程度。

从19世纪后期到20世纪以来,人类的生产工具导入了机械力,进而又大量使用煤和石油等燃料作为能源,使自然环境的破坏程度呈几何级数增大。从另一方面来看,科学的进步,工业化的发展,使人类能够享受到从未有过的好处,丰富的物质供应成为可能,大量增加的人口得以生存,人口平均寿命不断增长,生活质量不断改善,社会环境质量不断进步,现代工业及科学技术生产力巨大地提高,甚至还成功地把人类送到了地球以外的世界。可是,由于人口爆炸、经济的无限膨胀,以及科学技术的迅速发展,使人类社会经济与自然环境不协调的矛盾扩大化了,产生了很大的"偏差"。如过去认为取之不尽的矿物资源日见枯竭,比矿物资源更无穷尽的环境资源,也因生态破坏及污染而成了"稀缺资源"。

人类必须首先控制人口爆炸。

目前,应该立即禁止那种无计划或不按长远规划而进行的开发活动。由于今后50年左右人口还在继续增加,人类对于更丰富的物质需求以及对于维持更高生活水平的欲望有增无减,因此,工业还将继续开发,这就存在着开发的方式、程度如何才合适的问题。关于矿物资源枯竭的问题，则希望通过节省资源、节约能量、采用最大效益的、高效率的开发方案来解决。

由于在使用环境资源时，往往会产生大气污染、水质污染、噪声、震动、地面沉降等各种影响，因此，在考虑对环境资源使用的是否恰当的时候，就应该对这些影响与工业生产的经济与社会效益进行权衡。控制工业开发的规模和内容，是有可能减少这些影响的。如果恰当地使用环境资源，科学合理地利用自然净化能力，就可能使环境恢复到原来的状态。

应该怎样判断环境的影响和工业生产价值这两者之间的利弊呢？环境质量评价，就是为此而提供定量的科学依据。因此，它是我们认识环境、研究环境的一种科学方法，20世纪70年代以来世界各国都在注意环境质量的研究工作，现已取得很大的进展，并在引导国民经济走向可持续发展方面取得了显著的成效。

三、环境质量评价的类型

环境质量评价的分类方法很多，按时间因素可分成环境现状评价、环境影响评价和建设项目后评价三种类型。

1. 环境现状评价

着眼当前情况，对一个区域内人类活动造成的环境质量变化进行评定，称为环境现状评价。通过这种形式的评价，可以阐明环境污染的现状，为区域环境污染的综合防治提供科学依据。从科学研究角度，为查明现状的历史，有时需要进行历史性评价与现状评价相结合。

2. 环境影响评价

在一项工程动工兴建以前，对它的选址、设计以及在建设施工过程中和建成投产后可能对环境造成的影响进行预测和评估，称为环境影响评价。目的是为了防止产生新的污染源及人类不恰当的活动，进行这种形式的评价是很有意义的，我国已列为一项环境法律制度。

3. 建设项目后评价

又称项目后评价。在项目建成投产并达到设计生产能力后，通过对项目前期工作、项目实施、项目运营情况的综合研究，衡量和分析项目的实际情况及其与预测(计划)情况的差距，确定有关项目预测和判断是否正确并分析其原因，从项目完成过程中吸取经验教训，为今后改进项目准备、决策、管理、监督等工作创造条件，并为提高项目投资效益提出切实可行的对策措施。国家、部门、地方等各类投资主体通过项目后评价，可以认真总结经验、吸取教训，并作为今后同类型项目立项决策和建设的参考依据，从而有利于进一步提高项目决策科学化水平。

项目后评价已构成一些国际机构和国家的项目管理中不可缺少的环节，世界银行、联合国教科文组织、印度、菲律宾、哥伦比亚、墨西哥、泰国等都已形成了比较完善的项目后评价制度和方法。而在我国项目后评价工作尚属起步阶段，亟待形成一套具有法律规范的项目后评价制度和方法。

第二节 环境现状评价

我国于20世纪70年代开始进行环境现状评价研究，20多年来，我国进行了许多河流、水体、大气等单个环境要素质量的评价，还进行许多城市的环境质量的综合评价。研究较早的城市有北京市、南京市、天津市、西安市、太原市、沈阳市等，现举南京市为例。

一、 环境现状评价的程序

1. 污染源的调查与评价

污染源的调查是进行环境质量评价的基础。通过污染源的调查，可以摸清污染物的来龙去脉。通过"三废"排放浓度及排放总量的测试与排放标准相比较评价，可以得出主要污染源和主要污

染物,为环境质量评价提供依据,使环境治理有了针对性。见图
8−1。

图 8−1 环境现状评价的工作程序

2. 环境质量调查与评价

通过一系列的监测、分析和调查,弄清环境污染的现状,研究环境污染的规律,以及污染物在大气、土壤和水体中的迁移、扩散和转化的状况,通过环境监测结果与环境质量标准或背景值相比较评价,可以查明主要污染要素及区域,它是环境质量评价的主要内容。

3. 环境效应分析

环境效应分析评价是环境质量好坏的一个尺度。它通过调查研究被评价地区的生态效应,通过调查研究区域污染对人体健康带来的影响,通过经济损益分析(将环境污染对环境的危害用货币表示出来,以引起人们的重视)等三个方面,反映环境质量的优劣。

二、 环境现状评价的内容和方法

目前国内外的环境现状评价,一般包括单个环境要素(如大气、地表水、地下水、土壤、作物、噪声等)的评价和整体环境(如城市、流域等)质量的综合评价。

环境是由大气、水域、土壤和生物组成的,它们相互联系、相互影响、相互制约,构成了一个统一的整体。污染物进入某一组成要素中,必然会影响其他要素。实际上,污染物是在整个环境中进行迁移转化,最后引起环境质量变化的。所以,对各要素分别进行评价后,还应对整体环境质量做综合评价。现以城市环境质量综合

评价为例做扼要的介绍。

1. 环境要素的选定

在南京市环境质量评价中,选定的要素有大气、噪声、地表水和地下水,没有列入土壤。选定的污染因子及其评价标准列于表8-1。

表 8-1　　南京市环境质量污染因子及其评价标准

环境污染要素	污染因子	评价标准
空气污染	二氧化硫	0.15mg/m³
	二氧化氮	0.10mg/m³
	降尘量	8.00t/(km²·月)
噪声	室外环境噪声	50dB(A)
地表水污染	酚	0.01mg/L
	氰	0.10mg/L
	铬	0.10mg/L
	砷	0.05mg/L
	汞	0.005mg/L
地下水污染	酚	0.002mg/L
	氰	0.01mg/L
	铬	0.05mg/L
	砷	0.02mg/L
	汞	0.001mg/L

2. 对各环境污染要素,分别按其对环境影响程度加权

权重可根据专家或群众咨询来确定,南京市评价是根据人民群众的来信确定的,即从几千封人民来信统计分析,并结合当地环境污染特点确定相对权重。南京市环境污染的相对权重: 空气污染占60%,噪声占20%,地表水和地下水各占10%。突出空气的污染,是因为我国以煤为主要能源,全国绝大多数城市以煤烟型大气污染最为严重。

3. 提出环境质量指数(PI_m)的计算公式

$$PI_m = \frac{1}{n} \sum_1^n W_j \, PI_{ij}$$

式中　　n——环境污染要素的数目;

W_j ——环境污染要素 j 的权重；

PI_{ij} ——某一环境污染要素 j 的质量指数。

此外，每年由国家环境保护总局发布的《中国环境状况公报》也是环境现状评价的例子。

南京市实际应用的公式是：

$$PI_m = \frac{1}{4}(0.6 \times PI_{大气} + 0.2 \times PI_{噪声} + 0.1 \times PI_{地表水} + 0.1 + PI_{地下水})$$

4. 环境质量综合分级

根据实际测定和计算环境质量指数(PI_m)，将南京市环境质量分为五级(如表8-2所示)。

表 8-2　　　　　南京市环境质量综合评价分级

环境质量指数 PI_m	污染程度分级	环境质量评价
<0.4	1	好
0.4~0.5	2	尚好
0.5~0.75	3	稍差
0.75~1.0	4	差
>1.0	5	最差

5. 环境质量综合评价图

由上述所划分的等级做出整体环境质量综合评价图(见图8-2)。在综合评价图上可以算出各质量等级的分布范围和面积，找出造成环境质量变坏的原因，从而为城市规划和环境综合防治提供了科学依据。

以上介绍的是进行环境现状评价的系统方法，它注意了影响环境的各因素对环境质量所造成的综合效果。其缺点可能会掩盖不同时期某个环境要素对环境带来的危害。所以环境质量综合评价、单要素评价及日常监测评价需结合起来。南京市环保局1981年根据监测数据指出：长江南京段大部分段面和排污口附近水质所含污染物都不同程度地超过1980年和1979年同期的检出率、超标率和最高检出值，表明水质的趋势在恶化。

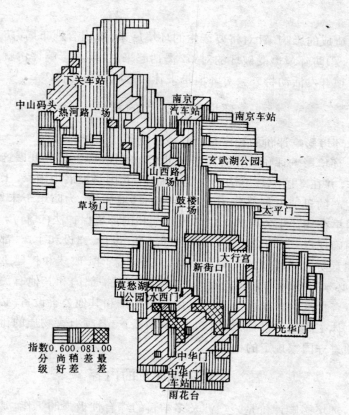

图 8-2 南京市城区环境质量综合评价图

第三节 环境影响评价

环境影响评价是环境质量评价工作中的一个重要组成部分。它起到了把环境保护工作考虑在环境污染及破坏之前，使经济效益与环境效益统一起来。

环境影响评价是指人类在开发或兴建、扩建、改建大中型工业企业之前，对该项目在开发、建设过程中以及建成生产以后新产生的环境影响因素进行分析，预测这些因素对自然环境、社会环境造成的影响,针对将要产生的环境后果,提出合理布局,防治公害,预防环境遭受破坏的对策。概括起来说,环境影响评价就是对一项开发活动将来会对环境带来什么影响做出评价。

一、环境影响评价的程序

环境影响评价的程序是指环境影响评价工作的过程。

环境影响评价工作开始于20世纪70年代,美国首先开展这项工作,并在《国家环境法》中定为制度。我国是发展中国家,工农业生产的迅速发展必将引起一系列的环境后患,为防患于未然,我国早在1979年公布的《中华人民共和国环境保护法(试行)》中就明确规定:"一切企业、事业单位的选址、设计、建设和生产,都必须注意防止对环境的污染和破坏。在进行新建、改建和扩建工程时,必须提出环境影响的报告书,经环境保护部门和其他有关部门审查批准后才能进行设计;其中防止污染和其他公害设备,必须与主体工程同时设计、同时施工、同时投产;各项有害物质的排放必须遵守国家规定的标准。"

二、环境影响评价的内容

环境影响评价是一项涉及多学科的综合性极强的工作。通过对开发项目环境影响因素的分析,既要研究其对自然环境的影响,还要研究对社会环境的影响,内容十分复杂。开发项目不同,内容也各有侧重,一般可包括以下四个方面。

1. 开发项目的环境影响因素分析

通过对开发项目基本情况的了解,包括项目的地理位置、性质、规模,如开发项目是一个工厂,则应了解其工艺流程,全部物料的投入—转化—产出全平衡及"三废"排放情况,分析对环境将会产生什么影响,以此来确定影响评价的内容和侧重点。

2. 环境背景调查

通过对所在区域社会环境概况的调查,自然环境的调查与监测,摸清背景值情况,为环境影响分析提供依据。

3. 环境影响预测

在上述两项工作的基础上,进行环境预测。预测,多采用经验类比、数学模型、物理模型、生态模型来进行。应特别说明受开发项目的影响,哪些是可以恢复的,哪些是不可恢复的。

4. 开发项目的对策分析

包括评价开发项目环保方案分析及评价区域的区域环境经济分析。

现将陕西省进行环境影响评价介绍如下:

一项开发计划下达后,报主管部门,由主管部门报环保局,环保局会同有关专家研究环境影响评价的必要性,如没有必要,通知开发部门着手建设;如有必要,则在可行性研究阶段由开发部门委托法定的评价单位编写环境影响评价大纲,大纲由环保部门组织专家审议,大纲经修改后,由评价单位编写环境影响实施方案并开展工作,编写出环境影响报告书。报告书报主管部门,由主管部门交环保局审批,审查同意后方可动工开发。

近些年来,我国对一切于环境有影响的建设项目都要进行环境影响评价,得到环境保护部门批准后才能开始建设。影响评价的类型从企业污染环境影响评价发展到开发区环境影响评价;又进一步从污染型发展到生态破坏型、生态移民型、旅游区环境影响评价。如举世瞩目的三峡工程,开工前完成了《长江三峡水利枢纽环境影响报告书》,并报国家环保局审批,宁夏完成了《百万生态移民引黄灌溉区环境影响评价》,并报国家环保总局审批。目前国际上更加注意的是涉及全球性全人类命运的重大环境问题的环境影响评价,如臭氧层破坏、酸雨、温室效应、生物多样性衰减、能源、水资源、土壤资源、气候突变、克隆技术等等。由此可见,生态环境资源保护不仅仅是一项基本国策,而且是一项全人类"地球村"的基本"球策"。

复习思考题九

1. 什么叫环境质量和环境质量评价?
2. 环境现状评价和环境影响评价的区别在哪里?
3. 环境现状评价的内容和方法是什么?
4. 环境影响报告书的主要内容有哪些?
5. 什么叫建设项目后评价,它的意义在哪里?

第九章 实 验

实验一 单场雨的pH测定

酸雨是大气污染最直接最明显的表现之一,其危害甚大,已引起人们高度关注,因此对降水的pH进行测定具有实际意义。

降水的pH测定通常用仪器进行。本实验采用PHS-2C型精密酸度计或其他精密酸度计测定。

一、目 的

了解本地区降水的pH及其变化情况。

二、用 品

(1) PHS-2C型精密酸度计。
(2) 广泛pH试纸。
(3) 50mL烧杯。
(4) 温度计。

三、实 验 内 容

(1) 先用广泛pH试纸测出样品的pH大致范围,并将样品倒入50mL烧杯中,测量温度。

(2) 打开酸度计电源开关,通电30min,并将酸度计面板上的"选择"开关置"pH"档,然后进行校正(校正方法见附录,校正由教师完成)。

(3) 用蒸馏水清洗甘汞电极和玻璃电极2~3次,然后用滤纸吸干电极。

(4) 将仪器的"温度"旋钮调至被测样品溶液的温度值,将电极放入被测样品中,仪器的"范围"开关置于此样品可能的pH档(已由广泛pH试纸测定)上,按下"读数"开关(若此时表针打出左面刻度线,则应减少"范围"开关值,若表针打出右刻度线,则应增加"范围"开关值)。此时表针所指示的值加上"范围"开关值,即为此样品的pH。

四、测 定 结 果

采样时间_____   采样地点_____

测定时间_____   本次降水的pH_____

是否属于酸雨_____

五、注 意 事 项

(1) 样品由学生在课余收集,采集样品所用容器及测定时所用容器必须清洁干燥。

(2) 在测量样品pH时,教师已对仪器进行过校正,学生绝对不能再旋动"定位"和"斜率"旋钮。

(3) 甘汞电极玻璃壁和玻璃电极球泡很薄,因此在使用时勿与烧杯及硬物相碰,防止玻璃及球泡破碎。不要用手去摸玻璃电极,以免玻璃膜沾上油脂,影响电极测量精度,玻璃电极插头须防止沾上水,保证插头绝缘阻抗。

(4) PHS-2C型精密酸度计最小分度值为0.02个pH单位,读数时应保留小数点后两位。

(5) 本实验以连续跟踪测定为最佳。

附: PHS-2C型精密酸度计校正方法

PHS-2C型精密酸度计是用玻璃电极法取样测量水溶液酸度(pH)的一种测量仪器。仪器面板各调节旋钮位置如图9-1所示。

在使用该仪器测量之前,必须要对电极进行pH校正,操作过程如下:

(1) 开启仪器电源,30min后进行校正。将仪器面板上的"选

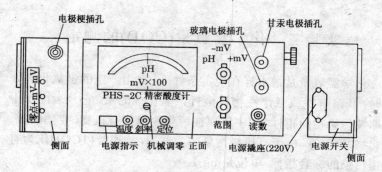

图 9-1 PHS-2C型酸度计面板各调节旋钮位置示意图

择"开关置"pH"档,"范围"开关置于"6"档,"斜率"旋钮顺时针旋到底(100％处),"温度"旋钮置此标准缓冲溶液的温度。

(2) 电极用蒸馏水洗净以后,,用滤纸吸干电极。将电极放入盛有pH＝7的标准缓冲溶液的烧杯内。按下"读数"开关,调节"定位"旋钮,使仪器指示值为此溶液温度下的标准pH(仪器上的"范围"读数加上表头指示值即为仪器pH指示值),在标定结束后,放开"读数"开关,使仪器处于准备状态,此时仪器指针在中间位置。

(3) 把电极从pH＝7的标准缓冲溶液中取出,用蒸馏水冲洗干净,用滤纸吸干电极。选择pH＝4的标准缓冲溶液,把电极放入标准缓冲溶液中,把仪器的"范围"置"4"档,按下"读数"开关,调节"斜率"旋钮,仪器指示值即为该标准缓冲溶液在此溶液温度下的pH,然后放开"读数"开关。

(4) 按第2条的方法再测pH＝7的标准缓冲溶液,但注意此时应将"斜率"旋钮不动(即按第3条操作后的位置不变),如果仪器的指示值与标准缓冲溶液的pH误差是符合将要进行pH测量时的精度要求,则可认为此时仪器已校正完毕,可以进行样品测量。若此误差不符合将要进行pH测量时的精度要求,则可调节"定位"旋钮至消除此误差,然后再按第3条顺序操作。一般经过上述过程,仪器已能精确测量pH了。

实验二　化学需氧量(COD)的测定

化学需氧量是指水样在规定条件下,采用一定的强氧化剂处理时,其溶解性或悬浮性物质消耗该氧化剂的量。它是表征水中还原性污染物的指标。水中还原性污染物包括有机物、亚硝酸盐、硫化物、Fe^{2+}等,由于有机物污染较为普遍,故通常以COD作为有机物污染的综合指标,单位是$mg \cdot L^{-1}$。

化学需氧量的测定主要用高锰酸钾($KMnO_4$)和重铬酸钾(K_2CrO_7)两种氧化剂,分别称之为高锰酸钾法和重铬酸钾法,用COD_{Mn}和COD_{Cr}表示。

高锰酸钾法简便,所需时间较短,主要用于评价饮用水、原水及地面水的品质。

本实验采用酸性高锰酸钾法。

一、目　　的

了解水体污染的重要指标之一——COD及其测定方法。

二、原　　理

高锰酸钾在酸性溶液中将还原性物质氧化,通过计算,求得水样中还原性物质所消耗的高锰酸钾的量。

其反应式如下:

$$2MnO_4^- + 16H^+ + 5C_2O_4^{2-} = 2Mn^{2+} + 10CO_2 + 8H_2O$$

三、用　　品

1. 药品

(1) $1:3H_2SO_4$(体积分数)。

(2) $0.00500mol \cdot L^{-1}H_2C_2O_4$标准溶液。

(3) $0.002mol \cdot L^{-1}KMnO_4$标准溶液。

2. 仪器

(1) 酸式滴定管。

(2) 250mL 锥形瓶。

(3) 10mL 移液管。

(4) 100mL 移液管。

(5) 温度计。

四、实 验 内 容

(1) 用100mL移液管吸取充分搅拌的水样100mL于250mL锥形瓶中(测定所需水样的数量视有机物含量而定),加入 $1:3H_2SO_4$ 10mL,然后用滴定管加入10.0mL 0.002mol·L^{-1}高锰酸钾(KMnO$_4$)溶液(V_1)并投入几根玻璃毛细管,在石棉网上加热煮沸5min(煮沸后的溶液必须仍为红色,若溶液的颜色消失,说明水样中有机物含量过多,须将水样稀释后重做)。

(2) 取下锥形瓶,冷却至70~80℃,用10mL移液管加入10.0mL 0.00500mol·L^{-1}草酸钠(Na$_2$C$_2$O$_4$)标准溶液,振荡均匀,溶液应无色。

(3) 用0.002mol·L^{-1}高锰酸钾溶液滴定,溶液由无色变成微红色为滴定终点,记录用量(V_2)。

(4) 在滴定后的溶液中,趁热(70~80℃)加入10.00mL 0.00500 mol·L^{-1}草酸钠标准溶液,立即以0.002mol·L^{-1}高锰酸钾溶液滴定至微红色,记录高锰酸钾用量(V_3),求出0.002mol·L^{-1}高锰酸钾标准的校正系数($K=\dfrac{10}{V_3}$)。

五、结 果 处 理

计算:

$$\rho(COD_{Mn})=\frac{[(V_1+V_2)K-10]\times c\times 8\times 1000}{V}$$

式中 $\rho(COD_{Mn})$——用高锰酸钾法测定COD的浓度,mg/L;

K ——高锰酸钾溶液的校正系数;

c——草酸钠标准溶液的浓度,$mol \cdot L^{-1}$;

V——水样体积,mL;

8——氧的换算系数;

V_1——高锰酸钾溶液预投入的体积,mL;

V_2——所消耗高锰酸钾溶液的体积,mL。

六、注 意 事 项

(1) 加热时可损失易挥发性有机物,如醋酸、甲醇等,尤其是后者可达30%,可明显影响测定值。

(2) 该法难于分解脂肪类、酯类、吡啶等有机物,因此COD_{Mn}指标不能作为理论需氧量或有机物总量的度量。

(3) 若水样经稀释后再测COD_{Mn}值时,按计算式算得结果乘以稀释倍数。

(4) 水样中存在的Fe^{2+}、NO_2^-或H_2S等无机还原性物质皆可增加COD_{Mn}的值。

(5) 该法的最低检出限为$0.5mg \cdot L^{-1}$,测定上限为$4.5mg \cdot L^{-1}$。

(6) 滴定时应注意滴定终点(由无色变为微红色的一瞬间)。

附: 本实验所用试剂的配制

(1) $1:3H_2SO_4$的配制　向3份体积蒸馏水中徐徐加入密度为$1.84g \cdot cm^{-3}$的硫酸1份(小心配制,注意安全!)。

(2) $0.00500mol \cdot L^{-1}H_2C_2O_4$溶液的配制

① 取分析纯草酸钠$(Na_2C_2O_4)$于$150\sim200℃$温度下烘$40\sim60min$,在干燥器内冷却后,准确称取1.675g并溶于蒸馏水,在250mL容量瓶中稀释至刻度,此溶液浓度为$0.00500mol \cdot L^{-1}$。

② 用25mL移液管移取上述溶液于250mL容量瓶中,稀释至刻度,即得$0.00500mol \cdot L^{-1}$草酸钠标准溶液。

(3) $0.002mol \cdot L^{-1}KMnO_4$溶液的配制

① 称取高锰酸钾3.2g溶于1L蒸馏水中,将其在沸腾的水浴上煮沸2h以上,放置过夜,用玻璃过滤器过滤,置于棕色瓶中保存。

② 用25mL移液管吸取上述溶液于250mL容量瓶中,稀释至刻度,此溶液浓度约为0.002mol·L⁻¹。

实验三 交通噪声的等效声级测量

一、目   的

(1) 了解交通噪声的测量方法。
(2) 了解声级计的使用方法。

二、原   理

交通噪声是呈不稳定状态的。在交通干线两旁,噪声级随时间而变化。这种噪声与机动车辆的类型、数目、速度、运行状态、相互距离、是否鸣笛、道路宽度、坡度、干湿状态、路面情况和交叉路口建筑物的层数,以及风速等因数有关。

交通噪声在一段时间内,A声级的分布基本上符合正态分布。用 Y 表示声级为 L_A 的概率,则:

$$Y = \frac{1}{\sqrt{2\pi}\,\sigma} \exp\left[-\frac{(L_A - L_{50})^2}{2\sigma^2}\right]$$

式中 σ ——分布的标准偏差;

L_A ——交通噪声的A声级;

L_{50} ——A声级分布的中值。

对于正态分布的交通噪声级的等效声级 L_{eq},如 $d = L_{10} - L_{90}$,则:

$$L_{eq} = L_{50} - d^2/60$$

式中 L_{10} ——10%时间超过的声级;

L_{90} ——90%时间超过的声级。

三、器   材

2型声级计及支架。

四、方 法

在离开交叉路口的人行道边进行定点测量交通干道的交通噪声,一般选用2型声级计。

将声级计用支架安置在人行道1.2m高处,选用"慢"档每5s读取一个A声级瞬时值,连续读取200个数据,记录在表格上。

五、数 据 处 理

(1) 将200个数据从大到小排成一递减数列。

(2) 数列中的第21个数据记做L_{10}

数列中的第101个数据记做L_{50}

数列中的第181个数据记做L_{90}

(3) 测量点的交通噪声的等效声级L_{eq}

$$L_{eq} = L_{50} + d^2/60$$

其中$d = L_{10} - L_{90}$

六、注 意 事 项

(1) 测量时要求天气条件为无雨、无雪及较小风力,风力在三级以上时声级计必须加风罩,以避免风噪声干扰,五级以上大风应停止测量。

(2) 使用声级计前应熟读仪器生产厂提供的技术说明书,熟悉仪器的性能和使用方法。

(3) 测量前需对声级计进行校准。为保证测量的准确性,有条件的尽量使用声学校正。由于电容传声器变化不大,所以,在定期进行声校正的前提下,使用时可以利用声级计的电校正信号来校正放大器的放大量。

(4) 使用声级计的A声档进行测量。当测量快速行驶通过的车辆噪声最大有效值声级时,使用"保持"功能比较方便。

附　录

附录一　我国现行的国家环境标准

一、水　质　标　准

1. 污水综合排放标准

本标准将排放的污染物按其性质分为二类。

第一类污染物,指能在环境或动植物体内蓄积,对人体健康产生长远不良影响者,含有此类有害污染物质的污水,不分行业和污水排放方式,也不分受纳水体的功能类别,一律在车间或车间处理设施排出口取样,其最高允许排放浓度必须符合表1的规定。

表 1　　　第一类污染物最高允许排放浓度(GB8978-88) 单位: mg/L

污　染　物	最高允许排放浓度	污　染　物	最高允许排放浓度
1 总汞	0.05[①]	6 总砷	0.5
2 烷基汞	不得检出	7 总铅	1.0
3 总镉	0.1	8 总镍	1.0
4 总铬	1.5	9 苯并(a)芘[②]	0.00003
5 六价铬	0.5		

注: ① 烧碱行业(新建、扩建、改建企业)采用0.005mg/L。

② 为试行标准,二级、三级标准区暂不考核。

第二类污染物,指其长远影响小于第一类的污染物质,在排污单位排出口取样,其最高允许排放浓度必须符合表2的规定。

2. 地面水环境质量标准

依据地面水水域使用目的和保护目标将其划分为五类。见表3～7。

Ⅰ类　主要适用于源头水、国家自然保护区。

表 2　　　　　　　　第二类污染物最高允许排放浓度

标准值 \ 规模 \ 污染物	一级标准		二级标准		三级标准
	新扩改	现有	新扩改	现有	
1 pH	6～9	6～9	6～9	6～9①	6～9
2 色度(稀释倍数)	50	80	80	100	—
3 悬浮物	70mg/L	100mg/L	200mg/L	250②mg/L	400mg/L
4 生化需氧量(BOD₅)	30mg/L	60mg/L	60mg/L	80mg/L	300 mg/L
5 化学需氧量(COD_Cr)	100mg/L	150mg/L	150mg/L	200mg/L	500 mg/L
6 石油类	10mg/L	15mg/L	10mg/L	20mg/L	30mg/L
7 动植物油	20mg/L	30mg/L	20mg/L	40mg/L	100mg/L
8 挥发酚	0.5mg/L	1.0mg/L	0.5mg/L	1.0mg/L	2.0mg/L
9 氰化物	0.5mg/L	0.5mg/L	0.5mg/L	0.5mg/L	1.0mg/L
10 硫化物	1.0mg/L	1.0mg/L	1.0mg/L	2.0mg/L	2.0mg/L
11 氨氮	15mg/L	25mg/L	25mg/L	40mg/L	—
12 氟化物	10mg/L	15mg/L	10mg/L	15mg/L	20mg/L
			20④mg/L	30④mg/L	—
13 磷酸盐(以P计)⑤	0.5mg/L	1.0mg/L			
14 甲醛	1.0mg/L	2.0mg/L	2.0mg/L	3.0mg/L	
15 苯胺类	1.0mg/L	2.0mg/L	2.0mg/L	3.0mg/L	5.0mg/L
16 硝基苯类	2.0mg/L	3.0mg/L	3.0mg/L	5.0mg/L	5.0mg/L
17 阴离子合成洗涤剂(LAS)	5.0mg/L	10mg/L	10mg/L	15mg/L	20mg/L
18 铜	0.5mg/L	0.5mg/L	1.0mg/L	1.0mg/L	2.0mg/L
19 锌	2.0mg/L	2.0mg/L	4.0mg/L	5.0mg/L	5.0mg/L
20 锰	2.0mg/L	5.0mg/L	2.0⑥mg/L	5.0⑥mg/L	5.0mg/L

注:　① 现有火电厂和粘胶纤维工业,二级标准pH放宽到9.5。
　　　② 磷肥工业悬浮物放宽至300mg/L。
　　　③ 对排入带有二级污水处理厂的城镇下水道的造纸、皮革、食品、洗毛、酿造、发酵、生物制药、肉类加工、纤维板等工业废水,BOD₅可放宽至600mg/L;COD_Cr可放宽至1 000mg/L。具体限度还可以与市政府部门协商。
　　　④ 为低氟地区(系指水体含氟量小于0.5mg/L)允许排放浓度。
　　　⑤ 为排入蓄水性河流和封闭性水域的控制指标。
　　　⑥ 合成脂肪酸工业新扩改为5mg/L,现有企业为7.5mg/L。

Ⅱ类　主要适用于集中式生活饮用水水源地一级保护区、珍贵鱼类保护区、鱼虾产卵场等。

Ⅲ类　主要适用于集中式生活饮用水水源地二级保护区、一般鱼类保护区及游泳区。

Ⅳ类 主要适用于一般工业用水区及人体非直接接触的娱乐用水区。

Ⅴ类 主要适用于农业用水区及一般景观要求水域。

同一水域兼有多类功能的,依最高功能划分类别 有季节性功能的,可分季划分类别。

表 3　　　　　　地面水环境质量标准(GB3838-88)

序号	分类 标准值 参数	Ⅰ类	Ⅱ类	Ⅲ类	Ⅳ类	Ⅴ类
	基 本 要 求	所有水体不应有非自然原因所导致的下述物质 a. 凡能沉淀而形成令人厌恶的沉积物 b. 漂浮物,诸如碎片、浮渣、油类或其他的一些引起感官不快的物质 c. 产生令人厌恶的色、臭、味或浑浊度的 d. 对人类、动物或植物有损害、毒性或不良生理反应的 e. 易滋生令人厌恶的水生生物的				
1	水温 ℃	人为造成的环境水温变化应限制在: 　夏季周平均最大温升≤1 　冬季周平均最大温降≤2				
2	pH	6.5～8.5				6～9
3	硫酸盐*(以SO₄²⁻计)/mg·L⁻¹ ≤	250以下	250	250	250	250
4	氯化物*(以Cl⁻计)/mg·L⁻¹ ≤	250以下	250	250	250	250
5	溶解性铁*/mg·L⁻¹ ≤	0.3以下	0.3	05	0.5	1.0
6	总锰*/mg·L⁻¹ ≤	0.1以下	0.1	0.1	0.5	1.0
7	总铜*/mg·L⁻¹ ≤	0.01以下	1.0(渔0.01)	1.0(渔0.01)	1.0	1.0
8	总锌*/mg·L⁻¹ ≤	0.05	1.0(渔0.1)	1.0(渔0.1)	2.0	2.0
9	硝酸盐(以N计)/mg·L⁻¹ ≤	10以下	10	20	20	25

续表

序号	分类标准值 参数		I 类	II 类	III 类	IV类	V 类
10	亚硝酸盐(以N计)/mg·L⁻¹	≤	0.06	0.1	0.15	1.0	1.0
11	非离子氨/mg·L⁻¹	≤	0.02	0.02	0.02	0.2	0.2
12	凯氏氮/mg·L⁻¹	≤	0.5	0.5	1	2	2
13	总磷(以P计)/mg·L⁻¹	≤	0.02	0.1(湖、库0.025)	0.1(湖、库0.05)	0.2	0.2
14	高锰酸盐指数/mg·L⁻¹	≤	2	4	6	8	10
15	溶解氧/mg·L⁻¹	≥	饱和率90%	6	5	3	2
16	化学需氧量(COD$_{Cr}$)/mg·L⁻¹	≤	15以下	15以下	15	20	25
17	生化需氧量(BOD$_5$)/mg·L⁻¹	≤	3以下	3	4	6	10
18	氟化物(以F⁻计)/mg·L⁻¹	≤	1.0以下	1.0	1.0	1.5	1.5
19	硒(四价)/mg·L⁻¹	≤	0.01以下	0.01	0.01	0.02	0.02
20	总砷/mg·L⁻¹	≤	0.05	0.05	0.05	0.1	0.1
21	总汞**/mg·L⁻¹	≤	0.00005	0.00005	0.0001	0.001	0.001
22	总镉***/mg·L⁻¹	≤	0.001	0.005	0.005	0.005	0.01
23	铬(六价)/mg·L⁻¹	≤	0.01	0.05	0.05	0.05	0.1
24	总铅**/mg·L⁻¹	≤	0.01	0.05	0.05	0.05	0.1
25	总氰化物/mg·L⁻¹	≤	0.005	0.05(渔0.005)	0.2(渔0.005)	0.2	0.2
26	挥发酚**/mg·L⁻¹	≤	0.002	0.002	0.005	0.01	0.1
27	石油类**(石油醚萃取)/mg·L⁻¹	≤	0.05	0.05	0.05	0.5	1.0
28	阴离子表面活性剂/mg·L⁻¹	≤	0.2以下	0.2	0.2	0.3	0.3
29	总大肠菌群***个·L⁻¹	≤			10000		
30	苯并(a)芘***/μg·L⁻¹	≤	0.0025	0.0025	0.0025		

注　* 允许根据地方水域背景值特征做适当调整的项目。

　　** 规定分析检测方法的最低检出限,达不到基准要求。

　　*** 试行标准。

表 4　　　　　　　地面水中有害物质的最高允许浓度

编号	物质名称	最高允许浓度/mg·L^{-1}	编号	物质名称	最高允许浓度/mg·L^{-1}
1	乙腈	5.0	29	松节油	0.2
2	乙醛	0.05	30	苯	2.5
3	二硫化碳	2.0	31	苯乙烯	0.3
4	二硝基苯	0.5	32	苯胺	0.1
5	二硝基氯苯	0.5	33	苦味酸	0.5
6	二氯苯	0.02	34	氟化物	1.0
7	丁基黄原酸钠	0.005	35	活性氯	不得检出
8	三氯苯	0.02			(按地面水需
9	三硝基甲苯	0.5			氯量计算)
10	马拉硫磷(4049)	0.25	36	挥发性酚	0.01
11	己内酰胺	按地面水中生化需氧量计算	37	砷	0.04
			38	钼	0.5
12	六六六	0.02	39	铅	0.1
13	六氯苯	0.05	40	钴	1.0
14	内吸磷(E059)	0.03	41	铍	0.0002
15	水合肼	0.01	42	硒	0.01
16	四乙基铅	不得检出	43	铬(三价)	0.5
17	四氯苯	0.02		(六价)	0.05
18	石油(包括煤油、汽油)	0.3	44	铜	0.1
			45	锌	1.0
19	甲基对硫磷(甲基E605)	0.02	46	硫化物	不得检出
					(按地面水溶解氧计算)
20	甲醛	0.5			
21	丙烯腈	2.0	47	氰化物(以游离氰根计)	0.05
22	丙烯醛	0.1			
23	对硫磷(E605)	0.003	48	氯苯	0.02
24	乐果	0.08	49	硝基氯苯	0.05
25	异丙苯	0.25	50	锑	0.05
26	汞	0.001	51	滴滴涕	0.2
27	吡啶	0.2	52	镍	0.5
28	钒	0.1	53	镉	0.01

表 5　　　　生活饮用水水质标准 (GB5749-85)

项　目		标　准	
感官性状和一般化学指标	色	色度不超过15度,并不得呈现其他异色	
	浑浊度	不超过3度,特殊情况不超过5度	
	臭和味	不得有异臭、异味	
	肉眼可见物	不得含有	
	pH	6.5～8.5	
	总硬度(以碳酸钙计)	450	mg/L
	铁	0.3	mg/L
	锰	0.1	mg/L
	铜	1.0	mg/L
	锌	1.0	mg/L
	挥发酚类(以苯酚计)	0.002	mg/L
	阴离子合成洗涤剂	0.3	mg/L
	硫酸盐	250	mg/L
	氯化物	250	mg/L
	溶解性总固体	1000	mg/L
毒理学指标	氟化物	1.0	mg/L
	氰化物	0.05	mg/L
	砷	0.05	mg/L
	硒	0.01	mg/L
	汞	0.001	mg/L
	镉	0.01	mg/L
	铬(六价)	0.05	mg/L
	铅	0.05	mg/L
	银	0.05	mg/L
	硝酸盐(以氮计)	20	mg/L
	氯仿*	60	μg/L
	四氯化碳	3	μg/L
	苯并(a)芘*	0.01	μg/L
	滴滴涕*	1	μg/L
	六六六*	5	μg/L
细菌学指标	细菌总数	100	个/mL
	总大肠菌群	3	个/L
	游离余氯	在与水接触30min后应不低于0.3mg/L,集中式给水除出厂水应符合上述要求外,管网末梢水不应低于0.05mg/L	
放射性指标	总α放射性	0.1	Bq/L
	总β放射性	1	Bq/L

注：*试行标准。
　　本标准适用于城乡供生活饮用的集中式给水(包括各单位自备的生活饮用水)和分散式给水。生活饮用水水质,不超过上表所规定的限量。

表 6　　　　渔业水质标准（GB11607-89）

项目序号	项　目	标　准　值
1	色、臭、味	不得使鱼、虾、贝、藻类带有异色、异臭、异味
2	漂浮物质	水面不得出现明显油膜或浮沫
3	悬浮物质	人为增加的量不得超过10，而且悬浮物质沉积于底部后，不得对鱼、虾、贝类产生有害的影响
4	pH	淡水6.5～8.5，海水7.0～8.5
5	溶解氧/mg·L^{-1}	连续24h中，16h以上必须大于5，其余任何时候不得低于3，对于鲑科鱼类栖息水域冰封期其余任何时候不得低于4
6	生化需氧量(5d、20℃)/mg·L^{-1}	不超过5，冰封期不超过3
7	总大肠菌群/个·L^{-1}	不超过5 000(贝类养殖水质不超过500)
8	汞/mg·L^{-1}	≤0.0005
9	镉/mg·L^{-1}	≤0.005
10	铅/mg·L^{-1}	≤0.05
11	铬/mg·L^{-1}	≤0.1
12	铜/mg·L^{-1}	≤0.01
13	锌/mg·L^{-1}	≤0.1
14	镍/mg·L^{-1}	≤0.05
15	砷/mg·L^{-1}	≤0.05
16	氰化物/mg·L^{-1}	≤0.005
17	硫化物/mg·L^{-1}	≤0.2
18	氟化物(以F$^-$计)/mg·L^{-1}	≤1
19	非离子氨/mg·L^{-1}	≤0.02
20	凯氏氮/mg·L^{-1}	≤0.05
21	挥发性酚/mg·L^{-1}	≤0.005
22	黄磷/mg·L^{-1}	≤0.001
23	石油类/mg·L^{-1}	≤0.05
24	丙烯腈/mg·L^{-1}	≤0.5
25	丙烯醛/mg·L^{-1}	≤0.02
26	六六六(丙体)/mg·L^{-1}	≤0.002
27	滴滴涕/mg·L^{-1}	≤0.001
28	马拉硫磷/mg·L^{-1}	≤0.005
29	五氯酚钠/mg·L^{-1}	≤0.01
30	乐果/mg·L^{-1}	≤0.1
31	甲胺磷/mg·L^{-1}	≤1
32	甲基对硫磷/mg·L^{-1}	≤0.0005
33	呋喃丹/mg·L^{-1}	≤0.01

表 7　　　　农田灌溉水质标准 (GB5084-92)

序号	项目　　　　标准值		水　作	旱　作	蔬　菜
1	生化需氧量(BOD₅)/mg·L⁻¹	≤	80	150	80
2	化学需氧量(COD_Cr)/mg·L⁻¹	≤	200	300	150
3	悬浮物/mg·L⁻¹	≤	150	200	100
4	阴离子表面活性剂(LAS)/mg·L⁻¹	≤	5.0	8.0	5.0
5	凯氏氮/mg·L⁻¹	≤	12	30	30
6	总磷(以P计)/mg·L⁻¹	≤	5.0	10	10
7	水温/°C	≤	35		
8	pH	≤	5.5～8.5		
9	全盐量/mg·L⁻¹	≤	1 000(非盐碱土地区)　2 000(盐碱土地区)　有条件的地区可以适当放宽		
10	氯化物/mg·L⁻¹	≤	250		
11	硫化物/mg·L⁻¹	≤	1.0		
12	总汞/mg·L⁻¹	≤	0.001		
13	总镉/mg·L⁻¹	≤	0.005		
14	总砷/mg·L⁻¹	≤	0.05	0.1	0.05
15	铬(六价)/mg·L⁻¹	≤	0.1		
16	总铅/mg·L⁻¹	≤	0.1		
17	总铜/mg·L⁻¹	≤	1.0		
18	总锌/mg·L⁻¹	≤	2.0		
19	总硒/mg·L⁻¹	≤	0.02		
20	氟化物/mg·L⁻¹	≤	2.0(高氟区)　3.0(一般地区)		
21	氰化物/mg·L⁻¹	≤	0.5		
22	石油类/mg·L⁻¹	≤	5.0	10	1.0
23	挥发酚/mg·L⁻¹	≤	1.0		
24	苯/mg·L⁻¹	≤	2.5		
25	三氯乙醛/mg·L⁻¹	≤	1.0	0.5	0.5
26	丙烯醛/mg·L⁻¹	≤	0.5		
27	硼/mg·L⁻¹	≤	1.0 (对硼敏感作物,如:马铃薯,笋瓜、韭菜、洋葱、柑橘等) 2.0 (对硼耐受性较强的作物,如小麦、玉米、青椒、小白菜、葱等) 3.0 (对硼耐受性强的作物,如:水稻、萝卜、油菜、甘蓝等)		
28	粪大肠菌群数/个·L⁻¹	≤	10 000		
29	蛔虫卵数/个·L⁻¹	≤	2		

二、大气环境质量标准

1. 废气排放标准

表 8　　　　现有污染源大气污染物排放限值(GB16297-1996)

序号	污染物	最高允许排放浓度/mg·m⁻³	排气筒高度/m	最高允许排放速率/kg·h⁻¹ 一级	二级	三级	无组织排放监控浓度限值 监控点	浓度/mg·m⁻³
1	二氧化硫	1200 (硫、二氧化硫、硫酸和其他含硫化合物生产)	15	1.6	3.0	4.1	无组织排放源上风向设参照点,下风向设监控点*	0.50 (监控点与参照点浓度差值)
			20	2.6	5.1	7.7		
			30	8.8	17	26		
			40	15	30	45		
			50	23	45	69		
		700 (硫、二氧化硫、硫酸和其他含硫化合物使用)	60	33	64	98		
			70	47	91	140		
			80	63	120	190		
			90	82	160	240		
			100	100	200	310		
2	氮氧化物	1700 (硝酸、氮肥和火炸药生产)	15	0.47	0.91	1.4	无组织排放源上风向设参照点,下风向设监控点	0.15 (监控点与参照点浓度差值)
			20	0.77	1.5	2.3		
			30	2.6	5.1	7.7		
			40	4.6	8.9	14		
			50	7.0	14	21		
		420 (硝酸使用和其他)	60	9.9	19	29		
			70	14	27	41		
			80	19	37	56		
			90	24	47	72		
			100	31	61	92		
3	颗粒物	22 (碳黑尘、染料尘)	15	禁排	0.60	0.87	周界外浓度最高点**	肉眼不可见
			20		1.0	1.5		
			30		4.0	5.9		
			40		6.8	10		

注: * 一般应于无组织排放源上风向2~50m范围内设参考点,排放源下风向2~50m范围内设监控点。

　　** 周界外浓度最高点一般应设于排放源下风向的单位周界外10m范围内。如预计无组织排放的最大落地浓度点越出10m范围,可将监控点移至该预计浓度最高点。

续表

序号	污染物	最高允许排放浓度 /mg·m⁻³	排气筒高度/m	最高允许排放速率/kg·h⁻¹ 一级	二级	三级	无组织排放监控浓度限值 监控点	浓度 /mg·m⁻³
3	颗粒物	80*（玻璃棉尘、石英粉尘、矿渣棉尘）	15	禁排	2.2	3.1	无组织排放源上风向设参照点，下风向设监控点	2.0（监控点与参照点浓度差值）
			20		3.7	5.3		
			30		14	21		
			40		25	37		
		150（其他）	15	2.1	4.1	5.9	无组织排放源上风向设参照点，下风向设监控点	5.0（监控点与参照点浓度差值）
			20	3.5	6.9	10		
			30	14	27	40		
			40	24	46	69		
			50	36	70	110		
			60	51	100	150		
4	氯化氢	150	15	禁排	0.30	0.46	周界外浓度最高点	0.25
			20		0.51	0.77		
			30		1.7	2.6		
			40		3.0	4.5		
			50		4.5	6.9		
			60		6.4	9.8		
			70		9.1	14		
			80		12	19		
5	铬酸雾	0.080	15	禁排	0.009	0.014	周界外浓度最高点	0.0075
			20		0.015	0.023		
			30		0.051	0.078		
			40		0.089	0.13		
			50		0.14	0.21		
			60		0.19	0.29		
6	硫酸雾	1000（火炸药厂）／70（其他）	15	禁排	1.8	2.8	周界外浓度最高点	1.5
			20		3.1	4.6		
			30		10	16		
			40		18	27		
			50		27	41		
			60		39	59		
			70		55	83		
			80		74	110		

注：* 均指含游离二氧化硅10％以上的各种尘。

续表

序号	污染物	最高允许排放浓度 /mg·m⁻³	最高允许排放速率/kg·h⁻¹				无组织排放监控浓度限值	
			排气筒高度/m	一级	二级	三级	监控点	浓度 /mg·m⁻³
7	氟化物	100 (普钙工业)	15	禁排	0.12	0.18	无组织排放源上风向设参照点,下风向设监控点	20μg/m³ (监控点与参照点浓度差值)
			20		0.20	0.31		
			30		0.69	1.0		
			40		1.2	1.8		
		11 (其他)	50		1.8	2.7		
			60		2.6	3.9		
			70		3.6	5.5		
			80		4.9	7.5		
8	*氯气	85	25	禁排	0.60	0.90	周界外浓度最高点	0.50
			30		1.0	1.5		
			40		3.4	5.2		
			50		5.9	9.0		
			60		9.1	14		
			70		13	20		
			80		18	28		
9	铅及其化合物	0.90	15	禁排	0.005	0.007	周界外浓度最高点	0.0075
			20		0.007	0.011		
			30		0.031	0.048		
			40		0.055	0.083		
			50		0.085	0.13		
			60		0.12	0.18		
			70		0.17	0.26		
			80		0.23	0.35		
			90		0.31	0.47		
			100		0.39	0.60		
10	汞及其化合物	0.015	15	禁排	1.8×10^{-3}	2.8×10^{-3}	周界外浓度最高点	0.0015
			20		3.1×10^{-3}	4.6×10^{-3}		
			30		10×10^{-3}	16×10^{-3}		
			40		18×10^{-3}	27×10^{-3}		
			50		27×10^{-3}	41×10^{-3}		
			60		39×10^{-3}	59×10^{-3}		

注: * 排放氯气的排气筒不得低于25m。

序号	污染物	最高允许排放浓度 /mg·m⁻³	最高允许排放速率/kg·h⁻¹				无组织排放监控浓度限值	
			排气筒高度/m	一级	二级	三级	监控点	浓度 /mg·m⁻³
11	镉及其化合物	1.0	15	禁排	0.060	0.090	周界外浓度最高点	0.050
			20		0.10	0.15		
			30		0.34	0.52		
			40		0.59	0.90		
			50		0.91	1.4		
			60		1.3	2.0		
			70		1.8	2.8		
			80		2.5	3.7		
12	铍及其化合物	0.015	15	禁排	1.3×10^{-3}	2.0×10^{-3}	周界外浓度最高点	0.0010
			20		2.2×10^{-3}	3.3×10^{-3}		
			30		7.3×10^{-3}	11×10^{-3}		
			40		13×10^{-3}	19×10^{-3}		
			50		19×10^{-3}	29×10^{-3}		
			60		27×10^{-3}	41×10^{-3}		
			70		39×10^{-3}	58×10^{-3}		
			80		52×10^{-3}	79×10^{-3}		
13	镍及其化合物	5.0	15	禁排	0.18	0.28	周界外浓度最高点	0.050
			20		0.31	0.46		
			30		1.0	1.6		
			40		1.8	2.7		
			50		2.7	4.1		
			60		3.9	5.9		
			70		5.5	8.2		
			80		7.4	11		
14	锡及其化合物	10	15	禁排	0.36	0.55	周界外浓度最高点	0.30
			20		0.61	0.93		
			30		2.1	3.1		
			40		3.5	5.4		
			50		5.4	8.2		
			60		7.7	12		
			70		11	17		
			80		15	22		
15	苯	17	15	禁排	0.60	0.90	周界外浓度最高点	0.50
			20		1.0	1.5		
			30		3.3	5.2		
			40		6.0	9.0		
16	甲苯	60	15	禁排	3.6	5.5	周界外浓度最高点	3.0
			20		6.1	9.3		
			30		21	31		
			40		36	54		

序号	污染物	最高允许排放浓度 /mg·m⁻³	最高允许排放速率/kg·h⁻¹				无组织排放监控浓度限值	
			排气筒高度/m	一级	二级	三级	监控点	浓度 /mg·m⁻³
17	二甲苯	90	15	禁排	1.2	1.8	周界外浓度最高点	1.5
			20		2.0	3.1		
			30		6.9	10		
			40		12	18		
18	酚类	115	15	禁排	0.12	0.18	周界外浓度最高点	0.10
			20		0.20	0.31		
			30		0.68	1.0		
			40		1.2	1.8		
			50		1.8	2.7		
			60		2.6	3.9		
19	甲醛	30	15	禁排	0.30	0.46	周界外浓度最高点	0.25
			20		0.51	0.77		
			30		1.7	2.6		
			40		3.0	4.5		
			50		4.5	6.9		
			60		6.4	9.8		
20	乙醛	150	15	禁排	0.060	0.090	周界外浓度最高点	0.050
			20		0.10	0.15		
			30		0.34	0.52		
			40		0.59	0.90		
			50		0.91	1.4		
			60		1.3	2.0		
21	丙烯腈	26	15	禁排	0.91	1.4	周界外浓度最高点	0.75
			20		1.5	2.3		
			30		5.1	7.8		
			40		8.9	13		
			50		14	21		
			60		19	29		
22	丙烯醛	20	15	禁排	0.61	0.92	周界外浓度最高点	0.50
			20		1.0	1.5		
			30		3.4	5.2		
			40		5.9	9.0		
			50		9.1	14		
			60		13	20		

序号	污染物	最高允许排放浓度/mg·m⁻³	最高允许排放速率/kg·h⁻¹				无组织排放监控浓度限值	
			排气筒高度/m	一级	二级	三级	监控点	浓度/mg·m⁻³
23	*氰化氢	2.3	25	禁排	0.18	0.28	周界外浓度最高点	0.030
			30		0.31	0.46		
			40		1.0	1.6		
			50		1.8	2.7		
			60		2.7	4.1		
			70		3.9	5.9		
			80		5.5	8.3		
24	甲醇	220	15	禁排	6.1	9.2	周界外浓度最高点	15
			20		10	15		
			30		34	52		
			40		59	90		
			50		91	140		
			60		130	200		
25	苯胺类	25	15	禁排	0.61	0.92	周界外浓度最高点	0.50
			20		1.0	1.5		
			30		3.4	5.2		
			40		5.9	9.0		
			50		9.1	14		
			60		13	20		
26	氯苯类	85	15	禁排	0.67	0.92	周界外浓度最高点	0.50
			20		1.0	1.5		
			30		2.9	4.4		
			40		5.0	7.6		
			50		7.7	12		
			60		11	17		
			70		15	23		
			80		21	32		
			90		27	41		
			100		34	52		
27	硝基苯类	20	15	禁排	0.060	0.090	周界外浓度最高点	0.050
			20		0.10	0.15		
			30		0.34	0.52		
			40		0.59	0.90		
			50		0.91	1.4		
			60		1.3	2.0		

注: * 排放氰化氢的排气筒不得低于25m。

序号	污染物	最高允许排放浓度 /mg·m⁻³	最高允许排放速率/kg·h⁻¹				无组织排放监控浓度限值	
			排气筒高度/m	一级	二级	三级	监控点	浓度 /mg·m⁻³
28	氯乙烯	65	15	禁排	0.91	1.4	周界外浓度最高点	0.75
			20		1.5	2.3		
			30		5.0	7.8		
			40		8.9	13		
			50		14	21		
			60		19	29		
29	苯并[a]芘	0.50×10^{-3} (沥青、碳素制品生产和加工)	15	禁排	0.06×10^{-3}	0.09×10^{-3}	周界外浓度最高点	0.01 $\mu g/m^3$
			20		0.10×10^{-3}	0.15×10^{-3}		
			30		0.34×10^{-3}	0.51×10^{-3}		
			40		0.59×10^{-3}	0.89×10^{-3}		
			50		0.90×10^{-3}	1.4×10^{-3}		
			60		1.3×10^{-3}	2.0×10^{-3}		
30	光*气	5.0	25	禁排	0.12	0.18	周界外浓度最高点	0.10
			30		0.20	0.31		
			40		0.69	1.0		
			50		1.2	1.8		
31	沥青烟	280 (吹制沥青) / 80 (熔炼、浸涂) / 150 (建筑搅拌)	15	0.11	0.22	0.34	生产设备不得有明显的无组织排放存在	
			20	0.19	0.36	0.55		
			30	0.82	1.6	2.4		
			40	1.4	2.8	4.2		
			50	2.2	4.3	6.6		
			60	3.0	5.9	9.0		
			70	4.5	8.7	13		
			80	6.2	12	18		
32	石棉尘	2根(纤维)/cm³ 或 20mg/m³	15	禁排	0.65	0.98	生产设备不得有明显的无组织排放存在	
			20		1.1	1.7		
			30		4.2	6.4		
			40		7.2	11		
			50		11	17		
33	非甲烷总烃	150 (使用溶剂汽油或其他混合烃类物质)	15	6.3	12	18	周界外浓度最高点	5.0
			20	10	20	30		
			30	35	63	100		
			40	61	120	170		

注: * 排放光气的排气筒不得低于25m。

表 9

新污染源大气污染物排放限值

序号	污染物	最高允许排放浓度 /mg·m⁻³	最高允许排放速率/kg·h⁻¹			无组织排放监控浓度限值	
			排气筒高度/m	二级	三级	监控点	浓度 /mg·m⁻³
1	二氧化硫	960 (硫、二氧化硫、硫酸和其他含硫化合物生产)	15	2.6	3.5	周界外浓度最高点*	0.40
			20	4.3	6.6		
			30	15	22		
			40	25	38		
			50	39	58		
		550 (硫、二氧化硫、硫酸和其他含硫化合物使用)	60	55	83		
			70	77	120		
			80	110	160		
			90	130	200		
			100	170	270		
2	氮氧化物	1400 (硝酸、氮肥和火炸药生产)	15	0.77	1.2	周界外浓度最高点	0.12
			20	1.3	2.0		
			30	4.4	6.6		
			40	7.5	11		
			50	12	18		
		240 (硝酸使用和其他)	60	16	25		
			70	23	35		
			80	31	47		
			90	40	61		
			100	52	78		
3	颗粒物	18 (碳黑尘、染料尘)	15	0.51	0.74	周界外浓度最高点	肉眼不可见
			20	0.85	1.3		
			30	3.4	5.0		
			40	5.8	8.5		
		60** (玻璃棉尘、石英粉尘、矿渣棉尘)	15	1.9	2.6	周界外浓度最高点	1.0
			20	3.1	4.5		
			30	12	18		
			40	21	31		
		120 其他	15	3.5	5.0	周界外浓度最高点	1.0
			20	5.9	8.5		
			30	23	34		
			40	39	59		
			50	60	94		
			60	85	130		

注: * 周界外浓度最高点一般应设置于无组织排放源下风向的单位周界外10m范围内,若预计无组织排放的最大落地浓度点越出10m范围,可将监控点移至该预计浓度最高点。

** 均指含游离二氧化硅超过10%以上的各种尘。

序号	污染物	最高允许排放浓度/mg·m⁻³	最高允许排放速率/kg·h⁻¹			无组织排放监控浓度限值	
			排气筒高度/m	二级	三级	监控点	浓度/mg·m⁻³
4	氯* 化 氢	100	15	0.26	0.39	周界外浓度最高点	0.20
			20	0.43	0.65		
			30	1.4	2.2		
			40	2.6	3.8		
			50	3.8	5.9		
			60	5.4	8.3		
			70	7.7	12		
			80	10	16		
5	铬 酸 雾	0.070	15	0.008	0.012	周界外浓度最高点	0.0060
			20	0.013	0.020		
			30	0.043	0..066		
			40	0.076	0.12		
			50	0.12	0.18		
			60	0.16	0.25		
6	硫 酸 雾	430 （火炸药厂） 45 （其他）	15	1.5	2.4	周界外浓度最高点	1.2
			20	2.6	3.9		
			30	8.8	13		
			40	15	23		
			50	23	35		
			60	33	50		
			70	46	70		
			80	63	95		
7	氟 化 物	90 （普钙工业） 9.0 （其他）	15	0.10	0.15	周界外浓度最高点	20 μg/m³
			20	0.17	0.26		
			30	0.59	0.88		
			40	1.0	1.5		
			50	1.5	2.3		
			60	2.2	3.3		
			70	3.1	4.7		
			80	4.2	6.3		

注: * 排放氯气的排气筒不得低于25m。

序号	污染物	最高允许排放浓度 /mg·m⁻³	最高允许排放速率/kg·h⁻¹			无组织排放监控浓度限值	
			排气筒高度/m	二级	三级	监控点	浓度 /mg·m⁻³
8	氯*气	65	25	0.52	0.78	周界外浓度最高点	0.40
			30	0.87	1.3		
			40	2.9	4.4		
			50	5.0	7.6		
			60	7.7	12		
			70	11	17		
			80	15	23		
9	铅及其化合物	0.70	15	0.004	0.006	周界外浓度最高点	0.0060
			20	0.006	0.009		
			30	0.027	0.041		
			40	0.047	0.071		
			50	0.072	0.11		
			60	0.10	0.15		
			70	0.15	0.22		
			80	0.20	0.30		
			90	0.26	0.40		
			100	0.33	0.51		
10	汞及其化合物	0.012	15	1.5×10^{-3}	2.4×10^{-3}	周界外浓度最高点	0.0012
			20	2.6×10^{-3}	3.9×10^{-3}		
			30	7.8×10^{-3}	13×10^{-3}		
			40	15×10^{-3}	23×10^{-3}		
			50	23×10^{-3}	35×10^{-3}		
			60	33×10^{-3}	50×10^{-3}		
11	镉及其化合物	0.85	15	0.050	0.080	周界外浓度最高点	0.040
			20	0.090	0.13		
			30	0.29	0.44		
			40	0.50	0.77		
			50	0.77	1.2		
			60	1.1	1.7		
			70	1.5	2.3		
			80	2.1	3.2		

注: * 排放氯气的排气筒不得低于25m。

续表

序号	污染物	最高允许排放浓度 /mg·m⁻³	最高允许排放速率/kg·h⁻¹			无组织排放监控浓度限值	
			排气筒高度/m	二级	三级	监控点	浓度 /mg·m⁻³
12	铍及其化合物	0.012	15	1.1×10^{-3}	1.7×10^{-3}	周界外浓度最高点	0.0008
			20	1.8×10^{-3}	2.8×10^{-3}		
			30	6.2×10^{-3}	9.4×10^{-3}		
			40	11×10^{-3}	16×10^{-3}		
			50	16×10^{-3}	25×10^{-3}		
			60	23×10^{-3}	35×10^{-3}		
			70	33×10^{-3}	50×10^{-3}		
			80	44×10^{-3}	67×10^{-3}		
13	镍及其化合物	4.3	15	0.15	0.24	周界外浓度最高点	0.040
			20	0.26	0.34		
			30	0.88	1.3		
			40	1.5	2.3		
			50	2.3	3.5		
			60	3.3	5.0		
			70	4.6	7.0		
			80	6.3	10		
14	锡及其化合物	8.5	15	0.31	0.47	周界外浓度最高点	0.24
			20	0.52	0.79		
			30	1.8	2.7		
			40	3.0	4.6		
			50	4.6	7.0		
			60	6.6	10		
			70	9.3	14		
			80	13	19		
15	苯	12	15	0.50	0.80	周界外浓度最高点	0.40
			20	0.90	1.3		
			30	2.9	4.4		
			40	5.6	7.6		
16	甲苯	40	15	3.1	4.7	周界外浓度最高点	2.4
			20	5.2	7.9		
			30	18	27		
			40	30	46		

序号	污染物	最高允许排放浓度 /mg·m⁻³	最高允许排放速率/kg·h⁻¹			无组织排放监控浓度限值	
			排气筒高度/m	二级	三级	监控点	浓度 /mg·m⁻³
17	二甲苯	70	15	1.0	1.5	周界外浓度最高点	1.2
			20	1.7	2.6		
			30	5.9	8.8		
			40	10	15		
18	酚类	100	15	0.10	0.15	周界外浓度最高点	0.080
			20	0.17	0.26		
			30	0.58	0.88		
			40	1.0	1.5		
			50	1.5	2.3		
			60	2.2	3.3		
19	甲醛	25	15	0.26	0.39	周界外浓度最高点	0.20
			20	0.43	0.65		
			30	1.4	2.2		
			40	2.6	3.8		
			50	3.8	5.9		
			60	5.4	8.3		
20	乙醛	125	15	0.050	0.080	周界外浓度最高点	0.040
			20	0.090	0.13		
			30	0.29	0.44		
			40	0.50	0.77		
			50	0.77	1.2		
			60	1.1	1.6		
21	丙烯腈	22	15	0.77	1.2	周界外浓度最高点	0.60
			20	1.3	2.0		
			30	4.4	6.6		
			40	7.5	11		
			50	12	18		
			60	16	25		
22	丙烯醛	16	15	0.52	0.78	周界外浓度最高点	0.40
			20	0.87	1.3		
			30	2.9	4.4		
			40	5.0	7.6		
			50	7.7	12		
			60	11	17		

序号	污染物	最高允许排放浓度 /mg·m⁻³	最高允许排放速率/kg·h⁻¹			无组织排放监控浓度限值	
			排气筒高度/m	二级	三级	监控点	浓度 /mg·m⁻³
23	氰化氢*	1.9	25	0.15	0.24	周界外浓度最高点	0.024
			30	0.26	0.39		
			40	0.88	1.3		
			50	1.5	2.3		
			60	2.3	3.5		
			70	3.3	5.0		
			80	4.6	7.0		
24	甲醇	190	15	5.1	7.8	周界外浓度最高点	12
			20	8.6	13		
			30	29	44		
			40	50	70		
			50	77	120		
			60	100	170		
25	苯胺类	20	15	0.52	0.78	周界外浓度最高点	0.40
			20	0.87	1.3		
			30	2.9	4.4		
			40	5.0	7.6		
			50	7.7	12		
			60	11	17		
26	氯苯类	60	15	0.52	0.78	周界外浓度最高点	0.40
			20	0.87	1.3		
			30	2.5	3.8		
			40	4.3	6.5		
			50	6.6	9.9		
			60	9.3	14		
			70	13	20		
			80	18	27		
			90	23	35		
			100	29	44		
27	硝基苯类	16	15	0.050	0.080	周界外浓度最高点	0.040
			20	0.090	0.13		
			30	0.29	0.44		
			40	0.50	0.77		
			50	0.77	1.2		
			60	1.1	1.7		

注: * 排放氰化氢的排气筒不得低于25m。

序号	污染物	最高允许排放浓度/mg·m^{-3}	最高允许排放速率/kg·h^{-1}			无组织排放监控浓度限值	
			排气筒高度/m	二级	三级	监控点	浓度/mg·m^{-3}
28	氯乙烯	36	15	0.77	1.2	周界外浓度最高点	0.60
			20	1.3	2.0		
			30	4.4	6.6		
			40	7.5	11		
			50	12	18		
			60	16	25		
29	苯并[a]芘	0.30×10^{-3} (沥青及碳素制品生产和加工)	15	0.050×10^{-3}	0.080×10^{-3}	周界外浓度最高点	0.008 μg/m^3
			20	0.085×10^{-3}	0.13×10^{-3}		
			30	0.29×10^{-3}	0.43×10^{-3}		
			40	0.50×10^{-3}	0.76×10^{-3}		
			50	0.77×10^{-3}	1.2×10^{-3}		
			60	1.1×10^{-3}	1.7×10^{-3}		
30	光*气	3.0	25	0.10	0.15	周界外浓度最高点	0.080
			30	0.17	0.26		
			40	0.59	0.88		
			50	1.0	1.5		
31	沥青烟	140 (吹制沥青) 40 (熔炼、浸涂) 75 (建筑搅拌)	15	0.18	0.27	生产设备不得有明显的无组织排放存在	
			20	0.30	0.45		
			30	1.3	2.0		
			40	2.3	3.5		
			50	3.6	5.4		
			60	5.6	7.5		
			70	7.4	11		
			80	10	15		
32	石棉尘	1根(纤维)/cm^3 或 10mg/m^3	15	0.55	0.83	生产设备不得有明显的无组织排放存在	
			20	0.93	1.4		
			30	3.6	5.4		
			40	6.2	9.3		
			50	9.4	14		
33	非甲烷总烃	120 (使用溶剂汽油或其他混合烃类物质)	15	10	16	周界外浓度最高点	4.0
			20	17	27		
			30	53	83		
			40	100	150		

注: * 排放光气的排气筒不得低于25m。

214

表 10　　　　　海水水质标准(GB3097-1997)

序号	项　目	第一类	第二类	第三类	第四类
1	漂浮物质	海面不得出现油膜、浮沫和其他漂浮物质			海面无明显油膜、浮沫和其他漂浮物质
2	色、臭、味	海水不得有异色、异臭、异味			海水不得有令人厌恶和感到不快的色、臭、味
3	悬浮物质/mg·L^{-1}	人为增加的量≤10		人为增加的量≤100	人为增加的量≤150
4	大肠菌群≤ 个/L	10000 供人生食的贝类增养殖水质≤700			—
5	粪大肠菌群≤ 个/L	2000 供人生食的贝类增养殖水质≤140			
6	病原体	供人生食的贝类养殖水质不得含有病原体			
7	水温/℃	人为造成的海水温升夏季不超过当时当地1℃,其他季节不超过2℃		人为造成的海水温升不超过当时当地4℃	
8	pH	7.8～8.5 同时不超出该海域正常变动范围的0.2pH单位		6.8～8.8 同时不超出该海域正常变动范围的0.5pH单位	
9	溶解氧/mg·L^{-1}＞	6	5	4	3
10	化学需氧量/mg·L^{-1}≤ (COD)	2	3	4	5
11	生化需氧量/mg·L^{-1}≤ (BOD$_5$)	1	3	4	5
12	无机氮/mg·L^{-1}≤ (以N计)	0.20	0.30	0.40	0.50
13	非离子氨/mg·L^{-1}≤ (以N计)	0.020			

续表

序号	项 目	第一类	第二类	第三类	第四类
14	活性磷酸盐/mg·L^{-1}≤ (以P计)	0.015	0.030		0.045
15	汞/mg·L^{-1}≤	0.00005	0.0002		0.0005
16	镉/mg·L^{-1}≤	0.001	0.005	0.010	
17	铅/mg·L^{-1}≤	0.001	0.005	0.010	0.050
18	六价铬/mg·L^{-1}≤	0.005	0.010	0.020	0.050
19	总铬/mg·L^{-1}≤	0.05	0.10	0.20	0.50
20	砷/mg·L^{-1}≤	0.020	0.030	0.050	
21	铜/mg·L^{-1}≤	0.005	0.010	0.050	
22	锌/mg·L^{-1}≤	0.020	0.050	0.10	0.50
23	硒/mg·L^{-1}≤	0.010	0.020		0.050
24	镍/mg·L^{-1}≤	0.005	0.010	0.020	0.050
25	氰化物/mg·L^{-1}≤	0.005		0.10	0.20
26	硫化物/mg·L^{-1}≤ (以S计)	0.02	0.05	0.10	0.25
27	挥发性酚/mg·L^{-1}≤	0.005		0.010	0.050
28	石油类/mg·L^{-1}≤	0.05		0.30	0.50
29	六六六/mg·L^{-1}≤	0.001	0.002	0.003	0.005
30	滴滴涕/mg·L^{-1}≤	0.00005	0.0001		
31	马拉硫磷/mg·L^{-1}≤	0.0005	0.001		
32	甲基对硫磷/mg·L^{-1}≤	0.0005	0.001		
33	苯并(a)芘≤ μg/L	0.0025			
34	阴离子表面活性剂(以LAS计)/mg·L^{-1}	0.03	0.10		
35	放射性核素/Bq·L^{-1} ^{60}Co	0.03			
	^{90}Sr	4			
	^{106}Rn	0.2			
	^{134}Cs	0.6			
	^{137}Cs	0.7			

表 11　　海水中有害物质最高允许浓度(GB3097-82)

序号	项目名称	最高允许浓度/mg·L⁻¹		
		第一类	第二类	第三类
1	汞	0.0005	0.0010	0.0010
2	镉	0.005	0.010	0.010
3	铅	0.05	0.10	0.10
4	总铬	0.10	0.50	0.50
5	砷	0.05	0.10	0.10
6	铜	0.01	0.10	0.10
7	锌	0.10	1.00	1.00
8	硒	0.01	0.02	0.03
9	油类	0.05	0.10	0.50
10	氰化物	0.02	0.10	0.50
11	硫化物	按　溶　解　氧　计		
12	挥发性酚	0.005	0.010	0.050
13	有机氯农药	0.001	0.020	0.040
14	无机氮	0.10	0.20	0.30
15	无机磷	0.015	0.030	0.045

注: 无机氮和无机磷为防止暖流内湾海域产生"赤潮"的限制值;海水中放射性物质应符合GBJ8-74《放射防护规定》中露天水源的限制浓度。

2. 环境空气质量标准

表 12　　　各项污染物的浓度限值(GB3095-1996)

污染物名称	取值时间	浓度限值			浓度单位
		一级标准	二级标准	三级标准	
二氧化硫 SO₂	年平均	0.02	0.06	0.10	
	日平均	0.05	0.15	0.25	
	1h平均	0.15	0.50	0.70	
总悬浮颗粒物 TSP	年平均	0.08	0.20	0.30	mg/m³ (标准状态)
	日平均	0.12	0.30	0.50	
可吸入颗粒物 PM₁₀	年平均	0.04	0.10	0.15	
	日平均	0.05	0.15	0.25	
氮氧化物 NOₓ	年平均	0.05	0.05	0.10	
	日平均	0.10	0.10	0.15	
	1h平均	0.15	0.15	0.30	

续表

污染物名称	取值时间	浓度限值			浓度单位
		一级标准	二级标准	三级标准	
二氧化氮 NO₂	年平均	0.04	0.04	0.08	mg/m³ (标准状态)
	日平均	0.08	0.08	0.12	
	1h平均	0.12	0.12	0.24	
一氧化碳 CO	日平均	4.00	4.00	6.00	
	1h平均	10.00	10.00	20.00	
臭氧 O₃	1h平均	0.12	0.16	0.20	
铅 Pb	季平均	1.50			μg/m³(标准状态)
	年平均	1.00			
苯并[a]芘 B[a]P	日平均	0.01			
氟化物 F	日平均	7①			
	1h平均	20①			
	月平均	1.8②	3.0③		μg/(dm²·d)
	植物生长季平均	1.2②	2.0③		

注: ① 适用于城市地区; ② 适用于牧业区和以牧业为主的半农半牧区,蚕桑区; ③ 适用于农业和林业区。

表 13　　　　居住区大气中有害物质最高允许浓度

编号	物质名称	最高允许浓度 mg·m⁻³		编号	物质名称	最高允许浓度 mg·m⁻³	
		一次	日平均			一次	日平均
1	一氧化碳	3.00	1.00	12	甲醛	0.05	
2	乙醛	0.01		13	汞		0.0003
3	二甲苯	0.30		14	吡啶	0.08	
4	二氧化硫	0.50	0.15	15	苯	2.40	0.80
5	二硫化碳	0.04		16	苯乙烯	0.01	
6	五氧化二磷	0.15	0.05	17	苯胺	0.10	0.08
7	丙烯腈		0.05	18	环氧氯丙烷	0.20	
8	丙烯醛	0.10		19	氟化物(换算成F)	0.02	0.007
9	丙酮	0.80		20	氨	0.20	
10	甲基对硫磷 (甲基E605)	0.01		21	氧化氮(换算成NO)	0.15	
				22	砷化物(换算成As)		0.003
11	甲醇	3.00	1.00	23	敌百虫	0.10	

218

续表

编号	物质名称	最高允许浓度 mg·m⁻³		编号	物质名称	最高允许浓度 mg·m⁻³	
		一次	日平均			一次	日平均
24	酚	0.02		30	氯丁二烯	0.10	
25	硫化氢	0.01		31	氯化氢	0.05	0.015
26	硫酸	0.30	0.10	32	铬(六价)	0.0015	
27	硝基苯	0.01		33	锰及其化合物		0.01
28	铅及其无机化合物(换算成Pb)		0.0007		(换算成MnO₂)		
29	氯	0.10	0.03	34	飘尘	0.50	0.15

注: 1. 一次最高允许浓度,指任何一次测定结果的最大允许值。
2. 日平均最高允许浓度,指任何1d的平均浓度的最大允许值。

表 14　　车间空气中有害物质的最高允许浓度

编号	物质名称	最高允许浓度[①]/mg·m⁻³	编号	物质名称	最高允许浓度[①]/mg·m⁻³
	Ⅰ. 有毒物质		19	三氧化铬、铬酸盐、重铬酸盐(换算成CrO₃)	0.05
1	一氧化碳[③]	30			
2	一甲胺	5	20	三氯氢硅	3
3	乙醚	500	21	己内酰胺	10
4	乙腈	3	22	五氧化二磷	1
5	二甲胺	10	23	五氯酚及其钠盐	0.3
6	二甲苯	100	24	六六六	0.1
7	二甲基甲酰胺(皮)[②]	10	25	丙体六六六	0.05
8	二甲基二氯硅烷	2	26	丙酮	400
9	二氧化硫	15	27	丙烯腈(皮)	2
10	二氧化硒	0.1	28	丙烯醛	0.3
11	三氯丙醇(皮)	5	29	丙烯醇(皮)	2
12	二硫化碳(皮)	10	30	甲苯	100
13	二异氰酸甲苯酯	0.2	31	甲醛	3
14	丁烯	100	32	光气	0.5
15	丁二烯	100		有机磷化合物	
16	丁醛	10	33	内吸磷(E059)(皮)	0.02
17	三乙基氯化锡(皮)	0.01	34	对硫磷(E605)(皮)	0.05
18	三氧化二砷及五氧化二砷	0.3	35	甲拌磷(3911)(皮)	0.01
			36	马拉硫磷(4049)(皮)	2

219

编号	物质名称	最高允许浓度[①]/mg·m^{-3}	编号	物质名称	最高允许浓度[①]/mg·m^{-3}
37	甲基内吸磷(甲基E059)(皮)	0.2	59	五氧化二钒粉尘	0.5
38	甲基对硫磷(甲基E605)(皮)	0.1	60	钒铁合金	1
39	乐果(皮)	1	61	苛性碱(换算成NaOH)	0.5
40	敌百虫(皮)	1	62	氟化氢及氟化物(换算成F)	1
41	敌敌畏(皮)	0.3	63	氨	30
42	吡啶	4	64	臭氧	0.3
	汞及其化合物		65	氧化氮(换算成NO$_2$)	5
43	金属汞	0.01	66	氧化锌	5
44	升汞	0.1	67	氧化镉	0.1
45	有机汞化合物(皮)	0.005	68	砷化氢	0.3
46	松节油	300		铅及其化合物	
47	环氧氯丙烷(皮)	1	69	铅烟	0.03
48	环氧乙烷	5	70	铅尘	0.05
49	环己酮	50	71	四乙基铅(皮)	0.005
50	环己醇	50	72	硫化铅	0.5
51	环己烷	100	73	铍及其化合物	0.001
52	苯(皮)	40	74	钼(可溶性化合物)	4
53	苯及其同系物的一硝基化合物(硝基苯及硝基甲苯)(皮)	5	75	钼(不溶性化合物)	6
			76	黄磷	0.03
54	苯及其同系物的二硝基及三硝基化合物(二硝基甲苯、三硝基甲苯等)(皮)	1	77	酚(皮)	5
			78	萘烷、四氢化萘	100
55	苯的硝基及二硝基氯化物(一硝基氯苯、二硝基氯苯等)(皮)	1	79	氰化氢及氢氰酸盐(换算成HCN)(皮)	0.3
			80	联苯—联苯醚	7
56	苯胺、甲苯胺、二甲苯胺(皮)	5	81	硫化氢	10
			82	硫酸及三氧化硫	2
57	苯乙烯	40	83	锆及其化合物	5
	钒及其化合物		84	锰及其化合物(换算成MnO$_2$)	0.2
58	五氧化二钒烟	0.1	85	氯	1
			86	氯化氢及盐酸	15
			87	氯苯	50

续表

编号	物质名称	最高允许浓度①/mg·m⁻³	编号	物质名称	最高允许浓度①/mg·m⁻³
88	氯萘及氯联苯(皮)	1	108	丁醇	200
89	氯化苦	1	109	戊醇	100
	氯代烃		110	糠醛	10
90	二氯乙烷	25	111	磷化氢	0.3
91	三氯乙烯	30		Ⅱ.生产性粉尘	
92	四氯化碳(皮)	25	1	含有10%以上游离二氧化硅的粉尘(石英、石英岩等)④	2
93	氯乙烯	30			
94	氯丁二烯(皮)	2			
95	溴甲烷(皮)	1	2	石棉粉尘及含有10%以上石棉的粉尘	2
96	碘甲烷(皮)	1			
97	溶剂汽油	350	3	含有10%以下游离二氧化硅的滑石粉尘	4
98	滴滴涕	0.3			
99	羰基镍	0.001	4	含有10%以下游离二氧化硅的水泥粉尘	6
100	钨及碳化钨醋酸酯	6			
101	醋酸甲酯	100	5	含有10%以下游离二氧化硅的煤尘	10
102	醋酸乙酯	300			
103	醋酸丙酯	300	6	铝、氧化铝、铝合金粉尘	4
104	醋酸丁酯	300			
105	醋酸戊酯	100	7	玻璃棉和矿渣棉粉尘	5
	醇	50	8	烟草及茶叶粉尘	3
106	甲醇		9	其他粉尘⑤	10
107	丙醇	200			

注:①表中最高允许浓度,是工人工作地点空气中有害物质所不应超过的数值。
②有(皮)标记者为除呼吸道吸收外,尚易经皮肤吸收的有毒物质。
③一氧化碳的最高允许浓度在作业时间短暂时,可予以放宽:作业1h以内,一氧化碳浓度允许达到50mg/m³;0.5h以内,100mg/m³;15～20min,200mg/m³。在上述条件下反复作业时,2次作业时间须间隔2h以上。
④含有80%以上游离二氧化硅的生产性粉尘,宜不超过1mg/m³。
⑤其他粉尘系指游离二氧化硅含量在10%以下,不含有毒物质的矿物性和动植物性粉尘。

三、噪 声 标 准

1. 城市区域环境噪声标准

表 15　　城市5类环境噪声标准值(GB3096-93)等效声级 L_{Aeq}: dB

类　别*	昼　间	夜　间	类　别*	昼　间	夜　间
0	50	40	3	65	55
1	55	45	4	70	55
2	60	50			

注：* 0类标准适用于疗养区、高级别墅区、高级宾馆区等特别需要安静的区域。位于城郊和乡村的这一类区域分别按严于0类标准5dB执行。

1类标准适用于以居住、文教机关为主的区域。乡村居住环境可参照执行该类标准。

2类标准适用于居住、商业、工业混杂区。

3类标准适用于工业区。

4类标准适用于城市中的道路交通干线道路两侧区域，穿越城区的内河航道两侧区域。穿越城区的铁路主、次干线两侧区域的背景噪声(指不通过列车时的噪声水平)限值也执行该类标准。

注：夜间突发的噪声，其最大值不准超过标准值15dB。

表 16　　　　　　　新建、扩建、改建企业噪声标准

每个工作日接触噪声时间/h	允许噪声/dB(A)	每个工作日接触噪声时间/h	允许噪声/dB(A)
8	85	2	91
4	88	1	94
最高不超过115			

表 17　　　　　　　　　现有企业噪声标准

每个工作日接触噪声时间/h	允许噪声/dB(A)	每个工作日接触噪声时间/h	允许噪声/dB(A)
8	90	2	96
4	93	1	99
最高不超过115			

2. 工业企业厂界噪声标准

表 18　　各类厂界噪声标准值(GB12348-90)　　等效声级L_{eq}: dB(A)

类别*	昼间	夜间	类别*	昼间	夜间
I	55	45	III	65	55
II	60	50	IV	70	55

注: *　I 类标准适用于以居住、文教机关为主的区域。

II 类标准适用于居住、商业、工业混杂区及商业中心区。

III 类标准适用于工业区。

IV 类标准适用于交通干线道路两侧区域。

各类标准适用范围由地方人民政府划定。

注: 夜间频繁突发的噪声(如排气噪声)。其峰值不准超过标准值10dB(A), 夜间偶然突发的噪声(如短促鸣笛声), 其峰值不准超过标准值15dB(A)。

附录二　环境影响报告书的编制要点

建设项目的类型不同, 对环境的影响差别很大, 环境影响报告书的编制内容也就不同。虽然如此, 但其基本格式、基本内容相差不大。环境影响报告书的编写提纲, 按[86]国环字第003号文件附件一中的规定, 叙述如下。

1. 总论

(1) 环境影响评价项目的由来。

说明建设项目立项始末, 批准单位及文件, 评价项目的委托, 完成评价工作概况。

(2) 编制报告书的目的。

结合评价项目的特点, 阐述《 环境影响报告书 》的编制目的。

(3) 编制依据。

编制依据包括:

a. 评价委托合同或委托书;

b. 建设项目建议书的批准文件或可行性研究报告的批准文件;

c. 国家的《建设项目环境保护管理办法》及地方环保部门为贯彻此办法而颁布的实施细则或规定；

d. 建设项目的可行性研究报告或设计文件；

e. 评价大纲及审批文件。

在编写报告书时用到的其他资料，如农业区域发展规划，国土资源调查，气象、水文资料等不应列入编制依据中，可列入报告书后面的参考文献中。

(4) 评价标准。

在环境影响报告书中应列出经环保管理部门批准的环保标准。当标准中分类或分级别时，应指出执行标准的哪一类或哪一级。评价标准一般应包括大气环境、水环境、土壤、环境噪声等环境质量标准，以及污染物排放标准。

(5) 评价范围。

评价范围可按大气环境、地面水环境、地下水环境、环境噪声、土壤及生态环境分别列出，并应简述评价范围确定的理由。应给出评价范围的评价地图。

(6) 控制及保护目标。

应指出建设项目中有没有需要特别加以控制的污染源，主要是排放量特别大或排放污染物毒性很大的污染源。

应指出在评价区内有没有需要重点保护的目标，例如，特殊住宅区、自然保护区、疗养院、文物古迹、风景游览区等。指出在评价区内保护的目标，例如，人群、森林、草场、农作物等。

2. 建设项目概况

应介绍建设项目规模、生产工艺水平、产品方案、原料、燃料及用水量、污染物排放量、环保措施，并进行工程影响环境因素分析等。

(1) 建设规模。

应说明建设项目的名称、建设性质、厂址的地理位置、产品、产量、总投资、利税、资金回收年限、占地面积、土地利用情况，建设项目平面布置(附图)、职工人数、全员劳动生产率。若是扩建、改建项目,应说明原有规模。

(2) 生产工艺简介。

建设项目的类型不同(如工厂、矿山、铁路、港口、水电工程、水利灌溉工程等),其生产工艺各不相同。下面就工业生产项目说明工艺简介的一般内容。

生产工艺介绍,是按产品生产方案分别介绍的。要介绍每一个产品生产方案的投入产出的全过程。从原料的投入,经过多少次加工,加工的性质,排出什么污染物及数量如何,最终得到什么产品。在生产工艺介绍中,凡有重要的化学反应方程式,均应列出。应给出生产工艺流程图。

应对生产工艺的先进性进行说明。

对于扩建、改建项目,还应对原有的生产工艺、设备及污染防治措施进行分析。

(3) 原料、燃料及用水量。

应给出原料、燃料(煤、油)的组成成分及百分含量,以表列出原料、燃料(煤、油)、用水量(新鲜水补给量、循环水量)的年、月、日、时的消耗量。最好给出物料平衡图和水量平衡图。

(4) 污染物排放量清单。

应列出建设项目建成投产后,各污染源排放的废气、废水、废渣的数量,及其排放方式和排放去向。当有放射性物质排放时,应给出种类、剂量、来源、去向。对设备噪声源应给出设备噪声功率级。对振动源应给出振动级。

对于扩建、技改项目,应列出技改前后或扩建前后的污染物排放量清单。

(5) 建设项目采取的环保措施。

对建设项目拟采取的废气、废水治理方案、工艺流程、主要设备、处理效果、处理后排放的污染物是否达到排放标准,投资及运转费用加以介绍。

还要介绍固体废弃物的综合利用、处置方案及去向。

(6) 工程影响环境因素分析。

根据污染源、污染物的排放情况,及环境背景状况,分析污染物可能影响环境的各个方面,将其主要影响作为环境影响预测的重要内容。

3. 环境现状(背景)调查

环境现状(背景)值是环境影响预测的基础数据。环境现状(背景)调查包括如下内容。

(1) 自然环境调查。

a. 评价区的地形、地貌、地质概况。

b. 评价区内的水文及水文地质情况。

列出评价区内的江、河、湖、水库、海的名称,数量,发源地,评价区段水文情况。对于江、河应给出年平均径流量、平均流量、河宽、比降、弯曲系数、平涸丰三个水期的流量和流速(某一保证率下的)。

给出评价区内地下水的类型、埋藏深度、水质类型等。

c. 气象与气候。

应给出气候类型及特征,列出年平均气温、最热月平均气温、最冷月平均气温、气温年较差、绝对最高气温、绝对最低气温、年平均风速、最大风速、主导风向、次主导风向、各风向频率、年降水量、年蒸发量、降水量的分布、年日照时数、灾害性天气等。

d. 土壤及农作物。

评价区内土壤类型、种类、分布、肥力特征。粮食、蔬菜、经济作物的种类及分布。

e. 森林、草原、水产、野生动物、野生植物、矿藏资源等情况。

(2) 社会环境调查。

a. 评价区内的行政区划,人口分布,人口密度,人口职业构成与文化构成。

b. 现有工矿企业的分布、概况(产品、产量、产值、利税、职工人数)及评价区内交通运输情况。

c. 文化教育概况

d. 人群健康及地方病情况

e. 自然保护区、风景游览区、名胜古迹、温泉、疗养区以及重要政治文化设施。

(3) 评价区大气环境质量现状(背景)调查。

应给出大气监测点的位置(附监测点布置图)及布点理由,监测项目及选择理由,监测天数、每天监测次数、时段,采样仪器、方法及分析方法等。

通常以列表方式给出大气监测结果。在表中列出各监测点大气污染物的一次浓度值和日平均浓度值的范围、超标率、最大超标倍数、并计算出评价区内大气污染物背景值。

如需要分析大气污染物浓度的日变化规律,应加密监测次数,绘出日变化曲线。

大气环境现状评价方法很多,在环境影响评价中最为常用的是直接对比法,即以大气监测结果与选定的评价标准进行对比,以超标率和最大超标倍数表示大气污染程度。尽可能分析造成大气污染的原因。

在有历年大气监测资料的评价区,可把历年资料和这次监测资料一起分析,评价大气质量状况。

(4) 地面水环境质量现状调查。

应给出监测断面的地理位置,每个监测断面的采样点数目及位置,监测项目,并说明选择的理由。应给出监测时期、监测天数、每天采样次数。在采样同时测量河水水文参数(水温、流速、流量、河宽、河深等)。

将地面水水质监测结果以列表形式给出。用评价标准评价地面水质的方法有两类。一类是综合评价方法,如W值分级法、蒋小玉提出的分级评分法、S·L·ROSS的水质指数、内梅罗水污染指数等。它们在水质评价中曾起过积极作用。但GB3838-88《地面水环境质量标准》颁布以后,它们都不能继续应用了。这是因为GB 3838-88《地面水环境质量标准》中规定,"标准值单项超标,即表明使用功能不能保证。"另一类是直接对比法,将监测值与评价标准对比,以超标率和超标倍数来表示各项指标是否符合评价标准的要求。水中各项指标均满足某类水质的要求,这种水才满足这类水质要求。如有一项超标,这种水就不能满足这类水质标准的要求。

如果地面水受到污染,尽可能找出污染的原因,以便治理。

(5) 地下水质现状(背景)调查。

应给出地下水监测点的位置,监测项目、分析方法、采样时间及次数,指出地下水是潜水还是承压水。

将地下水监测结果列表给出,把监测值与评价标准(通常采用生活饮用水卫生标准)直接进行对比,给出超标率和超标倍数,评价地下水质量。如地下水受到污染,尽可能找出污染的原因。

(6) 土壤及农作物现状调查。

应给出评价区内的土壤类型、分布状况及土地利用情况。给出土壤监测点的位置,采样方法,监测项目,分析方法。

列表给出土壤监测值,把监测值与评价标准进行对比,评价土壤环境质量。目前,我国只有土壤中砷的卫生标准。因此,评价标准多采用本省同类土壤背景值或对照点的土壤中污染物的含量。

简述评价区内的主要农作物和果树,及其种植分布情况。给出采集农作物和果树的种类及采集样品的部位,采集点,监测项目及分析方法。列表给出监测结果。将监测结果与食品卫生标准或对照区的同类作物的污染物一般含量进行对比,评价农作物或果树的污染情况。

(7) 环境噪声现状(背景)调查。

应给出环境噪声监测点的位置、监测时间、监测仪器、监测方法、气象条件、监测点处的主要噪声源。

根据噪声监测数据进行数据处理,统计分析,计算出各监测点的昼间、夜间的等效声级及标准差,并给出L_{10}、L_{50}、L_{90}的值。将等效声级与评价标准值对比,评价环境噪声状况。

在评价区内,如果交通运输很忙,还应进行交通噪声监测及评价。

(8) 评价区内人体健康及地方病调查。

应给出人体健康调查的区域,调查人数,性别、年龄、职业构成、体检项目,检查方法,调查结果的数理统计,污染区与对照区的比较分析。还可进行死亡回顾调查,儿童生长发育调查,地方病专项调查等。

(9) 其他社会、经济活动污染、破坏环境现状调查。

4. 污染源调查与评价

污染源向环境中排放污染物是造成环境污染的根本原因。污染源排放污染物的种类、数量、方式、途径及污染源的类型和位置,直接关系到它危害的对象、范围和程度。因此,污染源调查与评价是环境影响评价的基础工作。

(1) 建设项目污染源预估。

根据生产工艺找出废气、废水、废渣、噪声、振动和放射性等污染源。列表分别给出各污染源排放的污染物种类、数量、性质、排放方式、排放规律、排放途径及去向。还应给出非正常生产情况下污染物排放情况。

对污染源排放水平进行评价,看其是否符合国家"三废"排放标准或行业排放标准。

(2) 评价区内污染源调查与评价。

应说明评价区内污染源调查方法、数据来源、评价方法。分别列表给出评价区内大气污染源、水污染源、废渣污染源的污染物排放量、排放浓度、排放方式、排放途径、去向,评价结果,从而找出评价区内的主要污染源和主要污染物。应绘制评价区内污染源分布图。

5. 环境影响预测与评价

(1) 大气环境影响预测与评价。

a. 污染气象资料的收集及观测。

对于中小型建设项目,污染气象资料的获得以收集资料为主;对大型建设项目或复杂地形地区的建设项目,除收集资料外,应进行必要的污染气象现场测试。

首先说明污染气象资料来源及对评价区的适用程度。分别给出年(季)的风向、风速玫瑰图,风向、风速、大气稳定度的联合频率,月平均风速随月的变化情况,低空风场的垂直分布,气温的垂直分布,逆温的生消规律、逆温特征、混合层高度等。

在上述资料的基础上,找出四季的典型气象条件、熏烟、静风、有上部逆温等特殊气象条件的气象参数,作为计算大气污染物扩散的气象参数。

还应给出污染气象现场观测采用的仪器、观测方法、观测时间、数据处理方法等。

b. 预测模式及参数的选用。

对大气扩散模式、烟气抬升高度公式、风速廓线模式应一一列出,并简要说明选取的理由。说明选用大气扩散参数的理由。

c. 污染源参数。

列表给出建设项目正常生产和非正常生产情况下大气污染源的源强、排气筒高度、出口内径、烟气量、出口速度、烟气温度等参数。

d. 预测结果分析及评价。

说明计算大气污染物浓度的类型,例如: 年日均浓度、四季的日均浓度、各种不利气象条件下的一次浓度,各种稳定度下的地面轴线浓度等。给出相应的各种浓度等值线图及浓度距离图。

说明在正常生产情况下,在各种气象条件下的相对最大日均浓度和最大一次浓度,最大超标倍数,超标面积,与评价标准比较做出评价。

说明在非正常生产情况下，在各种气象条件下的最大一次浓度，最大超标倍数，与标准比较做出评价。

(2) 水环境影响预测与评价。

a. 地面水环境影响预测与评价。

Ⅰ. 根据工程影响环境因素分析，排放废水中的主要污染物及河水中主要污染物，选定水环境影响预测因子。

Ⅱ. 给出水环境影响预测的水体参数。例如河流，要给出河道特征，断面形状、河床宽度、水深、比降等。还应给出水文变化规律，如年径流量的变化，河水流量的月变化，丰涸平三个水期的流量和流速，水温的变化。特别指出影响预测选定的河流参数。

Ⅲ. 给出各污染源的污染物排放量及浓度。

Ⅳ. 预测模式及主要参数的选用，并应说明理由。

Ⅴ. 说明预测的类型，列表给出水质预测结果，把预测值与评价标准直接对比，评价对水环境的影响。

b. 地下水环境影响预测与评价。

地下水环境影响预测与评价是一个非常复杂的问题。它需要多年的地下水污染监测资料和水文地质资料，才能运用数学解析的方法预测地下水水质。在一般的评价项目中，往往不具备条件，不做数值预测，只做定性或半定量的分析。

(3) 噪声环境影响预测及评价。

a. 噪声源声功率级的确定及噪声传播的空间环境特征。

b. 根据噪声源类型及空间环境特征选择噪声预测模式。

c. 选择空间环境的特性参数，进行模式预测。

d. 列表给出预测结果，把环境噪声预测值和评价标准值直接对比，评价对声学环境的影响。也可给出噪声等值线图。

环境噪声影响预测包括建设项目环境噪声影响预测、交通噪声影响预测、飞机噪声影响预测等。它们的预测方法不同，但大体步骤如上所述。

(4) 土壤及农作物环境影响分析。

对土壤环境影响预测模式研究,近年来渐多,但都不成熟。对土壤环境影响预测多以类比调查为主。

对农作物的影响预测多以类比调查定性说明。在评价时间允许条件下,可进行盆栽实验、大田实验或模拟实验。

(5) 对人群健康影响分析。

根据污染物在环境中浓度的预测结果,利用污染物剂量与人群健康之间的效应关系,分析对人群健康的影响。

(6) 振动及电磁波的环境影响分析。

首先确定振动及电磁波的发生源的源强,根据传递空间或介质的特性选择适当的预测模式预测,列表给出计算结果,分析对环境的影响。也可用类比分析其影响。

(7) 对周围地区的地质、水文、气象可能产生的影响。

对于大型水库建设项目、农田水利工程、大型水电站等均应考虑这方面的影响。

6. 环保措施的可行性分析及建议

(1) 大气污染防治措施的可行性分析及建议。

a. 给出建设项目废气净化系统和除尘系统工艺,设备种类、型号、效率、能耗,排放指标。

b. 论述排放指标是否达到排放标准。

c. 论述处理工艺及设备的可行性。

d. 论述排气筒是否满足有关规定。

e. 建议。

(2) 废水治理措施的可行性分析与建议。

a. 给出建设项目废水治理措施的工艺原理、流程、处理效率、排放指标。

b. 论述排放指标是否达到排放标准。

c. 论述废水治理措施的可行性、可靠性、先进性。

d. 建议。

(3) 对废渣处理及处置的可行性分析。

(4) 对噪声、振动等其他污染控制措施的可行性分析。

(5) 对绿化措施的评价及建议。

介绍建设项目采取的绿化措施，论述绿化面积、绿化布局方案、树种、花类的合理性，并提出建议。

(6) 环境监测制度建议。

a. 监测机构的设置、人员和仪器设备的配备等。

b. 对环境监测布点及主要污染源监测的建议。

c. 监测项目。

7. 环境影响经济损益简要分析

环境影响经济损益简要分析是从社会效益、经济效益、环境效益统一的角度论述建设项目的可行性。由于这三个效益的估算难度很大，特别是环境效益中的环境代价估算难度更大，目前还没有较好的方法，使环境影响经济损益简要分析还处于探索阶段，有待今后的研究和开发。目前，主要从以下几方面进行分析。

(1) 建设项目的经济效益。

a. 建设项目的直接经济效益，说明其利税、资金回收年限、贷款偿还期。

b. 建设项目的产品为社会其他部门带来的经济效益。

c. 环保投资及运转费。

(2) 建设项目的环境效益。

建设项目建成后使环境恶化，对农、林、牧、渔业造成的经济损失及污染治理费用。环保副产品收益，环境改善效益。

(3) 建设项目的社会效益。

建设项目的产品满足社会需要，促进生产和人民生活的提高，促进当地经济、文化的进步，增加就业机会等。

最后综合分析社会效益、经济效益、环境效益，权衡利弊，提出建设项目是否可行。

8. 结论及建议

要简要、明确、客观地阐述评价工作的主要结论，包括下述

内容:

(1) 评价区的环境质量现状。

(2) 污染源评价的主要结论,主要污染源及主要污染物。

(3) 建设项目对评价区环境的影响。

(4) 环保措施可行性分析的主要结论及建议。

(5) 从三个效益统一的角度,综合提出建设项目的选址、规模、布局等是否可行。

建议应包括各节中的主要建议。

9. 附件、附图及参考文献

(1) 附件主要有建设项目建议书及其批复,评价大纲及其批复。

(2) 附图,在图、表特别多的报告书中可编附图分册,一般情况下不另编附图分册。若没有该图对理解报告书内容有较大困难时,该图应编入报告书中,不入附图。

(3) 参考文献应给出作者、文献名称、出版单位、版次、出版日期等。

附录三　建设项目环境影响报告表

项目名称: _____

建设单位(盖章) _____

建设单位排污申报登记号□□□□□□□□□□□□

填写单位(盖章) _____

填写日期 _____

表 1 　　　　　　　　　项 目 概 况

项目名称					
项目性质			建设地点		
主管部门			建设依据 (批准部门或文号)		
投资总额/万元			环保投资/万元		
占地面积/m²			绿地面积/m²		
法定代表人			项目负责人		
联系地址			邮政编码		
联系电话			传真号		

主要产品量	名称	年产量	主要原辅材料耗用量	名称	年耗用量	定额

能源耗用量	名称	年耗用量	有毒有害原料耗用量	名称	年耗用量	定额

给排水情况	年总用水量		年总排水量		
	其中	循环用水量	其中	生产污水	总量
		新鲜水量			其中 "清净废水"
	新鲜水来源			生活污水	设计最大量 一般不超过

表 2　　　　　　　　　　工 程 分 析

生产工艺流程或资源开发、利用方式简要说明(附生产工艺及污染物产出流程图):

表 3   废水、废气排放及治理

污染类型	产生污染物装置、工段	单位时间最大生产量/t·d⁻¹	年产生量/t	治理方法	投资/万元	设计处理能力	处理效果			处理后排放量	排放标准	排放方式和排去向	复用量或综合利用量	备注
							污染物名称	进口浓度/mg·L⁻¹	出口浓度/mg·L⁻¹					
废水														
废气														

注: 1. 填写单位: 废水量为t/d,浓度为mg/L;废气量标m³/h,浓度为mg/标m³;投资为万元。

　　2. 浓度栏中填写平均值。

　　3. 污染类型为废气污染时,排放方式栏中填写排气筒高度,m。

表 4   噪声源及治理

噪声源名称	噪声源声级/dB (A)	治理方法	投资/万元	主要敏感目标及厂界噪声等效声级 Leq/dB (A)			备注
				监测点编号	现值	预测值	

注: 振动源扰民及治理情况可参照此表填写。括号内数为夜间噪声值。

表 5   固体废物产生及处理处置

产生固体废物装置(工段)	固体废物名称	类别编号	固体废物产生量/t·年$^{-1}$	固体废物形态	主要有害成分及含量	固体废物处理处置量/t·年$^{-1}$	处理处置方法	处理处置地点	投资/万元	备注

表 6　　　　　　　　　　　　　**环境影响分析**

项目所在地环境质量现状、建设过程中和建设后对环境影响的分析及
需要说明的问题：

表 7　　　　　　　　**审 批 意 见**

当地环保部门预审意见:
 　 　 　 　 　 　 经办:　　　　　审核:　　　　　签发:　　　　年　　月　　日
主管部门预审意见:
 　 　 　 　 　 经办:　　　　　审核:　　　　　签发:　　　　年　　月　　日
负责审批的环保部门审批意见:
 　 　 　 　 　 　 经办:　　　　　审核:　　　　　签发:　　　　年　　月　　日

参 考 文 献

［1］曲格平著.中国环境问题及对策.北京: 中国环境科学出版社,1984

［2］［美］G.M.马斯特斯著.环境科学技术导论.程俊人译.北京: 科学出版社,1982

［3］刘天齐、林肇信、刘逸农编著.环境保护概论.北京: 人民教育出版社,1983

［4］中国大百科全书编委会编.中国大百科全书(环境科学分册).北京: 中国大百科全书出版社,1983

［5］马世骏等编著.现代化与环境保护.北京: 知识出版社,1981

［6］荆寰编著.环境保护.北京: 北京出版社,1978

［7］钟章成等编著.自然环境保护概论.成都四川科技出版社,1985

［8］蔡清龙编著.城市环境保护.郑州: 河南科学技术出版社,1981

［9］中国生态学学会编.生态学——电视讲座教材.北京: 科学普及出版社,1984

［10］祝廷成、董厚德编著.生态学浅说.北京: 科学出版社,1983

［11］刘天齐、李宪法、张楠编著.环境工程学.北京: 中国大百科全书出版社,1985

［12］俞誉福、毛家骏编著.环境污染与人体保健.上海: 复旦大学出版社,1985

［13］杨嘉钰编著.工业用水处理.北京: 人民教育出版社,1987

［14］王华东、王健民、万国江、刘永可编著.水环境污染概论.北京师范大学出版社,1984

［15］陈静生编著.环境地学.北京: 中国环境科学出版社,1986

［16］［日］外山敏夫、香川顺著,石化部化工设计院译.在烟雾中生活.北京: 石油工业出版社,1981

［17］余文涛编著.环境与能源.北京: 科学出版社,1981

［18］［苏］伊.米.库特林著,徐先良译.防止空气和地表水污染.新华出版社,1980

［19］《环保工作者实用手册》编写组编.环保工作者实用手册.北京: 冶金工业出版社,1984

［20］张福瑞编著.环境与健康.石家庄: 河北人民出版社,1980

[21] 陈静生等编.环境污染与保护简明原理.北京：商务印书馆,1981

[22] 龚沛光、陈泮勤著.大气污染.北京：气象出版社,1985

[23] 江苏省植物研究所编.城市绿化与环境保护.北京：中国建筑工业出版社,1976

[24] 炳林、百敏编著.治理三废与保护环境.北京：科学出版社,1983

[25] 杨玉致编著.机械噪声测量和控制原理.北京：轻工业出版社,1984

[26] 健民、富翔等编.环境保护.北京：科学出版社,1979

[27] 赵玉峰编.环境电磁工程学.北京：化学工业出版社,1982

[28] 陈汝龙编著.环境工程概论.上海：上海科学技术出版社,1986

[29] 同济大学、重庆建筑工程学院编.城市环境保护.北京：中国建筑工业出版社,1981

[30] 马大猷编著.环境物理学.北京：中国大百科全书出版社,1982

[31] 毛文永等编.全球环境问题与对策.北京：中国科学技术出版社,1993

[32] 国家环境保护局编.第四次全国环境保护会议文件汇编.北京：中国环境科学出版社,1996

[33] 国家环境保护局编.中国环境保护21世纪议程.北京：中国环境科学出版社,1995

[34] 任广海主编.企业职工环境保护教育.北京：中国环境科学出版社,1996

[35] 国家环境保护局编.中国的生态农业.北京：中国环境科学出版社,1991

[36] 史宝忠编著.建设项目环境影响评价.北京：中国环境科学出版社,1993

[37] 杨晋琦、任连元、张国泰编著.环境保护概论.北京：机械工业出版社,1996

[38] 任耐安、姜象鲤、邹晶编.环境教育参考资料.北京：人民教育出版社,1997

[39] 关伯仁编.环境科书教程.北京：中国环境科学出版社,1997

[40] 袁克昌编著.蓝天绿地丛书.南京：江苏科学技术出版社,1996

[41] 朱寿彭、李章编著.放射毒理学.北京：原子能出版社,1992

[42] 全国轻工业环境保护学会编.轻工业污染防治技术.北京：轻工业出版社,1983